ÉTONNANTS • CLASSIQUES

VOLTAIRE

Candide

Présentation, notes et dossier par
JEAN-PHILIPPE MARTY,
professeur de lettres

Cahier photos par
ÉLISE SULTAN,
professeur de lettres

Flammarion

Le siècle des Lumières dans la collection « Étonnants Classiques »

BERNARDIN DE SAINT-PIERRE, *Paul et Virginie*

DIDEROT, *Entretien d'un père avec ses enfants*

Jacques le Fataliste

Supplément au Voyage de Bougainville

Les Lumières (anthologie)

MONTESQUIEU, *Lettres persanes*

PRÉVOST, *Manon Lescaut*

ROUSSEAU, *Les Confessions*

Trois Contes philosophiques (Madame de La Carlière de Diderot, *Ziméo* de Saint-Lambert, *Histoire des voyages de Scarmentado* de Voltaire)

VOLTAIRE, *Candide*

L'Ingénu

Jeannot et Colin. Le monde comme il va

Micromégas

Zadig

Édition revue, 2014.
ISBN : 978-2-0813-4935-3
ISSN : 1269-8822

SOMMAIRE

PRÉSENTATION

Figure emblématique du XVIIIe siècle, Voltaire a soixante-quatre ans lorsqu'il écrit *Candide* en 1758. Il est déjà connu dans toute l'Europe depuis presque un demi-siècle – c'est en 1718, avec sa tragédie *Œdipe*, qu'il a rencontré son premier grand succès –, et admiré aussi bien pour son esprit corrosif que pour son militantisme actif. Mais il traverse alors une période sombre de son existence : il est marqué par l'actualité tragique – un séisme vient d'avoir lieu à Lisbonne (1755), la guerre de Sept Ans[1] fait rage –, et, comme tous les philosophes, il est menacé par les dévots, qui s'acharnent contre l'*Encyclopédie*. En outre, Voltaire est encore très attristé par la mort de son ancienne maîtresse, Émilie Du Châtelet (1749), et affecté par de récents déboires judiciaires[2]. C'est à Ferney, un village français frontalier de la Suisse, qu'il a décidé de s'isoler du monde. De façon surprenante, dans ce contexte désenchanté, Voltaire rédige le plus noir mais aussi le plus enjoué et de ses contes philosophiques.

S'il se considère avant tout comme un grand dramaturge, Voltaire a déjà publié, en guise de passe-temps et en feignant de s'inscrire dans la tradition des contes français (Charles Perrault) et orientaux (*Les Mille et Une Nuits*, traduits en 1704 par Antoine

---

1. ***Guerre de Sept Ans*** : déclenchée en 1756, elle opposa la France et ses alliés à l'Angleterre et à la Prusse, pays que Voltaire connaissait bien et où il avait de nombreux amis ; toutes les puissances d'Europe étaient impliquées, et le conflit fut particulièrement sanglant. Il s'acheva par le traité de Paris en 1763.

2. En 1753, après son séjour décevant en Prusse auprès de Frédéric II – il espérait se voir confier une charge d'importance à la cour – tandis qu'il regagne la France, il est arrêté par la police et emprisonné à Francfort, soupçonné d'avoir emporté avec lui des manuscrits du roi.

Galland), quelques récits fantaisistes démystifiant la métaphysique (voir *infra*), tels *Zadig* (1747) et *Micromégas* (1752). Reprenant la forme de ce petit genre permettant toutes les audaces, il compose en quelques mois (de janvier à octobre 1758) un chef-d'œuvre. *Candide* présente en effet la triple particularité de renouveler l'art littéraire, d'instaurer un dispositif satirique d'une méchanceté inouïe et de transmettre à la postérité le testament d'un sage. Le succès de ce texte, diffusé en France et dans toute l'Europe à partir de février 1759, est immédiat. Malgré une publication d'abord anonyme, les lecteurs reconnaissent la plume de Voltaire. Le philosophe s'en défend en 1761, en attribuant le conte à un certain docteur Ralph, mort à la bataille de Minden. Mais le subterfuge ne trompe personne.

Un texte déroutant

Dans *Candide*, Voltaire parodie plusieurs genres anciens pour en construire un nouveau, le conte philosophique, texte déroutant, qui incite le lecteur à s'interroger sur le sens du voyage effectué par le héros (véritable *curriculum vitæ*, « chemin de vie ») et sur l'étrangeté du monde (à travers le regard que lui porte un étranger).

Du conte de fées au conte philosophique

Candide s'apparente à un conte candide, un pur divertissement indolore et enfantin nous transportant dans un univers extra-ordinaire où tout est au mieux. À la manière des contes populaires, le récit de Voltaire se présente comme une fiction avouée, conduite rapidement et construite mécaniquement par petites étapes qui constituent pour le héros autant d'épreuves à surmonter. Dans l'ensemble falots et dénués de profondeur psychologique, les personnages sont stéréotypés (le Candide, le Pédant, la Princesse, entre autres) et inscrits dans un jeu de contrastes clair (bons/méchants, riches/pauvres). L'action est déclenchée par la perturbation d'un ordre stable (la transgression d'un interdit sexuel). Les décors se révèlent symboliques et hyperboliques. La temporalité relève d'un vague temps jadis. Le merveilleux ne fait pas défaut (sol parsemé de « pierres précieuses ») et, dans ce monde coupé du réel, enchanté et allégé, tout vole (galère-oiseau, machine spatiale) et tout brille (Eldorado). La mort n'existe pas vraiment (le Pédant, Pangloss, survit à une pendaison et à une dissection), et l'amour finit par triompher (Candide épouse Cunégonde), en même temps que la dimension morale (fuir le Mal, servir le Bien) résumée par une courte moralité facile à retenir : « il faut cultiver notre jardin » (p. 168).

Candide est néanmoins un texte lourd de sens, un *compendium* de l'esprit critique voltairien. L'auteur y traite incidemment trois sujets d'importance et épineux : la théologie, la politique et l'art. D'abord, la question de Dieu. Existe-t-Il et où se trouve-t-Il ? Leibniz (p. 45) a montré dans ses *Essais de théodicée* (1710) que Dieu gouverne la création, l'existence du mal s'expliquant par une « harmonie préétablie » (p. 160) qui punit les méchants et finit par récompenser les justes ; selon ce système consolant, tout s'explique rationnellement et dans une perspective optimiste qui peut se résumer ainsi : tout est pour le mieux « dans le meilleur des mondes possibles » (p. 45). Or, pour Voltaire, déiste ennemi de l'Église et de tous les dogmes religieux, cette pensée est aberrante. Le deuxième domaine que l'auteur interroge est l'Histoire, en particulier celle construite par les hommes qui ont le pouvoir politique : les rois. En rédigeant *Candide*, il prépare la réédition de son monumental *Essai sur les mœurs* (1756), histoire universelle des idées et des croyances ; en plongeant dans le passé, il a découvert que le hasard seul commande les événements, lorsque ce n'est pas la sottise, la folie guerrière ou le fanatisme. L'actualité politique, avec le déclenchement de la guerre de Sept Ans, confirme cette analyse désabusée. La troisième sphère que l'auteur aborde est celle de la *mimésis* (« imitation », en grec, concept clé d'Aristote[1]) ; il s'agit de savoir si oui ou non « une imitation vraie de la nature » (p. 144) est possible à travers la littérature. Voltaire cherche comment rendre compte, par l'écriture, de la réalité et de son fonctionnement. Sont donc convoqués et commentés ou récrits quantité de textes fondateurs – en particulier la Bible (Candide s'apparente à Job, archétype du Juste éprouvé par Dieu) – et tous les grands genres : l'épopée (Homère, Virgile à travers l'*Énéide*, Le Tasse et l'Arioste), la tragédie, la haute poésie, etc. Mais également toute une bibliothèque de romans se rattachant à une double tradition : le roman sentimental (filiation de *L'Astrée*), et le roman d'éducation (filiation de *Gil Blas*).

En fait, Voltaire se sert du conte distrayant pour amener ses lecteurs à réfléchir sur des sujets ennuyeux. Il tronque le contenu merveilleux du conte et lui substitue un contenu critique. Par cette opération de chirurgien, il crée un conte autre : le conte philosophique. En effet, il ne reste rien de ce qui fondait le conte traditionnel, car tout est inversé : dans *Candide*, les épreuves constituent des preuves de l'existence du mal (le conte oriental intitulé « Histoire de la vieille » tourne au cauchemar !) qui contredisent Leibniz ; les héros ont des corps souffrants ancrés dans une réalité historique extrêmement crue où l'on croise « des cervelles [...] répandues sur la terre » (p. 51) ; les repères spatiaux se dérobent (« Comment y retourner ? dit Candide, et où aller ? », p. 101) ; le surnaturel est cantonné aux bornes d'un pays mythique ; quant à la « Conclusion », que l'on attend brève et nette, elle est au contraire interminable (un chapitre entier)

---

1. Le philosophe grec Aristote (385-322 av. J.-C.) considère dans sa *Poétique* que la poésie est « imitation » (entendue au sens de re-création) de la nature et de la vie (contrairement à l'Histoire, qui raconte ce qui est vraiment arrivé).

et plurivoque. Mais *Candide* n'est pas seulement un conte truqué jetant du « vitriol » (p. 79) sur le meilleur des mondes ; c'est aussi une machine à décrier les fictions, et surtout les romans. *Candide* réunit quantité de mini-romans et la matière de nombreuses biographies fictives. Il est facile de fabriquer ou de se fabriquer des fictions, mais il est difficile de s'en défaire, semble nous dire Voltaire, à travers le parcours de son héros. En parodiant le roman sentimental et le roman d'éducation[1], il fustige les illusions de l'amour et l'amour des illusions. D'abord, il fait prendre conscience à l'amant transi Candide que l'amour « ne [lui] a jamais valu qu'un baiser et vingt coups de pied au cul » (p. 55), et que son amante idolâtrée Cunégonde a été « violée autant qu'on peut l'être » (p. 55) ; ensuite, il inflige à son héros une éducation à rebours : sur le plan intellectuel, il l'amène à mettre en question tout ce qu'il croyait savoir (les idées fausses de Leibniz transmises par Pangloss) et, simultanément, sur le plan social, il le contraint à n'être ni roi, ni riche, ni remarquablement brillant. Ce travail de désillusion s'opère au moyen d'un parcours dans l'espace et d'une course dans le temps.

La parodie du récit de voyage

Le motif du voyage est structurant dans *Candide* : le héros cosmopolite se déplace sans cesse et rapidement (« Courons ! », p. 89), à pied, à cheval, en bateau, en machine volante… Chaque chapitre nous propulse dans une géographie inconnue, physique, sociale ou politique[2]. La trajectoire de Candide est pourtant originale,

---

1. Voir dossier, p. 190.
2. Voltaire nous fait visiter directement (au cours du récit principal) ou indirectement (par des récits secondaires enchâssés) : un château en Allemagne, la Hollande, l'Espagne et le Portugal, la haute société italienne, celle des pirates de la Méditerranée, le Maroc, la Tunisie, l'Algérie, la Russie, l'Argentine, le Paraguay, le pays des Oreillons, l'Eldorado (le Pérou ?), la Guyane, Venise, la France, l'Angleterre, la Turquie, le domaine du bon vieillard, au bord de la Propontide.

comparée à celle des récits de voyage traditionnels, car elle n'est pas uniquement circulaire (Europe/Amérique/Europe) : revenu en Europe après un passage en Amérique, le héros finit par quitter le vieux continent pour l'Orient voluptueux de Cunégonde. En effet, toute la démarche de Candide consiste à retrouver, quoi qu'il lui en coûte, l'univers heureux de conte de fées du chapitre I. Jeté comme Adam hors de son paradis terrestre, il est condamné à errer successivement dans le monde, dans le Nouveau Monde (l'Amérique), dans un monde autre (le « pays inconnu » d'Eldorado), dans la mondanité (Paris) et enfin dans un micro-monde (la métairie). Ces pérégrinations s'expliquent par deux quêtes : celle du meilleur des mondes, qui aboutit au séjour dans l'Eldorado (chapitres XVI-XVII), et celle de la meilleure des femmes, qui se termine en Propontide. Quand l'une est achevée, il passe à l'autre : « quand on a passé un mois dans Eldorado, on ne se soucie plus de rien voir sur la terre que mademoiselle Cunégonde » (p. 123). Mais les deux moitiés de son périple se font dans des conditions inverses : dans la première, il est sans amis, sans argent, sans prise sur le monde et sous l'influence de Pangloss, tandis que, dans la seconde, après l'Eldorado, il est très entouré, milliardaire, pragmatique et sous l'influence d'un contre-Pangloss, Martin. Candide n'en est pas moins, tout au long du texte, un être venu d'ailleurs qui fait constamment l'expérience de l'altérité. Il est étranger à tous les univers, qu'ils soient européens ou non. Pour lui, l'exotisme prend sans cesse la forme d'un désenchantement et le voyage celle d'un antivoyage qui n'apporte rien.

Si les destinations sont diverses dans *Candide*, les destins, eux, sont uniformément désastreux. Nul n'est maître de ce qui lui arrive (pas même les souverains, comme le montre le chapitre XXVI). Les hommes sont des êtres dérisoires balayés par le vent de l'Histoire. Pris dans le tourbillon des événements, ils sont privés de toute vie intérieure et leur comportement s'apparente à celui de marionnettes défilant sur le grand théâtre du monde.

Inconsistants, les protagonistes subissent passivement des maux en série (comme en témoigne l'antidestin de la vieille princesse, chapitres XI et XII), non seulement parce que « tous les événements sont enchaînés » (p. 169) mais aussi parce que les personnages sont liés les uns aux autres, condamnés ensemble à la même vie de galériens ; et même réunis, ils sont malheureux. La raison de ce gâchis échappe à tous. Ils ont toujours affaire à une causalité folle et à des forces qui les dépassent. Mais la petite troupe des héros de *Candide* est endurante. Les personnages de Voltaire ne meurent pas. Pendus, transpercés, blessés, choqués, ils survivent et conservent intact leur rage de vivre : « je voulus cent fois me tuer, mais j'aimais encore la vie », dit ainsi la vieille princesse à la fesse coupée (p. 85).

Au début, au milieu et à la fin de *Candide*, trois édens scintillent et font sens : un château, un royaume (l'Eldorado) et une métairie. Le premier est un rêve d'enfant qui se situe hors du temps et dans lequel le *logos* (le discours de Pangloss) est trop pesant ; le deuxième, mirage de philosophe – c'est une utopie –, ressemble à un espace circonscrit et coupé du monde dans lequel il manque l'image d'Éros (l'adorée Cunégonde) ; seul le troisième s'apparente à un projet d'homme mûr réalisable ici et maintenant, en conjuguant les talents de chacun. C'est le moins mauvais des paradis possibles, à la double condition de renoncer à l'optimisme métaphysique (faire taire Pangloss) et de modérer le désir physique (se satisfaire de l'horrible Cunégonde). En nouant et en stabilisant les destins dans un lieu préservé des aléas historiques, dans un microcosme qui ne connaît pas le mal, il ne paraît pas complètement impossible d'accéder au bonheur. Si Voltaire a mis à mal la philosophie de Leibniz selon laquelle les événements les plus tragiques s'inscrivent dans une finalité voulue par Dieu, il ne se sépare pas du Créateur, loin s'en faut. Certes, ce dernier paraît absent d'un monde sans pitié et sans piété, dans lequel la chair et la charité sont bafouées, mais Il exerce une action sur lui. Il existe nécessairement, même s'Il est loin, très loin (en utopie ?). Il est évident que les voies de Dieu ne sont pas claires, mais les voix de ceux qui prétendent les gloser ne le sont pas non plus : « Il faut avouer que ce monde est une étrange chose » (p. 92)...

Un œuvre d'une inquiétante étrangeté

Avec *Candide*, Voltaire entreprend de montrer le fonctionnement du monde pour attaquer la représentation qu'en donne le philosophe Leibniz. À cette fin, il emploie plusieurs stratagèmes : la mise en scène d'un héros naïf, qui porte un regard d'étranger sur un monde lui-même étrange ; la peinture de ce monde, reflet à peine déformé d'une réalité très noire ; et, enfin, un dispositif énonciatif retors fondé sur l'ironie qui renforce l'efficacité critique du texte en réclamant la connivence du lecteur.

Un héros énigmatique

Tel un diamant, le personnage de Candide possède plusieurs facettes. Souvent en situation de victime, allant de malheurs en malheurs et endurant rebuffades, fourberies, fessées, taloches et autres coups de bâton, il est semblable à un pitre de foire. C'est un sot qui compare sans conclure, qui n'établit pas les liens entre les faits ou qui les analyse mal (comme le montre l'épisode des nymphettes batifolant avec les singes, chapitre XVI). Parfois, il prend même des allures de Pierrot enfariné coupé de la réalité (notamment avec les enrôleurs, chapitre II). C'est aussi un individu endoctriné, marqué par les leçons de Pangloss : acquis à la théorie selon laquelle le monde est le meilleur et le plus heureux des mondes possibles, Candide ne peut se passer complètement de son maître, même après avoir expérimenté les défauts de son enseignement. Candide revêt également le visage du bon sauvage, de l'enfant parfait de la nature, de l'être totalement innocent, pur, vertueux, sincère, simple, naïf ; il préfigure en cela le Huron que

Voltaire mettra en scène dans *L'Ingénu* (1767). En même temps et paradoxalement, Candide, en fils spirituel de Voltaire, est un être hyper-civilisé. Poli, communicatif, agréable en société, il incarne l'idéal de l'honnête homme du XVIIe siècle. Il se révèle apte à s'entretenir avec toutes les élites, intellectuelles (le savant Martin, le seigneur Pococuranté), politiques (le roi du chapitre XVIII, les rois du chapitre XXVI) et religieuses (les patriarches pieux des chapitres XVII et XXX). À l'occasion, il sait parfaitement voir clair, au propre (c'est un tireur d'élite, au chapitre XVI) comme au figuré (au chapitre IX, il analyse avec le flegme d'un « milord anglais » une situation des plus confuses et des plus embarrassantes, pour conclure : « je suis en train de tuer, il n'y a pas à balancer »). À la fois sophistiqué et simple, Candide est un héros étonnant.

La réalité dans laquelle on le plonge se révèle tout aussi singulière.

Un récit peu crédible

Le texte de Voltaire semble bien peu vraisemblable. D'emblée, le premier chapitre tient à la fois du conte et du mythe (on y reconnaît une parodie de la Genèse). Tout au long du texte, l'invraisemblance paraît la règle : temporalité bizarre (il neige de façon soudaine à gros flocons au chapitre II), espace survolé de façon extravagante, succession incroyable d'« épouvantables calamités » (p. 155), chiffres exagérés (comme le prouvent les quatre mille coups de fouet du chapitre II). Le lecteur ne peut qu'adopter le point de vue de Candide et, comme lui, s'interroger : « Est-ce un songe ? » (p. 156). Cependant, dans l'esprit des autres personnages, toutes ces étrangetés et surtout les surenchères d'inhumanité et de monstruosité qu'observe et subit le héros n'ont rien d'extraordinaire : « c'est l'usage » (p. 113). Plus on vit, plus on endure. Et moins on s'étonne, comme le souligne Martin : « j'ai tant vu de choses extraordinaires, qu'il n'y a plus rien d'extraordinaire » (p. 123). Si Candide est ébahi, c'est parce qu'il ignore tout de la vie.

En acquérant de l'expérience, il s'avisera – et le lecteur avec lui – qu'« il y a horriblement de mal sur la terre » (p. 166)[1] et rejoindra le clan de ceux qui ont vécu, réellement vécu. Plus Candide perd ses illusions et souffre, plus il s'approche de la vérité, comme l'ont fait avant lui les autres : ils ont admis l'existence du mal. Candide, lui, résiste. Le saccage de Thunder-ten-tronckh a beau lui être raconté à trois reprises, par Pangloss (chapitre IV), par Cunégonde (chapitre VIII) et par le baron (chapitre XV), il n'y croit pas vraiment. Il ne peut adhérer à une vision du monde qui soit totalement sombre. Il conserve toujours une pointe d'optimisme, en dépit des démentis ironiques que Voltaire lui inflige.

L'ironie voltairienne : un dispositif énonciatif retors

Dans *Candide*, Voltaire se sert d'un système énonciatif particulièrement rusé, fondé sur un principe d'ironie généralisé. L'ironie peut se définir comme une stratégie énonciative consistant à mimer le discours d'un adversaire en faisant comprendre, par certains indices, qu'on se moque de lui ; on entend donc deux voix : celle de l'énonciateur raillé et celle de l'énonciateur raillant. Dans *Candide*, l'ironie se manifeste par une multitude d'antiphrases, d'expressions employées dans le sens contraire au sens véritable ; ainsi le très beau château de Thunder-ten-tronckh n'est-il en réalité qu'un dérisoire manoir. C'est que, adoptant la perspective du « tout est bien », le narrateur est contraint de tout idéaliser. Ce qui le conduit à discréditer malgré lui la thèse optimiste qu'il défend ; en effet, son récit accumule les preuves que tout va mal (guerre, anarchie, séisme) ; la simple énumération des événements d'une vie suffit à produire un effet puissant d'antithèse (par exemple, l'histoire de Pangloss, chapitre XXVIII). Désireux de

1. Voltaire prend soin de confronter son héros à des faits avérés historiquement et bien connus du lecteur : la guerre de Sept Ans, le tremblement de terre de Lisbonne, l'attentat de Damiens, la traite des Noirs, l'Inquisition.

magnifier l'ordre du meilleur des mondes, le malheureux narrateur est condamné par Voltaire à le représenter comme le pire qui soit. À cette structure ironique, Voltaire ajoute les ironies du sort ; tous les désirs de Candide – apprendre (*libido sciendi* héritée de Pangloss), aimer Cunégonde (*libido sentiendi*) et dominer le monde (*libido dominandi*, née de l'Eldorado) – tournent court : il désapprend l'optimisme, abomine Cunégonde et ne parvient à subjuguer qu'un ramassis de traîne-misères réunis au bout du monde. L'ironie voltairienne est d'autant plus efficace qu'elle est à double détente : dénoncer les illusions de son personnage lui permet aussi de dénoncer la réalité.

Un monde vitriolé

La critique de l'optimisme

Si Candide est enferré dans la philosophie optimiste, c'est à cause de son « maître de philosophie » (p. 54), lequel n'est lui-même que la voix de « Leibniz ne pouvant avoir tort » (p. 160). Mais Pangloss, grand *causeur* au sujet du mal, est en même temps une *cause* du mal (il pervertit le petit éden du chapitre I). Ce « traître à penser » est avant tout un assembleur de mots creux, un phraseur (comme l'indique son nom, constitué de l'association des mots grecs *pan*, « tout », et *glôssa*, « langue »), et un mauvais logicien. Il a la passion des gloses, des explications sur le vif (comme celle qu'il donne du séisme, p. 60), de la recherche des sources et des généalogies ; bref, il ne vit que pour causer des causes. Il sert probablement à Voltaire de repoussoir bouffon. Mais, sorti de son petit cénacle, cet homme du *logos* (il est « docteur » en théologie) se révèle un gueux dont l'apparence physique repoussante symbolise l'horreur de Voltaire pour la métaphysique (voir son portrait de vérolé, p. 54). Pangloss est-il fondamentalement antipathique ? C'est un personnage de farce, une caricature de professeur au fond plus préoccupé par la « physique expérimentale » (p. 46) appliquée aux femmes que par l'expérimentation de la philosophie. Ami de Candide, bon vivant et bon compagnon, considéré comme un hérétique par l'Église (ce qui est positif pour Voltaire), il possède une certaine humanité sous ses dehors burlesques et son goût pour les dorures. Sa faiblesse réside dans son refus de perdre ses illusions : « ayant soutenu une fois que tout allait à merveille, il le soutenait toujours, et n'en croyait rien » (p. 165).

Au-delà de la caricature plaisante de Pangloss, l'optimisme est critiqué sérieusement en tant que système métaphysique (des mots grecs *meta* « qui dépasse, englobe » et *physikos* « la science de la nature »). Rappelons que l'optimisme propose un système d'explication de la nature selon lequel Dieu est la source, la cause de l'ordre du monde, autrement dit que l'ordre du monde est l'effet du *logos* divin ; et cet ordre préétabli est juste puisque d'une part l'existence du mal (les méchants) est contrebalancée par celle du bien (les bienfaiteurs), et d'autre part le mal mène au bien. Du point de vue argumentatif, la thèse positive de Leibniz est : tout peut être expliqué (en termes de « cause » et d'« effet », p. 46) en adoptant le point de vue de Dieu, ce qui revient à considérer que la métaphysique explique la physique (la nature, l'ordre du monde). Or *Candide* démontre la thèse contraire. D'abord, le texte souligne que la « métaphysico-théologo-cosmolonigologie » est incapable d'expliquer une chose clairement et qu'elle utilise une logique aberrante procédant d'un raisonnement *a priori* et inversant la cause et l'effet (par exemple, à propos des lunettes, p. 45). Ensuite, il révèle que l'optimisme engendre une vision déformée de la réalité en minimisant, voire en esthétisant le mal (dans l'épisode de la guerre opposant Abares et Bulgares). Enfin, il contredit l'idée que le bien est nécessairement victorieux par le simple répertoire documentaire des faits qu'il déroule sous nos yeux. Pour réfuter la thèse de l'auteur des *Essais de théodicée*, Voltaire recourt même à un raisonnement par l'absurde : si l'on ne peut admettre que l'optimisme est une aberration, on est entraîné vers une conséquence absurde : devoir inventer pour lui un monde parallèle, un pays inconnu[1], à part (l'Eldorado), qui lui corresponde. La conclusion de la démonstration est simple : la thèse de Leibniz est fausse, la métaphysique est coupée de la nature réelle et l'optimisme est ruiné.

Quelle espérance reste-t-il alors ? Il reste Dieu. Voltaire se coupe de la métaphysique mais non de Dieu. Ce dernier est certes infiniment éloigné du monde et de l'intelligence humaine, mais il demeure pour l'auteur l'Être suprême. Sans lui, l'homme tombe dans le « désespoir » (p. 96) et la dépression, nourrissant le sentiment que « tout n'est qu'illusion » (p. 138) ; il développe un pessimisme noir (figuré par Martin), et se trouve tenté par le suicide. L'optimisme est donc absolument nécessaire. La force de Candide est de refuser qu'on annihile en lui (malgré le matraquage verbal de Martin) son besoin d'avenir. Sans le dynamisme apporté par un optimisme raisonnable (et relatif), rien ne peut progresser réellement. Quant à l'optimisme métaphysique, il n'est pas gênant si on le réduit à un passe-temps, à un prétexte admirable pour disserter passionnément, entre amis philosophes (Pangloss, pseudo-Pangloss, anti-Pangloss).

1. Tel est le cas de Candide qui soutient : « il faut absolument qu'il y en ait un [pays] de cette espèce » (p. 105).

Une brutalité universelle

Candide représente le mal triomphant. Voltaire dépeint une universelle brutalité, chiffres, témoignages et reportage à l'appui (voir le réalisme des notations descriptives du chapitre III), sans prendre soin de distinguer « bons sauvages » et « méchants civilisés » : la barbarie maniérée est universelle (les Oreillons sont des cannibales raffinés, la « boucherie » des Abares et des Bulgares est « héroïque », p. 50). Dans *Candide*, Voltaire dresse un inventaire des maux de l'humanité, dans lequel il n'invente rien (il ne se réfère qu'à des réalités historiques) et établit une encyclopédie raisonnée des causes du mal : le mal théologique (intolérance religieuse), le mal politique (guerre, préjugés aristocratiques), le mal économique (trafic d'esclaves, antagonismes commerciaux), le mal moral (que symbolise le chapelet des dix-neuf vices, p. 124), le mal naturel (catastrophes, maladies). Exhaustive et sans concession aux bienséances, cette revue des calamités de l'humanité est dénuée de commentaires. Voltaire coupe court au *pathos*. Dans ce monde, tout se passe comme si l'horreur était normale. Cette insensibilité extrême (et feinte) face à l'insoutenable produit un effet puissant de dénonciation et sert l'humour noir du texte (voir Pangloss glosant sa pendaison, p. 159, ou l'eunuque lubrique, p. 80) ; Voltaire adopte souvent le point de vue de l'antéchrist pour évoquer l'enfer terrestre.

La domination du monde par le mal pénètre les destins individuels. Pour les personnages du conte, le quotidien est une succession de scénarios de tragédie[1] ; l'horreur faisant partie du cours ordinaire des choses, les personnages considèrent que la pire souffrance « n'est qu'une bagatelle » (p. 77). Leur seule consolation, dérisoire, est de jouer au concours du plus malheureux (chapitre XIII). Dans cette réalité odieuse, où s'exerce, comme

1. Voir l'alexandrin de la vieille (qui a l'âge d'avoir connu Racine).

dans la jungle, la loi du plus fort, non seulement l'humanisme et l'humanité ne sont que des mots, mais l'être humain n'est qu'une marchandise (comme en témoigne l'histoire de la vieille princesse vendue et revendue), qu'un tas de viande destiné à un usage alimentaire (celui des mangeurs de fesses) ou sexuel.

Voltaire nous contraint à regarder en face cette monstruosité qu'on appelle la civilisation humaine. En clinicien, il décrit l'impact moral du mal le plus grand – pleurs, peur, désespoir. Surtout, Voltaire dit le pire en explorant le mal physique –, les infinies tortures et exactions, les démembrements, les castrations, les dissections à vif, etc. –, quitte à braver les tabous et à paraître insoutenablement scabreux : il détaille la palpation anale subie par la princesse (p. 77), met en scène la bestialité sexuelle (à travers l'épisode de la zoophilie, p. 97), donne à entendre le récit d'agressions sexuelles mais aussi la parole de la prostituée Paquette, condamnée au viol à vie (p. 141). Dans *Candide*, Voltaire n'est pas un phraseur mais un défenseur des faibles et de ceux qui souffrent.

Les coups de griffe du philosophe des Lumières

Si le mal domine, c'est aussi parce que certains ont intérêt à le répandre. Les puissances du mal sont clairement désignées : les chefs d'Église et d'État. La première cible de Voltaire est le clergé. Ce dernier sert hypocritement le mal en incitant les hommes au fanatisme et à l'intolérance, en provoquant des désordres sociaux, en encourageant le développement de la superstition, etc. Sont visés tous les clergés de toutes les confessions et de tous les pays, et particulièrement les jésuites[1], qui présentent la spécificité de

1. Les jésuites sont des religieux, membres d'un ordre appelé la Compagnie de Jésus, fondé en 1540 par Ignace de Loyola (1491-1556). Dans les années 1760, ce sont les confesseurs des rois catholiques ; puissant et influent, l'ordre compte vingt-trois mille membres répartis dans trente-neuf pays, huit cents collèges (Voltaire

désirer à la fois le pouvoir théologique et le pouvoir politique (ce que souligne l'utopie théocratique du Paraguay, chapitres XIV et XV). La seconde cible des attaques du conteur est la noblesse. Aussi bien la haute aristocratie à laquelle appartiennent les rois et les tyrans que la petite, qu'elle soit de robe ou d'épée ; l'une, représentée par le baron qualifié de « maître fou » (p. 162), est folle d'orgueil et assoiffée de sang, l'autre ne produit que des juges incompétents, cupides, véreux, qui emploient la torture et sont indifférents aux droits humains fondamentaux.

Pour affronter ces malfaisants, Voltaire utilise différentes armes. La première d'entre elles est stylistique : l'auteur recourt à la satire, qui repose essentiellement sur l'ironie (voir *supra*). Voltaire feint d'adopter le point de vue hypocrite de ses ennemis pour mieux les discréditer (il magnifie une bataille puis en exhibe les conséquences hideuses, au chapitre III). Dans *Candide*, le bel ordonnancement rhétorique est toujours mis à mal par la juxtaposition immédiate de notations triviales ; la conjonction *mais* sert souvent à marquer cette opposition. Appliqué aux religieux, le coup porté consiste à les affubler de tous les vices (voleurs, impies, lubriques, tartuffes...) ; mieux : dès qu'un travers est mentionné, il est aussitôt associé à une figure du clergé. Voltaire utilise aussi les ressorts de la caricature, qu'elle soit intellectuelle (le lénifiant Pangloss est un double satirique de Leibniz) ou physique (comme le portrait hilarant de l'aristocrate espagnol au chapitre III) ; dans ce dernier cas, la charge est féroce et brève : il s'agit de réduire l'ennemi à presque rien, à une ruine. La seconde arme qu'utilise Voltaire est Candide lui-même. Son personnage sert son militantisme : le capitaine Candide transperce ainsi deux tenants de la Bible (un représentant de l'Ancien Testament et un représentant

fut leur élève de 1704 à 1712 au lycée Louis-le-Grand à Paris) où professent quinze mille enseignants, des centaines de fondations dans le monde (dont au Paraguay), etc. Ils sont hostiles aux philosophes. L'ordre fut supprimé en France peu de temps après la parution de *Candide*.

du Nouveau) ; il élimine également de sa vie le hobereau errant qui symbolise le comble de la morgue aristocratique et de l'orgueil jésuitique, le baron. Enfin, Voltaire attribue à ses cibles un destin ridicule et humiliant : une fille de pape (!) amputée d'une fesse, un despote condamné à mendier, une aristocrate devenue laveuse d'écuelles, un docteur en théologie sommé de se taire, etc.

Il n'est pas impossible que Voltaire ait éprouvé une jubilation à détruire, à faire le mal « en riant » (p. 128). Certes, plus il attaque ses cibles, mieux il imite la brutalité de notre monde. Il reste que brutalités et jouissance sont souvent liées. Les destinataires de *Candide* et ceux des récits enchâssés (de l'histoire de la vieille, par exemple) éprouvent une excitation à s'entendre conter des séries de sévices (le texte souligne « le plaisir de voir le combat » à mort, p. 121), et les conteurs à les évoquer. L'écriture impitoyable de *Candide* associe un comique irrésistible à un sadisme[1] incontestable. Cependant, Voltaire ne se limite pas à l'art de critiquer et de battre ; il est également soucieux d'édifier son lecteur et de bâtir pour l'avenir : à travers *Candide*, il nous indique comment se former par l'expérience et quel message retenir des Lumières.

L'expérience de la pensée

Un roman d'éducation

Candide apparaît d'abord comme un faux héros. Au début du texte, le « petit Candide » n'est rien et n'a rien : pas de biens, pas de parents, pas de rang, pas de nom propre, pas de pensée

1. Quand paraît *Candide*, le philosophe Sade a dix-neuf ans. Le texte de Voltaire sera son livre culte. L'œuvre majeure de Sade est une somme romanesque et un sommet de l'obscénité (publiée en 1797, illustrée de gravures pornographiques) narrant la destinée de la candide Justine (*La Nouvelle Justine ou les Malheurs de la vertu*), puis celle de la rouée Juliette (*Histoire de Juliette, sa sœur, ou les Prospérités du vice*).

personnelle. C'est un être mineur vivant sous cloche, dans un microcosme de faux-semblants. Ce jeune garçon présente cependant un potentiel de jeune premier : il est bien fait, a de la prestance et une humeur débonnaire. Tout est donc pour le mieux chez lui, à l'exception de son intelligence : c'est un simple d'esprit, incroyablement crédule. Il porte foi sans examen à tout ce qu'on lui dit. Son innocence naturelle se manifeste aussi dans sa relation amoureuse avec Cunégonde : sincère et généreux, idéaliste et chaste, il a toujours le cœur sur la main. Mais, en dépit de sa candeur, il est châtié lorsque son amour platonique pour Cunégonde prend un caractère charnel (chapitre I). Brusquement projeté dans le monde, il mène une quête de l'être absolu (qui réunirait Pangloss et Cunégonde, l'amour métaphysique et l'amour physique). Progressivement, celle-ci le conduit à se retrouver seul et à prendre du recul par rapport à ceux qu'il idolâtrait.

Candide se construit en effet à partir d'expériences. Il n'est d'abord qu'un corps comme un autre, subissant le joug militaire d'une discipline de fer, puis toute une série d'humiliations physiques : il est fouetté à mort, fessé, corrigé, etc. Dans un deuxième temps, après avoir assimilé l'expérience de la douleur physique, il découvre la souffrance intellectuelle. Il est confronté à plusieurs problèmes essentiels : les rapports entre l'illusion et la réalité (à travers la mise à l'épreuve de l'optimisme panglossien), l'être et le paraître (comme en témoignent ses égarements sentimentaux à Paris, chapitre XXII), l'avoir et le savoir (il édifie son bonheur sur sa ruine, chapitre XIX), le bien et le mal (il assassine deux êtres en « deux minutes » p. 72), le juste et l'injuste (il condamne à tort deux innocents, chapitre XVI), etc. De chapitre en chapitre, il accumule toute une connaissance sur le monde. Et, par petites étapes – que soulignent les adjectifs qui servent à qualifier le héros : le « bon Candide », le « fessé Candide », le « brave Candide », le « désolé Candide », etc. –, il apprend. Il s'ouvre aux autres en écoutant leurs récits, en discutant et en reformulant à plusieurs reprises sa propre histoire. Dans un troisième temps, il mène sa propre enquête sur la réalité et la questionne (comme lors de l'interview de Paquette, chapitre XXIV).

Il devient ainsi progressivement un être humain digne de ce nom, autonome et attachant (il se fait des amis sûrs). Il est aussi attaché aux siens. Grâce à l'or tiré de l'Eldorado, il rachète ou recueille Pangloss, Cunégonde, le baron, Martin, Paquette et Cacambo. Il leur donne la possibilité de vivre autrement ensemble, de former une petite société à part. Si la réalisation de cette utopie de la communauté échoue d'abord, le texte semble s'achever sur une note optimiste (donc ironique ?) dans le dernier paragraphe. Candide épouse la peu appétissante Cunégonde par devoir moral ; il se montre imperméable au désespoir (malgré les assauts de Martin) et aux préjugés ; il est ouvert aux avis de chacun ; et surtout il est soucieux de s'intéresser à la réalité la plus concrète qui soit (« cultiver [son] jardin ») et de congédier tout ce qui ne change pas : le baron, qui fait le seigneur, et l'Histoire sanguinaire, autrement dit le noble et l'ignoble.

Si Candide est un héros qui expérimente et *Candide* une expérience pour créer un nouveau héros, le personnage et l'œuvre ont aussi pour fonction de servir et diffuser la bonne cause, celle des Lumières.

L'esprit des Lumières

Candide est l'un des chefs-d'œuvre de la littérature des Lumières dont Voltaire fut (avec Diderot) le chef de file. Les idées nouvelles y sont défendues et illustrées de façon brillante : anti-métaphysique, quadrillage du monde (au moyen de la cartographie et de catalogues), goût de l'expérience (symbolisée par la vieille et les sages vieillards) et primauté absolue accordée à la raison (explicative, critique et démystificatrice). Voltaire parvient à mettre à la portée de tous, par le rire, l'essentiel du message des philosophes. Mais il ne manque pas également de promouvoir ses idées personnelles : la nécessité de militer, le déisme, le despotisme éclairé dont le bon roi familier et spirituel d'Eldorado est une illustration. Surtout, il laisse à la disposition de ses successeurs (les futurs défenseurs des droits de l'homme) des armes de combat précieuses et bien aiguisées : l'extériorité feinte, l'humour noir et l'ironie grinçante.

Toutefois, les limites de la philosophie des Lumières ne sauraient lui échapper : la foi dans le progrès de l'humanité est peut-être un leurre et le pouvoir des mots est insuffisant pour combattre les attaques bien réelles des méchants – les antiphilosophes[1]. Voltaire sait aussi que l'homme ordinaire (le vulgaire, tel le matelot pillard du chapitre V) considère la raison universelle comme une niaiserie et ne cherche qu'à tirer son profit du malheur des autres, qu'il prend du plaisir dans les spectacles horribles qui se jouent devant lui (lors de l'autodafé), que la richesse permet tout, que la science piétine et que vivre, c'est devenir « bien dur » (p. 142). Ensuite, les belles idées des philosophes sont peut-être des illusions ; l'Eldorado, « pays où tout va bien » (p. 105), est l'utopie de l'optimisme, mais aussi une métaphore de l'utopie des Lumières. Or, c'est une prison dorée, dont les sujets promettent de ne jamais sortir et dans laquelle tout est enjolivé ; tout s'y passe comme si le mal (la jalousie, les rivalités, les conflits) n'existait pas, comme si le bonheur pouvait naître sans l'expérience du malheur, comme si quelque chose pouvait avoir de la valeur lorsque tout est toujours parfait... Enfin, Voltaire s'interroge sur l'efficacité du discours philosophique. La rationalisation forcenée peut déboucher sur la discussion sans fin, le galimatias ou l'aporie (absence de conclusion). La seule chose que les philosophes réunis en Propontide (Pangloss, Candide et Martin) parviennent à semer,

1. Rappelons par exemple que quelques années après la parution de *Candide*, un jeune homme (le chevalier de La Barre) fut exécuté, le 1er juillet 1766, à Abbeville, pour n'avoir pas ôté son chapeau au passage d'une procession religieuse.

c'est la zizanie, née d'un « ennui excessif » (« ennuyer » vient du latin *inodiare*, dérivé de *odium*, « haine »).

Par conséquent, on ne s'étonnera pas que le chapitre intitulé « Conclusion » ne soit qu'un pis-aller. Une fois balayées toutes les autorités et les idées reçues des parents, des maîtres, des penseurs, des religieux, des politiques, des savants, que reste-t-il ? Quasi rien : de la laideur, du désenchantement, des déceptions, des cicatrices... Candide n'a plus que le minimum pour vivre. Il va reconstruire son existence en s'appuyant sur des valeurs humanistes : la charité, la tolérance, l'ouverture, la piété. Le récit donne à voir une sagesse dont la portée est limitée : la bienfaisance autour de soi, donner un sens à sa vie en se livrant à des activités monotones mais utiles, etc. Il est possible qu'en ce tableau final réside le message transmis par Voltaire, à moins que cette peinture édifiante ne constitue qu'un malicieux pied de nez. Quoi qu'il en soit, la sentence finale de Candide recèle une ambiguïté riche de sens multiples, qui peuvent s'appliquer aux différents domaines de la sphère humaine :

– intellectuel : puisque le bonheur n'existe pas, il faut arrêter de penser et se consacrer au travail ;

– psychologique : puisque les autres sont égoïstes, il faut cultiver ses propres qualités et se replier sur soi ;

– économique : puisque les richesses sont périssables, il faut prospérer en valorisant une propriété par une gestion saine ;

– social : puisque l'on n'arrive à rien tout seul, il faut s'entraider et faire ensemble un travail productif en cultivant le sol ;

– politique : puisque l'accès au pouvoir est impossible, il faut s'écarter de l'Histoire en marche ;

– philosophique : puisque le mal est général, il faut partir de presque rien et agir pour élargir le royaume de la raison.

Une voix dissimulée…

Voltaire paraît absent de sa fiction. L'auteur s'efface derrière le traducteur/narrateur Ralph[1] dont la présence est discrète (un « je » et quelques « on », « nous », « nos »). Le docteur allemand est toujours distant, ironique (à son insu ?) et impénétrable. Ses commentaires sont rares ; il ne révèle explicitement sa pensée qu'une une seule fois, lorsque Candide et Cacambo décident, par vanité, de quitter l'Eldorado ; Ralph critique alors leur choix en stigmatisant les « deux heureux résol[us] de ne plus l'être » (p. 110) ; à travers cette remarque mordante et dénuée d'ironie, on entend peut-être directement la voix de Voltaire. Celui-ci semble aussi s'exprimer sans masque lors du catéchisme du bon vieillard de l'Eldorado, qui ne contient aucune critique ; il est vrai cependant que tout l'épisode paradisiaque peut être lu comme une représentation ironique du rêve philosophique puisque cet éden est relégué au fin fond… d'une fiction ! On ne peut avec certitude attribuer à Voltaire aucun discours, aucune émotion non plus : son narrateur raconte les yeux secs, avec un sang-froid qui le rapprocherait plutôt de Martin. En disparaissant de son texte, Voltaire se protège évidemment contre la censure et surtout contre les poursuites qui le conduiraient au cachot ; à l'époque où il écrit, les jésuites ont un pouvoir de représailles bien réel. Mais cette extériorité répond aussi à un choix philosophique. Voltaire permet aux lecteurs, ainsi qu'à lui-même, de garder quelques distances avec l'histoire de Candide et avec l'Histoire des candides que sont les hommes.

Voltaire ne désire pas se faire oublier, bien au contraire. Il habite son texte à travers l'ironie, procédé qui suppose que le lecteur aille à sa rencontre, devienne son complice et se familiarise avec son tour d'esprit. Sa « misérable Hautesse » (p. 154) qu'est Voltaire, au fond n'aime rien tant que laisser à son interlocuteur l'illusion

1. Ce docteur Ralph décède à Minden, en l'an de grâce 1759 (année de la première édition), précise l'édition de 1761 (voir p. 45).

d'avoir compris sa pensée. La présence subtile de Voltaire se manifeste également dans son goût pour le genre mineur, pour tout ce qui relève de la concision (« le raisonnement [...] net et rapide » de Candide, p. 71) ; cet art du scalpel lui permet d'opérer ses satires acerbes et ses arrêts sur image frappants, qui sont parfois l'expression d'une certaine pudeur (voir l'émotion contenue devant l'esclave, chapitre IX). À la limite, et de façon étonnante dans un texte visant au prosaïsme le plus noir, Voltaire parvient, à force de cultiver le presque rien, à faire s'entrechoquer les signifiants (et les significations), à travailler le rythme et à obtenir des effets de poésie (en particulier par l'invention verbale). Cependant, il refuse, comme l'a fait l'éthéré Candide, « de passer par-dessus des tas de morts et de mourants » (p. 51). Son but n'est pas de s'évader du réel mais de ramener le lecteur à la plate réalité. S'il joue, il ne joue pas gratuitement. L'enjeu est la dignité humaine de ceux forcés à vivre *in articulo mortis*.

Voltaire écrit *Candide* dans une période sombre de sa vie. S'interrogeant sur le monde, il s'interroge aussi sur l'art et sur son efficacité. Le chapitre XXII lui permet de faire une petite revue satirique du Paris littéraire qu'il connaît bien (la marquise/actrice de Polignac est un Pangloss de luxe), mais c'est au chapitre XXV, qu'il se livre à une stupéfiante autoscopie, lui, l'« Illustrissime » (p. 145) des Lumières. Après une vie de lectures, la conclusion du vieux dandy Pococuranté est cinglante ; lors d'un autodafé de livres, il ne sauve du bûcher que quelques pages choisies en fonction d'un seul critère : l'utilité qu'elles ont pour lui – « je n'aime que ce qui est à mon usage » (p. 147). Après l'art, la réflexion porte sur l'esprit critique lui-même. Dire du mal de tout et de tous, est-ce vraiment un plaisir ? ou plutôt « du plaisir à n'avoir pas de plaisir » (p. 149) ? Voltaire a un penchant peut-être un peu trop marqué pour la satire et la rationalité critique, certes. Mais c'est quand même le plaisir qui l'emporte. Celui, jubilatoire, d'écrire en ayant le « diable au corps » (p. 120), la rage d'incendier en « un clin d'œil » (p. 129) un monde de papier où l'on peut à la fois prendre la défense de ses ennemis jurés, emprunter leur apparence et leur voix, et les déchirer à belles dents (« Mangeons du jésuite ! ») en éclatant de rire.

CHRONOLOGIE

1694-1778

■ Repères historiques et culturels

■ Vie et œuvre de l'auteur

Repères historiques et culturels

1696 Bayle, *Dictionnaire historique et critique*.

1712 Naissance de Rousseau (Suisse).

1713 Naissance de Diderot.

1715 Mort de Louis XIV. Début de la régence du duc Philippe d'Orléans.
Lesage, *Gil Blas de Santillane*.

1719 Defoe, *Robinson Crusoé*.

1721 Montesquieu, *Lettres persanes*.

1723 Mort du régent Philippe d'Orléans. Louis XV devient roi de France (il a treize ans).

Vie et œuvre de l'auteur

1694 Le 21 novembre, naissance à Paris de François Marie Arouet, dans une famille bourgeoise aisée (son père est notaire) et cultivée (sa mère tient salon et reçoit notamment Boileau et Saint-Simon). Son parrain est un libertin érudit.

1701 Mort de sa mère.

1704-1711 Voltaire effectue de brillantes études chez les jésuites, au collège Louis-le-Grand, où il reçoit une parfaite culture humaniste.

1711 Son père l'inscrit à la faculté de droit. Voltaire ne veut pas devenir avocat mais poète. Il déserte la faculté.

1715 Il fréquente les salons littéraires, les milieux du théâtre, et la société libertine et frondeuse du palais du Temple où les théistes (déistes) dominent.

1716 Des vers satiriques hostiles au Régent lui valent d'être embastillé pendant onze mois ; une fois libéré, il prend le pseudonyme de Voltaire (anagramme d'AROUET Le Jeune).

1718 Succès de sa tragédie classique en vers *Œdipe* (imitée de Corneille).

1723 Succès de son épopée en vers *La Henriade* (imitée de Virgile). Voltaire apparaît comme le plus grand poète de son époque.

1726 Il devient une sorte de poète officiel de la cour (mais Louis XV le détestera toute sa vie). Mondanités, traits d'esprit et aventures galantes se multiplient. Il entre en rivalité amoureuse, puis en conflit avec le chevalier de Rohan. Le roturier Voltaire est roué de coups par les laquais dudit Rohan et demande en vain justice. Il est embastillé à la suite d'une lettre de cachet, puis autorisé à s'exiler ; cette mise à distance de deux ans forgera son esthétique et sa philosophie.

Repères historiques et culturels

1731	Marivaux, *La Vie de Marianne*. Prévost, *Manon Lescaut*.
1735	Lesage, *Gil Blas de Santillane* (fin).
1736	Crébillon fils, *Les Égarements du cœur et de l'esprit*.
1740-1748	Guerre de Succession d'Autriche.
1745	Victoire des troupes françaises à Fontenoy. La marquise de Pompadour (favorable à l'*Encyclopédie*) devient la maîtresse « officielle » de Louis XV.
1746	Condillac, *Essai sur l'origine des connaissances humaines*. Diderot, *Pensées philosophiques*.
1747	Diderot se voit confier, avec d'Alembert, la direction de l'*Encyclopédie* (collaboration avec Buffon, Rousseau, Dumarsais, d'Holbach, Montesquieu, Voltaire…).
1748	La Mettrie, *L'Homme-machine*.

Vie et œuvre de l'auteur

1732 *Zaïre*, tragédie imitée de Shakespeare. Voltaire écrira en tout vingt-huit tragédies et sera considéré comme l'héritier et l'égal de Corneille et de Racine.

1733 Début de sa liaison avec Mme Du Châtelet, mathématicienne éminente.
Publication du *Temple du goût* (exposé de ce qu'est pour lui l'essence du classicisme).

1734 Publication simultanément à Londres et à Paris des *Lettres anglaises* (exposé de son programme philosophique et de son positionnement : la littérature d'intervention) ; il est embastillé.
L'été, il se réfugie au château de Cirey, en Lorraine, chez Mme Du Châtelet qui l'initie à la philosophie scientifique

1736 *Le Mondain* (hymne au plaisir et apologie de la civilisation, mais aussi satire du rigorisme chrétien) fait scandale.

1738 *Éléments de la philosophie de Newton* (vulgarisation des théories du savant anglais).

1744 Protégé par Mme de Pompadour, favorite du roi, il triomphe à la cour. Mais il sera disgracié pour un trait d'esprit qui n'a pas plu à Louis XV.

1746 Élection à l'Académie française.

1748 *Zadig ou la Destinée*, conte oriental sur la Providence.

Repères historiques et culturels

1749 Buffon, *Histoire naturelle* (t. I à III).
Diderot, *Lettres sur les aveugles* (l'auteur est emprisonné à Vincennes).

1750 Rousseau, *Discours sur les sciences et les arts.*

1751 Diderot, premier volume de l'*Encyclopédie*.

1752 Le deuxième volume de l'*Encyclopédie* paraît. Le Conseil d'État du roi ordonne la suppression de l'ouvrage jugé dangereux pour les mœurs, la religion et le gouvernement. Perquisition de la police chez Diderot.

1753 Buffon, *Histoire naturelle* (t. IV).
Annulation de l'interdiction de l'*Encyclopédie*. De 1753 à 1757 paraîtront ainsi cinq volumes, au rythme de un par an.
Affaire des billets de confession.

1754 Naissance du futur Louis XVI.

1755 Mort de Montesquieu.
1er novembre : tremblement de terre de Lisbonne.
Rousseau, *Discours sur l'origine et les fondements de l'inégalité parmi les hommes*.

1757 Palissot, *Petites Lettres sur de grands philosophes*.
Rousseau *Lettres sur la Providence*.

1758 Helvétius, *De l'esprit*.
Rousseau, *Lettre à d'Alembert sur les spectacles*.
Rupture de Rousseau avec Diderot (suite à l'article « Genève » de l'*Encyclopédie*).

1759 L'*Encyclopédie* est jugée subversive par le Parlement. Le roi révoque les privilèges pour son impression et ordonne la destruction par le feu des sept premiers volumes.

Vie et œuvre de l'auteur

1749 Mort brutale de Mme Du Châtelet.

1750 En juillet 1750, il cède à l'invitation de Frédéric II de Prusse et se rend à Berlin ; il rêve de servir un despote éclairé. Bénéficiant de la faveur du roi prussien, il travaille et publie.

1751 Il publie *Le Siècle de Louis XIV* (glorification de Louis XIV pour critiquer Louis XV).

1752 *Micromégas*, conte de science-fiction.
Début de la rédaction du *Dictionnaire philosophique portatif*.

1753 En mars, Voltaire est renvoyé en France ; fin de l'épisode prussien, mais les deux hommes correspondront régulièrement.

1754 Il rédige, à partir du tome V, des articles pour l'*Encyclopédie*.

1755 En mars 1755, il s'installe aux Délices, luxueux domaine près de Genève. Fin novembre, affecté par le séisme de Lisbonne (on parlait de cent mille morts), il écrit son *Poème sur le désastre de Lisbonne*, cri de détresse devant l'ordre du monde.

1756 *Essai sur les mœurs et l'esprit des nations*, immense histoire universelle des sottises des civilisations humaines (commencée trente ans plus tôt).

1759 *Candide ou l'Optimisme*.

Repères historiques et culturels

1760	Palissot, *Les Philosophes*.
1761-1766	Choiseul, secrétaire d'État à la Guerre et à la Marine.
1761	Rousseau, *La Nouvelle Héloïse*.
1762	Arrêt du Parlement de Paris supprimant l'ordre des Jésuites. Rousseau, *Émile* (incluant « La profession de foi du vicaire savoyard »), *Du contrat social*. Avènement de Catherine II de Russie.
1763	Traité de Paris : fin de la guerre de Sept Ans.
1764	Mort de Mme de Pompadour.
1765	Diderot : esquisse de *Jacques le Fataliste et son maître*, antiroman, révisé en 1773 et publié en 1778.
1771	Bougainville, *Voyage autour du monde*.
1774	Mort de Louis XV. Début du règne de Louis XVI. Turgot est nommé Premier ministre. Goethe, *Les Souffrances du jeune Werther*.
1775	Beaumarchais, *Le Barbier de Séville*.
1776	Déclaration d'indépendance des États-Unis.
1778	Mort de Rousseau. Diderot, *Jacques le Fataliste et son maître*.

Vie et œuvre de l'auteur

1760 Voltaire, qui est extrêmement riche (il n'a cessé d'investir), achète prudemment deux propriétés à cheval sur la frontière franco-suisse, l'une à Ferney, l'autre à Tourney. Il y recevra fastueusement des visiteurs venus en pèlerinage de toute l'Europe afin de le rencontrer ; bien qu'il ne puisse rentrer à Paris, il correspond avec tous les personnages illustres (vingt mille lettres, sept cents destinataires).

1762 Affaire Jean Calas. Voltaire intervient en vue de la révision du procès. Après trois ans de lutte acharnée, les Calas seront réhabilités en 1765. À travers requêtes et mémoires, Voltaire deviendra progressivement le champion de la justice dans une série d'affaires à caractère religieux.

1763 *Traité sur la tolérance* (qui stigmatise le fanatisme).

1764 Publication du *Dictionnaire philosophique portatif*. Des éditions augmentées paraîtront jusqu'en 1769.

1767 *L'Ingénu*, conte présentant l'homme naturel idéal.

1768 Édition définitive du *Siècle de Louis XIV*.

1770 *Questions sur l'Encyclopédie par des amateurs* (neuf volumes en trois ans).

1774 Voltaire soutient les projets de réforme de Turgot.

1778 Il rentre à Paris ; il est accueilli avec enthousiasme par le peuple. Le 30 mai, il meurt, à quatre-vingt-quatre ans.

1792 Le peuple de Paris conduit solennellement ses cendres au Panthéon.

Candide[1]

ou l'Optimisme[2]

Traduit de l'allemand
de Mr. le docteur Ralph[3]

Avec les additions[4] qu'on a trouvées
dans la poche du docteur,
lorsqu'il mourut à Minden[5], l'an de grâce 1759

---

1. ***Candide*** : le mot vient du latin *candidus*, « blanc ».

2. ***Optimisme*** : ce nom commun, dérivé du latin *optimus* (« très bon »), était rarissime à l'époque de Voltaire ; La Vallière lui-même – copiste attitré de Voltaire – ne l'avait jamais entendu et l'a d'abord orthographié « optismime » sur le manuscrit original. Créé en 1737 par les jésuites (voir note 1, p. 23), ce terme très spécialisé ne référait alors qu'à la doctrine de Leibniz et de ses partisans (« Optimisme. *Substantif masculin.* Terme didactique. Nom du système des philosophes qui soutiennent que le mieux possible se trouve dans tout ce qui est et qui arrive », *Dictionnaire de l'Académie*, 1762 ; voir aussi présentation, p. 18).

3. Personnage inventé (tiré d'un prénom anglais). Le haut grade universitaire (en théologie ?) de ce pseudo-traducteur allemand s'accorde avec le caractère didactique du sous-titre « ou l'Optimisme ». L'auteur réel, lui, reste anonyme donc à l'abri des poursuites judiciaires…

4. Ce complément du sous-titre n'apparaît qu'en 1761, deux ans après l'édition originale. La principale des « additions » se trouve au chapitre XXII (voir dossier, p. 177).

5. ***Minden*** : ville de Westphalie, province d'Allemagne.

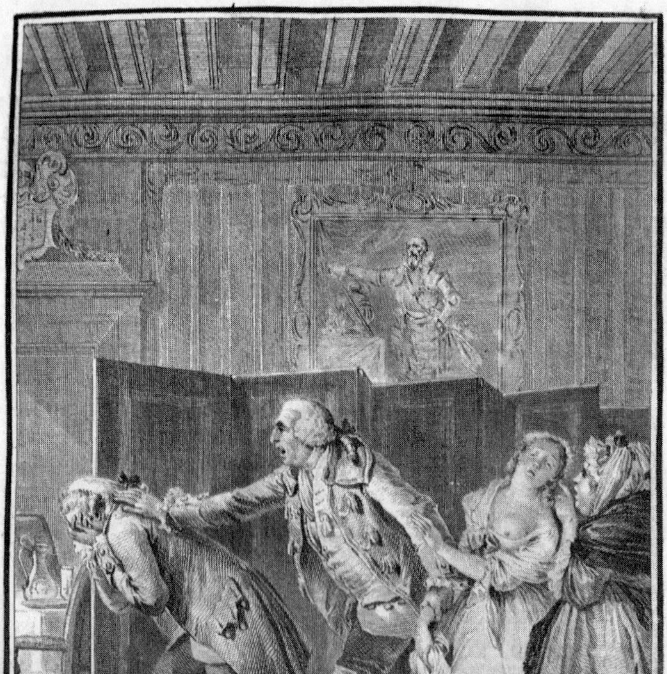

■ Candide chassé du château de Thunder-ten-tronckh. Gravure de Jean Dambrun d'après Moreau le Jeune pour l'édition de *Candide* dans les *Œuvres complètes* de Voltaire, 1787.

Chapitre I
Comment Candide fut élevé dans un beau château, et comment il fut chassé d'icelui [1]

Il y avait en Vestphalie [2] dans le château de monsieur le baron [3] de Thunder [4]-ten-tronckh, un jeune garçon à qui la nature avait donné les mœurs les plus douces. Sa physionomie [5] annonçait son âme. Il avait le jugement assez droit, avec l'esprit le plus simple ; c'est, je crois, pour cette raison qu'on le nommait Candide. Les anciens [6] domestiques de la maison soupçonnaient qu'il était fils de la sœur de monsieur le baron et d'un bon et honnête gentilhomme du voisinage, que cette demoiselle ne voulut jamais épouser parce qu'il n'avait pu prouver que soixante et onze quartiers [7], et que le reste de son arbre généalogique avait été perdu par l'injure du temps.

---

1. ***D'icelui*** : de celui-ci.
2. Graphie de Voltaire.
3. ***Baron*** : titre de noblesse fréquent, peu considéré, presque insignifiant au XVIIIe siècle.
4. ***Thunder*** : « tonnerre », en anglais ; le toponyme Thunder-ten-tronckh est inventé et constitue un clin d'œil à la rugosité prêtée à la langue allemande.
5. ***Physionomie*** : visage ; traits et expressions du visage.
6. ***Anciens*** : plus vieux.
7. ***Quartiers*** **:** degrés d'ascendance noble, par le père ou la mère ; terme de généalogie. Une telle exigence de noblesse est bouffonne (voir, par exemple, le *Dictionnaire de l'Académie*, 1762 : « Pour être reçu Chevalier de Malte, il faut faire preuve de huit quartiers, quatre de père et quatre de mère »).

Monsieur le baron, était un des plus puissants seigneurs de la Vestphalie, car son château avait une porte et des fenêtres. Sa grande salle même était ornée d'une tapisserie. Tous les chiens de ses basses-cours composaient une meute dans le besoin [1]; ses palefreniers étaient ses piqueurs [2]; le vicaire du village était son grand aumônier [3]. Ils l'appelaient tous Monseigneur [4], et ils riaient quand il faisait des contes [5].

Madame la baronne, qui pesait environ trois cent cinquante livres [6], s'attirait par là une très grande considération, et faisait les honneurs de la maison avec une dignité qui la rendait encore plus respectable. Sa fille Cunégonde, âgée de dix-sept ans, était haute en couleur, fraîche, grasse, appétissante. Le fils du baron paraissait en tout digne de son père. Le précepteur Pangloss [7] était l'oracle de la maison, et le petit Candide écoutait ses leçons avec toute la bonne foi de son âge et de son caractère.

Pangloss enseignait la métaphysico-théologo-cosmolonigologie [8]. Il prouvait admirablement qu'il n'y a point d'effet sans

---

1. ***Dans le besoin*** : en cas de besoin.

2. ***Ses palefreniers étaient ses piqueurs*** : ses vulgaires valets d'écurie devenaient des maîtres chasseurs à cheval spécialisés dans la conduite d'une meute.

3. ***Le vicaire du village était son grand aumônier*** : le curé suppléant du village devenait un officier ecclésiastique spécialement affecté au service du château.

4. ***Monseigneur*** : titre réservé aux personnes de très haute noblesse (princes, ducs, etc.), et non aux barons.

5. ***Contes*** : ici, plaisanteries.

6. ***Trois cent cinquante livres*** : environ 175 kilogrammes (la livre, ancienne unité de masse, variait selon les régions entre 380 et 550 grammes).

7. ***Pangloss*** : mot inventé (formé des mots grecs *pan*, «tout», et *glôssa*, «langue») que l'on pourrait traduire par «Toutlangue» ou «Toutdiscours». Pangloss est avant tout un verbeux, un phraseur.

8. L'expression constitue à la fois une parodie de la formule utilisée par un jésuite, le père Castel (1688-1757), pour résumer la philosophie de Leibniz (une «doctrine physico-géométrico-théologique») et une pique contre un leibnizien contemporain, le docteur et baron allemand Christian Wolff (1679-1754), cause [1], et que, dans ce meilleur des mondes possibles [2], le château de monseigneur le baron était le plus beau des châteaux, et madame la meilleure des baronnes possibles.

«Il est démontré, disait-il, que les choses ne peuvent être autrement : car tout étant fait pour une fin [3], tout est nécessairement pour la meilleure fin. Remarquez bien que les nez ont été faits pour porter des lunettes; aussi avons-nous des lunettes [4]. Les jambes sont visiblement instituées pour être chaussées, et nous avons des chausses [5]. Les pierres ont été formées pour être taillées et pour en faire des châteaux; aussi monseigneur a un très beau château : le plus grand baron de la province doit être le mieux logé; et les cochons étant faits pour être mangés, nous mangeons du porc toute l'année. Par conséquent, ceux qui ont avancé que tout est bien [6] ont dit une sottise : il fallait dire que tout est au mieux.»

Candide écoutait attentivement, et croyait innocemment; car il trouvait mademoiselle Cunégonde extrêmement belle,

---

créateur du terme cosmologie dans l'ouvrage intitulé *Cosmologia generalis* (1731).

1. Référence à Leibniz : «Rien ne saurait arriver sans qu'il y ait une cause disposée comme il faut à produire l'effet» (*Essais de théodicée sur la bonté de Dieu, la liberté de l'homme et l'origine du mal*, 1710).

2. «Il y a une infinité de mondes possibles dont il faut que Dieu ait choisi le meilleur, puisqu'il ne fait rien sans agir suivant la suprême raison» (*ibid.*).

3. Principe de la finalité selon lequel tout dans la nature possède une fin (un but). En théologie, les partisans de la doctrine des causes finales visent essentiellement à mettre en évidence que Dieu a intelligemment ordonné la nature puisqu'ils parviennent toujours à trouver (avec émerveillement) une cause justificative à tout. S'ils sont en outre des tenants de l'optimisme (cas de Pangloss et de Leibniz), ils défendront l'idée que «tout est nécessairement pour la meilleure fin».

4. C'est le contraire qui est vrai; voir aussi la raillerie des «cause-finaliers» dans l'article «Causes finales» du *Dictionnaire philosophique portatif* (1764).

5. ***Chausses*** : culottes.

6. Allusion à la formule *Whatever is, is right* se trouvant dans l'*Essai sur l'homme* (1734) écrit par le grand poète anglais et leibnizien, Alexander Pope (1688-1744).

quoiqu'il ne prît jamais la hardiesse de le lui dire. Il concluait qu'après le bonheur d'être né baron de Thunder-ten-tronckh, le second degré de bonheur était d'être mademoiselle Cunégonde; le troisième, de la voir tous les jours; et le quatrième, d'entendre maître Pangloss, le plus grand philosophe de la province, et par conséquent de toute la terre.

Un jour, Cunégonde, en se promenant auprès du château, dans le petit bois qu'on appelait parc, vit entre des broussailles le docteur Pangloss qui donnait une leçon de physique expérimentale [1] à la femme de chambre de sa mère, petite brune très jolie et très docile. Comme mademoiselle Cunégonde avait beaucoup de disposition pour les sciences, elle observa, sans souffler, les expériences réitérées dont elle fut témoin; elle vit clairement la raison suffisante [2] du docteur, les effets et les causes, et s'en retourna tout agitée, toute pensive, toute remplie du désir d'être savante, songeant qu'elle pourrait bien être la raison suffisante du jeune Candide, qui pouvait aussi être la sienne.

Elle rencontra Candide en revenant au château, et rougit; Candide rougit aussi; elle lui dit bonjour d'une voix entrecoupée, et Candide lui parla sans savoir ce qu'il disait. Le lendemain, après le dîner, comme on sortait de table, Cunégonde et Candide se trouvèrent derrière un paravent; Cunégonde laissa tomber son mouchoir, Candide le ramassa; elle lui prit innocemment la main; le jeune homme baisa innocemment la main de la jeune demoiselle avec une vivacité, une sensibilité, une grâce toute particulière; leurs bouches se rencontrèrent, leurs yeux s'enflammèrent, leurs genoux tremblèrent, leurs mains s'égarèrent. Monsieur le baron de Thunder-ten-tronckh passa auprès du paravent, et, voyant cette cause et cet effet, chassa Candide du château à grands coups de pied dans le derrière; Cunégonde s'évanouit :

1. ***Expérimentale*** : appliquée.
2. ***Raison suffisante*** : raison déterminante; formule empruntée à Leibniz : «Jamais rien n'arrive sans qu'il y ait une cause ou du moins une raison déterminante» (*Essais de théodicée*).

elle fut souffletée par madame la baronne dès qu'elle fut revenue à elle-même ; et tout fut consterné dans le plus beau et le plus agréable des châteaux possibles.

Chapitre II
Ce que devint Candide parmi les Bulgares

Candide, chassé du paradis terrestre [1], marcha longtemps sans savoir où, pleurant, levant les yeux au ciel, les tournant souvent vers le plus beau des châteaux, qui renfermait la plus belle des baronnettes [2], il se coucha sans souper au milieu des champs entre deux sillons ; la neige tombait à gros flocons. Candide, tout transi, se traîna le lendemain vers la ville voisine, qui s'appelle Valdberghoff-trarbk-dikdorff [3], n'ayant point d'argent, mourant de faim, et de lassitude. Il s'arrêta tristement à la porte d'un cabaret.

Deux hommes habillés de bleu [4] le remarquèrent : « Camarade, dit l'un, voilà un jeune homme très bien fait, et qui a la taille requise. » Ils s'avancèrent vers Candide, et le prièrent à dîner [5] très civilement. « Messieurs, leur dit Candide avec une modestie charmante, vous me faites beaucoup d'honneur, mais je n'ai pas de quoi payer mon écot [6]. – Ah ! monsieur, lui dit un des bleus,

---

1. Comme le fut Adam, châtié après avoir commis (avec Ève) le péché originel.
2. ***Baronnettes*** : mot inventé.
3. ***Valdberghoff-trarbk-dikdorff*** : toponyme inventé ; constitué d'un assemblage de mots allemands, il signifie littéralement « forêtmontagnecour-défidérisoire-épaisvillage »).
4. C'est la couleur de l'uniforme prussien. Ces hommes sont des sergents recruteurs. *Candide* fut écrit et publié pendant la guerre de Sept Ans (1756-1763), qui opposa principalement l'armée du roi Frédéric II de Prusse (1712-1786) à celle du roi Louis XV (1715-1774) ; des combats eurent effectivement lieu en Westphalie.
5. ***Dîner*** : repas de midi.
6. ***Payer mon écot*** : payer ma part du repas.

les personnes de votre figure et de votre mérite ne payent jamais rien : n'avez-vous pas cinq pieds cinq pouces [1] de haut ? – Oui, messieurs, c'est ma taille, dit-il en faisant la révérence. – Ah ! monsieur, mettez-vous à table ; non seulement nous vous défrayerons [2], mais nous ne souffrirons jamais qu'un homme comme vous manque d'argent ; les hommes ne sont faits que pour se secourir les uns les autres. – Vous avez raison, dit Candide ; c'est ce que monsieur Pangloss m'a toujours dit, et je vois bien que tout est au mieux. » On le prie d'accepter quelques écus, il les prend et veut faire son billet [3] ; on n'en veut point, on se met à table. « N'aimez-vous pas tendrement ?... – Oh ! oui, répond-il, j'aime tendrement mademoiselle Cunégonde. – Non, dit l'un de ces messieurs, nous vous demandons si vous n'aimez pas tendrement le roi des Bulgares [4] ? – Point du tout, dit-il, car je ne l'ai jamais vu. – Comment ! c'est le plus charmant des rois, et il faut boire à sa santé. – Oh ! très volontiers, messieurs. » Et il boit. « C'en est assez, lui dit-on, vous voilà l'appui, le soutien, le défenseur, le héros des Bulgares ; votre fortune est faite, et votre gloire est assurée. » On lui met sur-le-champ les fers aux pieds, et on le mène au régiment. On le fait tourner à droite, à gauche, hausser la baguette [5], remettre la baguette, coucher en joue, tirer, doubler le pas, et on lui donne trente coups de bâton [6] ; le lendemain, il fait l'exercice un peu moins mal, et il ne reçoit que vingt coups ; le surlendemain, on ne lui en donne que dix, et il est regardé par ses camarades comme un prodige.

---

1. ***Cinq pieds cinq pouces*** : environ 1,80 mètre.
2. ***Nous vous défrayerons*** : nous paierons vos dépenses.
3. ***Billet*** : reconnaissance de dette.
4. ***Le roi des Bulgares*** : Frédéric II ; la Bulgarie ne devient indépendante qu'au XIXe siècle ; en outre, l'adverbe « tendrement » constitue une allusion sournoise à l'homosexualité de Frédéric II.
5. ***Baguette*** : tige de fer servant à enfoncer la charge de poudre et le projectile dans le canon d'un fusil.
6. Châtiment militaire usuel à l'époque.

Candide, tout stupéfait, ne démêlait pas encore trop bien comment il était un héros. Il s'avisa un beau jour de printemps de s'aller promener [1], marchant tout droit devant lui, croyant que c'était un privilège de l'espèce humaine, comme de l'espèce animale, de se servir de ses jambes à son plaisir. Il n'eut pas fait deux lieues [2] que voilà quatre autres héros de six pieds [3] qui l'atteignent, qui le lient, qui le mènent dans un cachot. On lui demanda juridiquement ce qu'il aimait le mieux d'être fustigé [4] trente-six fois par tout le régiment, ou de recevoir à la fois douze balles de plomb dans la cervelle [5]. Il eut beau dire que les volontés sont libres, et qu'il ne voulait ni l'un ni l'autre, il fallut faire un choix ; il se détermina, en vertu du don de Dieu qu'on nomme *liberté*, à passer trente-six fois par les baguettes ; il essuya deux promenades. Le régiment était composé de deux mille hommes. Cela lui composa quatre mille coups de baguettes, qui, depuis la nuque du cou jusqu'au cul, lui découvrirent les muscles et les nerfs. Comme on allait procéder à la troisième course, Candide, n'en pouvant plus, demanda en grâce qu'on voulût bien avoir la bonté de lui casser la tête ; il obtint cette faveur ; on lui bande les yeux ; on le fait mettre à genoux. Le roi des Bulgares passe dans ce moment, s'informe du crime du patient [6] ; et comme ce roi avait un grand génie, il comprit, par tout ce qu'il apprit de Candide, que c'était un jeune métaphysicien [7] fort ignorant des choses de ce monde, et il lui accorda sa grâce avec une clémence qui sera louée dans tous les journaux et dans tous les siècles. Un brave chirurgien guérit Candide en trois semaines avec les

1. ***S'aller promener*** : déserter.
2. ***Deux lieues*** : environ 8 kilomètres ; la lieue est une ancienne unité de mesure de distance valant près de 4 kilomètres.
3. ***Six pieds*** : environ 1,90 mètre.
4. ***Être fustigé*** : être corrigé.
5. Châtiment dont était punie la désertion.
6. ***Patient*** : condamné.
7. ***Métaphysicien*** : qui cherche à connaître les causes de l'univers.

émollients [1] enseignés par Dioscoride [2]. Il avait déjà un peu de peau, et pouvait marcher, quand le roi des Bulgares livra bataille au roi des Abares [3].

Chapitre III
Comment Candide se sauva d'entre les Bulgares, et ce qu'il devint

Rien n'était si beau, si leste [4], si brillant, si bien ordonné que les deux armées. Les trompettes, les fifres [5], les hautbois, les tambours, les canons, formaient une harmonie telle qu'il n'y en eut jamais en enfer. Les canons renversèrent d'abord à peu près six mille hommes de chaque côté ; ensuite la mousqueterie ôta du meilleur des mondes environ neuf à dix mille coquins qui en infectaient la surface. La baïonnette fut aussi la raison suffisante de la mort de quelques milliers d'hommes. Le tout pouvait bien se monter à une trentaine de mille âmes. Candide, qui tremblait comme un philosophe, se cacha du mieux qu'il put pendant cette boucherie héroïque.

Enfin, tandis que les deux rois faisaient chanter des *Te Deum* [6], chacun dans son camp, il prit le parti d'aller raisonner ailleurs

1. ***Émollients*** : pommades.
2. ***Dioscoride Pedanius*** (v. 40-90), médecin grec, est l'auteur d'un traité (*De universa medicina*) qui offre la première description des remèdes médicaux et de leur préparation.
3. ***Abares*** : peuple scythe (comme les Bulgares), qui ravagea l'Europe orientale du VIe au IXe siècle. Voltaire poursuit son allusion à la guerre de Sept Ans : les Abares représentent ici les soldats français opposés aux troupes de Frédéric II.
4. ***Leste*** : élégant.
5. ***Fifres*** : flûtes traversières en bois.
6. ***Te Deum*** : « Cantique de l'Église, qui commence par ces mots, *Te Deum*, et qui, outre qu'il se dit ordinairement à la fin de matines [offices nocturnes], se chante extraordinairement avec pompe et cérémonie, pour rendre publique-

des effets et des causes. Il passa par-dessus des tas de morts et de mourants, et gagna d'abord un village voisin ; il était en cendres : c'était un village abare que les Bulgares avaient brûlé, selon les lois du droit public [1]. Ici des vieillards criblés de coups regardaient mourir leurs femmes égorgées, qui tenaient leurs enfants à leurs mamelles sanglantes [2] ; là des filles, éventrées après avoir assouvi les besoins naturels de quelques héros [3], rendaient les derniers soupirs ; d'autres, à demi brûlées, criaient qu'on achevât de leur donner la mort. Des cervelles étaient répandues sur la terre à côté de bras et de jambes coupés.

Candide s'enfuit au plus vite dans un autre village : il appartenait à des Bulgares, et les héros abares l'avaient traité de même. Candide, toujours marchant sur des membres palpitants, ou à travers des ruines, arriva enfin hors du théâtre de la guerre, portant quelques petites provisions dans son bissac [4], et n'oubliant jamais mademoiselle Cunégonde. Ses provisions lui manquèrent quand il fut en Hollande ; mais ayant entendu dire que tout le monde était riche dans ce pays-là, et qu'on y était chrétien, il ne douta pas qu'on ne le traitât aussi bien qu'il l'avait été dans le château de monsieur le baron, avant qu'il en eût été chassé pour les beaux yeux de mademoiselle Cunégonde.

Il demanda l'aumône [5] à plusieurs graves personnages [6], qui lui répondirent tous que, s'il continuait à faire ce métier, on l'enfermerait dans une maison de correction [7] pour lui apprendre à vivre.

---

ment grâces à Dieu d'une victoire remportée» (*Dictionnaire de l'Académie*, 1762).

1. *Droit public* : droit international.

2. *Mamelles sanglantes* : seins ensanglantés.

3. *Après avoir assouvi les besoins naturels de quelques héros* : après avoir été violées par des soldats.

4. *Bissac* : sac de voyage.

5. *Aumône* : charité.

6. *Graves personnages* : personnes d'apparence respectable.

7. *Maison de correction* : prison.

Il s'adressa ensuite à un homme [1] qui venait de parler tout seul une heure de suite sur la charité dans une grande assemblée. Cet orateur, le regardant de travers, lui dit : « Que venez-vous faire ici ? y êtes-vous pour la bonne cause [2] ? – Il n'y a point d'effet sans cause, répondit modestement Candide ; tout est enchaîné nécessairement, et arrangé pour le mieux. Il a fallu que je fusse chassé d'auprès de mademoiselle Cunégonde, que j'aie passé par les baguettes, et il faut que je demande mon pain, jusqu'à ce que je puisse en gagner ; tout cela ne pouvait être autrement. – Mon ami, lui dit l'orateur, croyez-vous que le pape soit l'Antéchrist [3] ? – Je ne l'avais pas encore entendu dire, répondit Candide ; mais, qu'il le soit ou qu'il ne le soit pas, je manque de pain. – Tu ne mérites pas d'en manger, dit l'autre ; va, coquin ; va, misérable, ne m'approche de ta vie. » La femme de l'orateur ayant mis la tête à la fenêtre, et avisant [4] un homme qui doutait que le pape fût antéchrist, lui répandit sur le chef [5] un plein... Ô ciel ! à quel excès se porte le zèle de la religion dans les dames !

Un homme qui n'avait point été baptisé, un bon anabaptiste [6], nommé Jacques, vit la manière cruelle et ignominieuse [7] dont on traitait ainsi un de ses frères, un être à deux pieds sans plumes, qui avait une âme ; il l'amena chez lui, le nettoya, lui donna du pain et de la bière, lui fit présent de deux florins [8], et voulut même lui apprendre à travailler dans ses manufactures aux étoffes de Perse qu'on fabrique en Hollande. Candide, se prosternant presque devant lui, s'écriait : « Maître Pangloss me l'avait bien dit que

---

1. Un prédicateur protestant.

2. ***Pour la bonne cause*** : pour le seul motif qui vaille (c'est-à-dire, dans l'optique du pasteur, la défense du protestantisme).

3. ***Antéchrist*** : l'ennemi du Christ, c'est-à-dire le Diable.

4. ***Avisant*** : voyant.

5. ***Sur le chef*** : sur la tête.

6. ***Anabaptiste*** : membre d'une des sectes protestantes caractérisées par le refus d'administrer le baptême aux enfants.

7. ***Ignominieuse*** : honteuse.

8. ***Florins*** : ancienne monnaie des Pays-Bas (jusqu'en 2002).

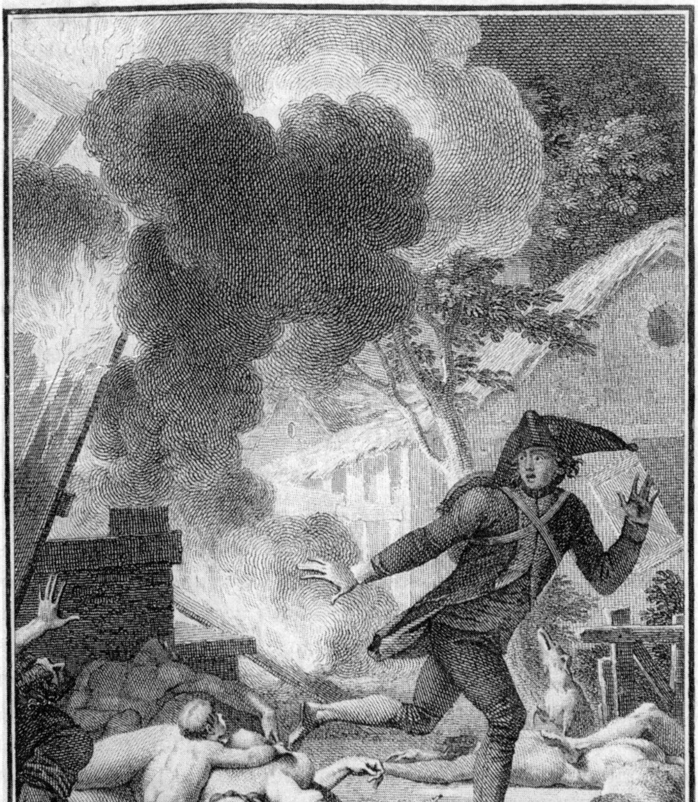

■ Candide fuit le village abare que les Bulgares ont brûlé. Gravure de Jacques-Joseph Corny, d'après Moreau le Jeune pour l'édition de 1787.

tout est au mieux dans ce monde, car je suis infiniment plus touché de votre extrême générosité que de la dureté de ce monsieur à manteau noir, et de madame son épouse.»

Le lendemain, en se promenant, il rencontra un gueux [1] tout couvert de pustules [2], les yeux morts, le bout du nez rongé, la bouche de travers, les dents noires, et parlant de la gorge, tourmenté d'une toux violente, et crachant une dent à chaque effort.

Chapitre IV
Comment Candide rencontra son ancien maître de philosophie, le docteur Pangloss, et ce qui en advint

Candide, plus ému encore de compassion que d'horreur, donna à cet épouvantable gueux les deux florins qu'il avait reçus de son honnête anabaptiste Jacques. Le fantôme le regarda fixement, versa des larmes, et sauta à son cou. Candide, effrayé, recule. «Hélas! dit le misérable à l'autre misérable, ne reconnaissez-vous plus votre cher Pangloss? – Qu'entends-je? Vous, mon cher maître! vous, dans cet état horrible! Quel malheur vous est-il donc arrivé? Pourquoi n'êtes-vous plus dans le plus beau des châteaux? Qu'est devenue mademoiselle Cunégonde, la perle des filles, le chef-d'œuvre de la nature? – Je n'en peux plus, dit Pangloss.» Aussitôt Candide le mena dans l'étable de l'anabaptiste, où il lui fit manger un peu de pain; et quand Pangloss fut refait [3] : «Eh bien! lui dit-il, Cunégonde? – Elle est morte», reprit l'autre. Candide s'évanouit à ce mot; son ami rappela ses

1. ***Gueux*** : mendiant.
2. ***Pustules*** : boutons. Il a la vérole (ou syphilis), maladie sexuellement transmissible, grave à l'époque car il n'existait aucune thérapeutique fiable.
3. ***Refait*** : restauré.

sens avec un peu de mauvais vinaigre qui se trouva par hasard dans l'étable. Candide rouvre les yeux. « Cunégonde est morte ! Ah ! meilleur des mondes, où êtes-vous ? Mais de quelle maladie est-elle morte ? Ne serait-ce point de m'avoir vu chasser du beau château de monsieur son père à grands coups de pied ? – Non, dit Pangloss, elle a été éventrée par des soldats bulgares, après avoir été violée autant qu'on peut l'être ; ils ont cassé la tête à monsieur le baron, qui voulait la défendre ; madame la baronne a été coupée en morceaux ; mon pauvre pupille [1], traité précisément comme sa sœur ; et quant au château, il n'est pas resté pierre sur pierre, pas une grange, pas un mouton, pas un canard, pas un arbre ; mais nous avons été bien vengés, car les Abares en ont fait autant dans une baronnie voisine qui appartenait à un seigneur bulgare. »

À ce discours, Candide s'évanouit encore ; mais, revenu à soi et ayant dit tout ce qu'il devait dire, il s'enquit de la cause et de l'effet, et de la raison suffisante qui avaient mis Pangloss dans un si piteux état. « Hélas ! dit l'autre, c'est l'amour : l'amour, le consolateur du genre humain, le conservateur de l'univers, l'âme de tous les êtres sensibles, le tendre amour. – Hélas ! dit Candide, je l'ai connu, cet amour, ce souverain des cœurs, cette âme de notre âme ; il ne m'a jamais valu qu'un baiser et vingt coups de pied au cul. Comment cette belle cause a-t-elle pu produire en vous un effet si abominable ? »

Pangloss répondit en ces termes : « Ô mon cher Candide ! vous avez connu Paquette, cette jolie suivante de notre auguste [2] baronne ; j'ai goûté dans ses bras les délices du paradis, qui ont produit ces tourments d'enfer dont vous me voyez dévoré ; elle en était infectée, elle en est peut-être morte. Paquette tenait ce présent d'un cordelier [3] très savant qui avait remonté à la source, car il l'avait eu d'une vieille comtesse, qui l'avait reçu d'un capitaine

1. ***Pupille*** : élève.
2. ***Auguste*** : qui inspire le respect.
3. ***Cordelier*** : moine de l'ordre de saint François d'Assise ; franciscain.

de cavalerie, qui le devait à une marquise, qui le tenait d'un page, qui l'avait reçu d'un jésuite qui, étant novice [1], l'avait eu en droite ligne d'un des compagnons de Christophe Colomb. Pour moi, je ne le donnerai à personne, car je me meurs.

– Ô Pangloss ! s'écria Candide, voilà une étrange généalogie ! n'est-ce pas le diable qui en fut la souche [2] ? – Point du tout, répliqua ce grand homme ; c'était une chose indispensable dans le meilleur des mondes, un ingrédient nécessaire : car si Colomb n'avait pas attrapé dans une île de l'Amérique cette maladie qui empoisonne la source de la génération, qui souvent même empêche la génération, et qui est évidemment l'opposé du grand but de la nature, nous n'aurions ni le chocolat ni la cochenille [3] ; il faut encore observer que jusqu'aujourd'hui, dans notre continent, cette maladie nous est particulière, comme la controverse [4]. Les Turcs, les Indiens, les Persans, les Chinois, les Siamois [5], les Japonais, ne la connaissent pas encore ; mais il y a une raison suffisante pour qu'ils la connaissent à leur tour dans quelques siècles. En attendant, elle a fait un merveilleux progrès parmi nous, et surtout dans ces grandes armées composées d'honnêtes stipendiaires [6] bien élevés, qui décident du destin des États ; on peut assurer que, quand trente mille hommes combattent en bataille rangée contre des troupes égales en nombre, il y a environ vingt mille vérolés [7] de chaque côté.

– Voilà qui est admirable, dit Candide ; mais il faut vous faire guérir. – Et comment le puis-je ? dit Pangloss ; je n'ai pas le sou,

---

1. ***Novice*** : personne qui a pris l'habit de religieux mais n'a pas encore prononcé ses vœux définitifs.

2. ***La souche*** : l'origine.

3. Le ***chocolat*** (cacao) provenait d'Amérique du Sud, et la ***cochenille***, insecte duquel on tirait un colorant rouge écarlate (le carmin), du Mexique.

4. ***La controverse*** : les débats théologiques.

5. ***Siamois*** : Thaïlandais.

6. ***Stipendiaires*** : mercenaires.

7. ***Vérolés*** : atteints de vérole (voir note 2, p. 54).

mon ami, et dans toute l'étendue de ce globe on ne peut ni se faire saigner, ni prendre un lavement [1] sans payer, ou sans qu'il y ait quelqu'un qui paye pour nous.»

Ce dernier discours détermina Candide; il alla se jeter aux pieds de son charitable anabaptiste Jacques, et lui fit une peinture si touchante de l'état où son ami était réduit, que le bonhomme [2] n'hésita pas à recueillir le docteur Pangloss; il le fit guérir à ses dépens. Pangloss, dans la cure [3], ne perdit qu'un œil et une oreille. Il écrivait bien, et savait parfaitement l'arithmétique. L'anabaptiste Jacques en fit son teneur de livres [4]. Au bout de deux mois, étant obligé d'aller à Lisbonne pour les affaires de son commerce, il mena dans son vaisseau ses deux philosophes. Pangloss lui expliqua comment tout était on ne peut mieux. Jacques n'était pas de cet avis. «Il faut bien, disait-il, que les hommes aient un peu corrompu la nature, car ils ne sont point nés loups, et ils sont devenus loups [5]. Dieu ne leur a donné ni canons de vingt-quatre [6], ni baïonnettes; et ils se sont fait des baïonnettes et des canons pour se détruire. Je pourrais mettre en ligne de compte les banqueroutes [7], et la justice, qui s'empare des biens des banqueroutiers pour en frustrer les créanciers. – Tout cela était indispensable, répliquait le docteur borgne, et les malheurs particuliers font le bien général; de sorte que plus il y a de malheurs particuliers, et plus tout est bien.» Tandis qu'il raisonnait,

---

1. ***Se faire saigner*, *prendre un lavement*** : traitements par lesquels les médecins avaient l'habitude de soigner les maladies.

2. ***Le bonhomme*** : cet homme bon.

3. ***Dans la cure*** : au cours du traitement médical.

4. ***Teneur de livres*** : comptable.

5. Allusion à la formule du dramaturge latin Plaute (254-184 av. J.-C.), *Homo homini lupus*,«L'homme [est] un loup pour l'homme» (*Asineria/La Comédie aux ânes*, v. 495), reprise par le philosophe anglais Thomas Hobbes (1588-1679) dans son *Léviathan*.

6. ***Canons de vingt-quatre*** : canons tirant des boulets de vingt-quatre livres, soit 12 kilogrammes environ.

7. ***Banqueroutes*** : faillites.

l'air s'obscurcit, les vents soufflèrent des quatre coins du monde, et le vaisseau fut assailli de la plus horrible tempête, à la vue du port de Lisbonne.

Chapitre V
Tempête, naufrage, tremblement de terre, et ce qui advint du docteur Pangloss, de Candide, et de l'anabaptiste Jacques

La moitié des passagers affaiblis, expirants de ces angoisses inconcevables que le roulis d'un vaisseau porte dans les nerfs et dans toutes les humeurs[1] du corps agitées en sens contraires, n'avait pas même la force de s'inquiéter du danger. L'autre moitié jetait des cris et faisait des prières ; les voiles étaient déchirées, les mâts brisés, le vaisseau entr'ouvert. Travaillait qui pouvait, personne ne s'entendait, personne ne commandait. L'anabaptiste aidait un peu à la manœuvre ; il était sur le tillac[2] ; un matelot furieux le frappe rudement et l'étend sur les planches ; mais du coup qu'il lui donna, il eut lui-même une si violente secousse qu'il tomba hors du vaisseau, la tête la première. Il restait suspendu et accroché à une partie de mât rompue. Le bon Jacques court à son secours l'aide à remonter, et de l'effort qu'il fait il est précipité dans la mer à la vue du matelot, qui le laissa périr sans daigner seulement le regarder. Candide approche, voit son bienfaiteur qui reparaît un moment, et qui est englouti pour jamais. Il veut se jeter après lui dans la mer : le philosophe Pangloss l'en empê-

1. ***Humeurs*** : « Terme d'ancienne médecine. Les quatre humeurs, les humeurs fondamentales qui étaient supposées exister dans le corps humain, et dont le juste [équilibre] constituait la santé. Ces humeurs étaient le sang, le phlegme ou pituite, la bile et la bile noire ou mélancolie ou atrabile » (*Dictionnaire Littré*, 1860-1876).
2. ***Tillac*** : pont supérieur du bateau.

che, en lui prouvant que la rade de Lisbonne avait été formée exprès pour que cet anabaptiste s'y noyât [1]. Tandis qu'il le prouvait *a priori* [2], le vaisseau s'entr'ouvre ; tout périt, à la réserve de Pangloss, de Candide, et de ce brutal de matelot qui avait noyé le vertueux [3] anabaptiste ; le coquin nagea heureusement [4] jusqu'au rivage, où Pangloss et Candide furent portés sur une planche.

Quand ils furent revenus un peu à eux, ils marchèrent vers Lisbonne ; il leur restait quelque argent, avec lequel ils espéraient se sauver de la faim après avoir échappé à la tempête.

À peine ont-ils mis le pied dans la ville, en pleurant la mort de leur bienfaiteur, qu'ils sentent la terre trembler sous leurs pas, la mer s'élève en bouillonnant dans le port, et brise les vaisseaux qui sont à l'ancre. Des tourbillons de flammes et de cendres couvrent les rues et les places publiques ; les maisons s'écroulent, les toits sont renversés sur les fondements, et les fondements se dispersent ; trente mille habitants de tout âge et de tout sexe sont écrasés sous les ruines [5]. Le matelot disait en sifflant et en jurant : « Il y aura quelque chose à gagner ici. – Quelle peut être la raison

---

1. Parodie de cause finale non optimiste.
2. ***Il le prouvait* a priori** : il le prouvait en théorie, en partant de données antérieures à l'expérience et indépendantes d'elle.
3. ***Vertueux*** : paré de toutes les bonnes qualités.
4. ***Le coquin nagea heureusement*** : le vaurien nagea sans difficultés et avec succès.
5. Allusion au tremblement de terre qui se produisit à Lisbonne le 1er novembre 1755 ; cette catastrophe fut l'une des plus meurtrières de tous les temps ; en ce dimanche matin de Toussaint, où les habitants étaient à la messe, une série de secousses très violentes ouvrit d'abord des fissures de 5 mètres dans le sol, puis un énorme tsunami (vagues de 10 mètres) dévasta la ville basse (port et centre-ville) et fit, selon les sources, entre cinquante mille et cent mille morts dans la florissante et très catholique capitale portugaise ; les zones non inondées furent ravagées cinq jours durant par des incendies nés de la chute des cheminées. Le séisme fut ressenti jusqu'en Finlande. L'impact de cette colère divine inexplicable (notre tectonique des plaques date de 1968) sur l'opinion publique européenne fut considérable. La réaction de Voltaire fut d'écrire le *Poème sur le désastre de Lisbonne* (1756), dans lequel il nie l'intelligibilité de la Providence.

suffisante de ce phénomène ? disait Pangloss. – Voici le dernier jour du monde ! » s'écriait Candide. Le matelot court incontinent [1] au milieu des débris, affronte la mort pour trouver de l'argent, en trouve, s'en empare, s'enivre, et, ayant cuvé son vin, achète les faveurs de la première fille de bonne volonté qu'il rencontre sur les ruines des maisons détruites, et au milieu des mourants et des morts. Pangloss le tirait cependant par la manche : « Mon ami, lui disait-il, cela n'est pas bien, vous manquez à la raison universelle, vous prenez mal votre temps. – Tête et sang, répondit l'autre, je suis matelot et né à Batavia [2] ; j'ai marché quatre fois sur le crucifix dans quatre voyages au Japon [3] ; tu as bien trouvé ton homme avec ta raison universelle ! »

Quelques éclats de pierre avaient blessé Candide ; il était étendu dans la rue et couvert de débris. Il disait à Pangloss : « Hélas ! procure-moi un peu de vin et d'huile [4] ; je me meurs. – Ce tremblement de terre n'est pas une chose nouvelle, répondit Pangloss ; la ville de Lima éprouva les mêmes secousses en Amérique l'année passée [5] ; mêmes causes, mêmes effets : il y a certainement une traînée de soufre sous terre depuis Lima jusqu'à Lisbonne [6]. – Rien n'est plus probable, dit Candide ; mais, pour Dieu, un peu d'huile et de vin. – Comment, probable ? répliqua le philosophe, je soutiens que la chose est démontrée. » Candide perdit connaissance, et Pangloss lui apporta un peu d'eau d'une fontaine voisine.

Le lendemain, ayant trouvé quelques provisions de bouche en se glissant à travers des décombres, ils réparèrent un peu leurs forces. Ensuite ils travaillèrent comme les autres à soulager les habitants échappés à la mort. Quelques citoyens, secourus par

1. ***Incontinent*** : aussitôt.
2. ***Batavia*** : capitale de Java (Djakarta), colonie hollandaise à l'époque.
3. Le Japon refoulait les Européens, à l'exception des marchands hollandais acceptant de fouler un crucifix, condition vexatoire.
4. Allusion à la parabole du bon Samaritain (Évangile de Luc 10, 34).
5. En réalité, en 1748.
6. C'est une des théories du tremblement de terre à l'époque.

eux, leur donnèrent un aussi bon dîner qu'on le pouvait dans un tel désastre : il est vrai que le repas était triste; les convives[1] arrosaient leur pain de leurs larmes; mais Pangloss les consola, en les assurant que les choses ne pouvaient être autrement : « Car, dit-il, tout ceci est ce qu'il y a de mieux; car s'il y a un volcan à Lisbonne, il ne pouvait être ailleurs; car il est impossible que les choses ne soient pas où elles sont; car tout est bien. »

Un petit homme noir, familier de l'Inquisition[2], lequel était à côté de lui, prit poliment la parole et dit : « Apparemment que monsieur ne croit pas au péché originel[3]; car si tout est au mieux, il n'y a donc eu ni chute ni punition.

– Je demande très humblement pardon à Votre Excellence, répondit Pangloss encore plus poliment, car la chute de l'homme et la malédiction entraient nécessairement dans le meilleur des mondes possibles.

– Monsieur ne croit donc pas à la liberté ? dit le familier.

– Votre Excellence m'excusera, dit Pangloss; la liberté peut subsister avec la nécessité absolue : car il était nécessaire que nous fussions libres; car enfin la volonté déterminée... » Pangloss était au milieu de sa phrase, quand le familier fit un signe de tête à son estafier[4] qui lui servait à boire du vin de Porto ou d'Oporto[5].

---

1. ***Convives*** : personnes invitées.

2. ***Familier de l'Inquisition*** : sorte d'officier de la foi chargé de détecter, de pourchasser et d'arrêter les individus suspectés d'hérésie, les juifs, les musulmans... Ceux-ci comparaissaient ensuite devant un tribunal de l'Inquisition ayant le pouvoir de condamner à mort. L'Inquisition nationale ne fut abolie au Portugal qu'en 1820.

3. ***Péché originel*** : dogme central du christianisme. Le péché originel est celui commis par Adam et Ève (ayant choisi librement de désobéir à Dieu en goûtant au fruit défendu); tout être humain en est coupable en naissant. En parlant de nécessité systématique (« il est impossible que les choses ne soient pas ») et en paraissant nier que les êtres humains disposent du libre arbitre, Pangloss met en doute le fondement du christianisme.

4. ***Estafier*** : domestique armé (de l'italien *staffiere*, « laquais »); garde du corps.

5. Graphie hésitante au XVIIIe siècle.

Chapitre VI
Comment on fit un bel auto-da-fé pour empêcher les tremblements de terre, et comment Candide fut fessé

Après le tremblement de terre qui avait détruit les trois quarts de Lisbonne, les sages du pays n'avaient pas trouvé un moyen plus efficace pour prévenir une ruine totale que de donner au peuple un bel auto-da-fé [1] ; il était décidé par l'université de Coïmbre [2] que le spectacle de quelques personnes brûlées à petit feu [3], en grande cérémonie, est un secret infaillible pour empêcher la terre de trembler.

On avait en conséquence saisi un Biscayen [4] convaincu d'avoir épousé sa commère [5], et deux Portugais qui en mangeant un poulet en avaient arraché le lard [6] : on vint lier après le dîner le docteur Pangloss et son disciple Candide, l'un pour avoir parlé, et

---

1. ***Auto-da-fé*** (ou ***autodafé***, mot portugais) : cérémonie rituelle et publique à but édifiant où les condamnés au bûcher devaient faire publiquement « acte de foi » pour espérer arriver purifiés dans l'autre monde.

2. ***Coïmbre*** : Coimbra. Ville où se trouve la plus vieille faculté du Portugal (1285), dirigée alors par des religieux.

3. Un autodafé eut effectivement lieu à Lisbonne mais plusieurs mois après le désastre, le 8 octobre 1756 selon les historiens, ou bien un peu plus tôt, le 20 juin, selon Voltaire qui en parle au chapitre XXXI de son *Précis du siècle de Louis XV* (1768) : « Les Portugais crurent obtenir la clémence de Dieu en faisant brûler des juifs et d'autres hommes dans ce qu'ils appellent un autodafé, acte de foi, que les autres nations regardent comme un acte de barbarie. »

4. ***Biscayen*** : originaire de la Biscaye, l'une des trois provinces basques d'Espagne.

5. ***Commère*** : « Femme ou fille qui ont tenu avec quelqu'un un enfant sur les fonts de baptême. Les parrains et marraines d'un enfant sont compères et commères les uns avec les autres [...] ; ils ne se peuvent marier sans dispense [autorisation] » (*Dictionnaire de Furetière*, 1690).

6. ***Lard*** : barde, mince tranche de lard (graisse de porc) qui entoure (parfois) une volaille rôtie. Ne pas manger de porc est une règle du judaïsme ; ces deux l'autre pour avoir écouté avec un air d'approbation : tous deux furent menés séparément dans des appartements d'une extrême fraîcheur [1], dans lesquels on n'était jamais incommodé du soleil : huit jours après ils furent tous deux revêtus d'un *san-benito* [2], et on orna leurs têtes de mitres de papier [3] : la mitre et le san-benito de Candide étaient peints de flammes renversées, et de diables qui n'avaient ni queues ni griffes ; mais les diables de Pangloss portaient griffes et queues, et les flammes étaient droites [4]. Ils marchèrent en procession ainsi vêtus, et entendirent un sermon très pathétique, suivi d'une belle musique en faux-bourdon [5]. Candide fut fessé en cadence, pendant qu'on chantait ; le Biscayen et les deux hommes qui n'avaient point voulu manger de lard furent brûlés, et Pangloss fut pendu, quoique ce ne soit pas la coutume [6]. Le même jour [7], la terre trembla de nouveau avec un fracas épouvantable.

Candide, épouvanté, interdit [8], éperdu, tout sanglant, tout palpitant, se disait à lui-même : « Si c'est ici le meilleur des mondes possibles, que sont donc les autres ? Passe encore si je n'étais que fessé, je l'ai été chez les Bulgares ; mais, ô mon cher Pangloss ! le plus grand des philosophes, faut-il vous avoir vu pendre, sans que je sache pourquoi ! Ô mon cher anabaptiste ! le meilleur des

---

hommes avaient donc agi non comme des chrétiens mais comme des juifs qui feignaient d'être convertis mais qui se sont trahis.

1. ***Des appartements d'une extrême fraîcheur*** : un cachot.

2. ***San-benito*** : « saint-Benoît », en espagnol ; habit à longues manches rappelant celui des bénédictins. Il s'agissait d'une casaque jaune sur laquelle était figuré, devant et derrière, le portrait de la victime.

3. ***Mitres de papier*** : hautes coiffes triangulaires en carton.

4. Le sens des flammes traduisait le degré de culpabilité : les flammes droites annoncent le supplice du feu et les flammes renversées une peine réduite – amende, flagellation (comme dans le cas de Candide), emprisonnement, exil, confiscation des biens, etc.

5. ***Faux-bourdon*** : chant à une voix, accompagné par l'orgue.

6. La raison de cette dérogation sera dévoilée au chapitre XXVIII.

7. En fait, le 21 décembre 1755 (avant tout autodafé).

8. ***Interdit*** : stupéfait.

hommes, faut-il que vous ayez été noyé dans le port! ô mademoiselle Cunégonde! la perle des filles, faut-il qu'on vous ait fendu le ventre!»

Il s'en retournait, se soutenant à peine, prêché, fessé, absous et béni, lorsqu'une vieille l'aborda, et lui dit : «Mon fils, prenez courage, suivez-moi.»

Chapitre VII
Comment une vieille prit soin de Candide, et comment il retrouva ce qu'il aimait [1]

Candide ne prit point courage, mais il suivit la vieille dans une masure [2] : elle lui donna un pot de pommade pour se frotter, lui laissa à manger et à boire; elle lui montra un petit lit assez propre [3]; il y avait auprès du lit un habit complet. «Mangez, buvez, dormez, lui dit-elle, et que Notre-Dame d'Atocha, monseigneur saint Antoine de Padoue, et monseigneur saint Jacques de Compostelle [4] prennent soin de vous! je reviendrai demain.» Candide, toujours étonné [5] de tout ce qu'il avait vu, de tout ce qu'il avait souffert, et encore plus de la charité de la vieille, voulut lui baiser la main. «Ce n'est pas ma main qu'il faut baiser, dit la vieille; je reviendrai demain. Frottez-vous de pommade, mangez et dormez.»

1. L'objet de son amour (Cunégonde).
2. ***Masure*** : «Ce qui reste d'un bâtiment tombé en ruine» (*Dictionnaire de l'Académie*, 1762).
3. ***Assez propre*** : convenable.
4. Elle invoque successivement une statue miraculeuse représentant la Vierge enceinte dans la cathédrale d'Atocha (dans les environs de Madrid), un saint patron portugais – saint Antoine est né à Lisbonne – que l'on sollicite pour retrouver un objet perdu, et un saint dont les reliques se trouvent à Compostelle (au nord-ouest de l'Espagne).
5. ***Étonné*** : troublé.

Candide, malgré tant de malheurs, mangea et dormit. Le lendemain, la vieille lui apporte à déjeuner, visite son dos, le frotte elle-même d'une autre pommade ; elle lui apporte ensuite à dîner ; elle revient sur le soir, et apporte à souper. Le surlendemain, elle fit encore les mêmes cérémonies. « Qui êtes-vous ? lui disait toujours Candide ; qui vous a inspiré tant de bonté ? quelles grâces puis-je vous rendre ? » La bonne femme ne répondait jamais rien ; elle revint sur le soir, et n'apporta point à souper : « Venez avec moi, dit-elle, et ne dites mot. » Elle le prend sous le bras, et marche avec lui dans la campagne environ un quart de mille [1] : ils arrivent à une maison isolée, entourée de jardins et de canaux [2]. La vieille frappe à une petite porte. On ouvre ; elle mène Candide, par un escalier dérobé, dans un cabinet doré, le laisse sur un canapé de brocart [3], referme la porte, et s'en va. Candide croyait rêver, et regardait toute sa vie comme un songe funeste, et le moment présent comme un songe agréable.

La vieille reparut bientôt ; elle soutenait avec peine une femme tremblante, d'une taille majestueuse, brillante de pierreries, et couverte d'un voile. « Ôtez ce voile », dit la vieille à Candide. Le jeune homme approche ; il lève le voile d'une main timide. Quel moment ! quelle surprise ! il croit voir mademoiselle Cunégonde ; il la voyait en effet, c'était elle-même. La force lui manque, il ne peut proférer une parole, il tombe à ses pieds. Cunégonde tombe sur le canapé. La vieille les accable d'eaux spiritueuses [4], ils reprennent leurs sens [5], ils se parlent ; ce sont d'abord des mots

---

1. ***Un quart de mille*** : 400 mètres environ.

2. ***Canaux*** : pièces d'eau artificielles, étroites et longues, pourvues de poissons, servant à orner les jardins.

3. ***Brocart*** : luxueux tissu de soie rehaussé de dessins brochés en fils d'or et d'argent.

4. ***Eaux spiritueuses*** : mélanges d'eau et d'eau-de-vie (d'esprit-de-vin) destinés à les faire revenir à eux, à les réveiller. Voltaire parodie la tradition des grands romans sentimentaux.

5. ***Reprennent leurs sens*** : retrouvent leurs esprits, reprennent conscience.

entrecoupés, des demandes et des réponses qui se croisent, des soupirs, des larmes, des cris. La vieille leur recommande de faire moins de bruit, et les laisse en liberté. « Quoi ! c'est vous, lui dit Candide ; vous vivez ! je vous retrouve en Portugal ! On ne vous a donc pas violée ? On ne vous a point fendu le ventre, comme le philosophe Pangloss me l'avait assuré ? – Si fait, dit la belle Cunégonde ; mais on ne meurt pas toujours de ces deux accidents. – Mais votre père et votre mère ont-ils été tués ? – Il n'est que trop vrai, dit Cunégonde en pleurant. – Et votre frère ? – Mon frère a été tué aussi. – Et pourquoi êtes-vous en Portugal ? et comment avez-vous su que j'y étais et par quelle étrange aventure [1] m'avez-vous fait conduire dans cette maison ? – Je vous dirai tout cela, répliqua la dame ; mais il faut auparavant que vous m'appreniez tout ce qui vous est arrivé depuis le baiser innocent que vous me donnâtes, et les coups de pied que vous reçûtes. »

Candide lui obéit avec un profond respect ; et quoiqu'il fût interdit, quoique sa voix fût faible et tremblante, quoique l'échine [2] lui fît encore un peu mal, il lui raconta de la manière la plus naïve [3] tout ce qu'il avait éprouvé depuis le moment de leur séparation. Cunégonde levait les yeux au ciel : elle donna des larmes à la mort [4] du bon anabaptiste et de Pangloss ; après quoi elle parla en ces termes à Candide, qui ne perdait pas une parole, et qui la dévorait des yeux [5].

---

1. ***Aventure*** : hasard.
2. ***Échine*** : dos.
3. ***Naïve*** : simple.
4. Comprendre : au récit de la mort.
5. Rappelons qu'elle est « appétissante » (p. 44, l. 23).

Chapitre VIII
Histoire de Cunégonde

« J'étais dans mon lit et je dormais profondément, quand il plut au Ciel [1] d'envoyer les Bulgares dans notre beau château de Thunder-ten-tronckh ; ils égorgèrent mon père et mon frère, et coupèrent ma mère par morceaux. Un grand Bulgare, haut de six pieds, voyant qu'à ce spectacle j'avais perdu connaissance, se mit à me violer ; cela me fit revenir, je repris mes sens, je criai, je me débattis, je mordis, j'égratignai, je voulais arracher les yeux à ce grand Bulgare, ne sachant pas que tout ce qui arrivait dans le château de mon père était une chose d'usage : le brutal [2] me donna un coup de couteau dans le flanc gauche dont je porte encore la marque. – Hélas ! j'espère bien la voir, dit le naïf Candide. – Vous la verrez, dit Cunégonde ; mais continuons. – Continuez », dit Candide.

Elle reprit ainsi le fil de son histoire : « Un capitaine bulgare entra, il me vit toute sanglante, et le soldat ne se dérangeait pas. Le capitaine se mit en colère du peu de respect que lui témoignait ce brutal, et le tua sur mon corps. Ensuite il me fit panser, et m'emmena prisonnière de guerre dans son quartier [3]. Je blanchissais le peu de chemises qu'il avait, je faisais sa cuisine ; il me trouvait fort jolie, il faut l'avouer ; et je ne nierai pas qu'il ne fût très bien fait, et qu'il n'eût la peau blanche et douce ; d'ailleurs peu d'esprit, peu de philosophie : on voyait bien qu'il n'avait pas été élevé par le docteur Pangloss. Au bout de trois mois, ayant perdu tout son argent, et s'étant dégoûté de moi, il me vendit à un juif nommé don Issachar, qui trafiquait en Hollande et en Portugal, et qui aimait passionnément les femmes. Ce juif s'attacha beaucoup à ma personne, mais il ne pouvait en triompher ; je lui ai mieux

1. ***Quand il plut au Ciel*** : expression type des providentialistes, de ceux qui croient à la Providence (au sage gouvernement de Dieu sur la création).
2. ***Brutal*** : homme bestial.
3. ***Quartier*** : campement ou casernement.

résisté qu'au soldat bulgare : une personne d'honneur peut être violée une fois, mais sa vertu s'en affermit. Le juif, pour m'apprivoiser [1], me mena dans cette maison de campagne que vous voyez. J'avais cru jusque-là qu'il n'y avait rien sur la terre de si beau que le château de Thunder-ten-tronckh ; j'ai été détrompée.

«Le grand inquisiteur [2] m'aperçut un jour à la messe ; il me lorgna [3] beaucoup, et me fit dire qu'il avait à me parler pour des affaires secrètes. Je fus conduite à son palais ; je lui appris ma naissance ; il me représenta combien il était au-dessous de mon rang d'appartenir à un israélite. On proposa de sa part à don Issachar de me céder à Monseigneur. Don Issachar, qui est le banquier de la cour, et homme de crédit, n'en voulut rien faire. L'inquisiteur le menaça d'un auto-da-fé. Enfin mon juif, intimidé [4], conclut un marché par lequel la maison et moi leur appartiendraient à tous deux en commun ; que le juif aurait pour lui les lundis, mercredis et le jour du sabbat [5], et que l'inquisiteur aurait les autres jours de la semaine. Il y a six mois que cette convention subsiste. Ce n'a pas été sans querelles ; car souvent il a été indécis si la nuit du samedi au dimanche appartenait à l'ancienne loi ou à la nouvelle [6]. Pour moi, j'ai résisté [7] jusqu'à présent à toutes les deux ; et je crois que c'est pour cette raison que j'ai toujours été aimée.

---

1. ***M'apprivoiser*** : m'amadouer.
2. ***Grand inquisiteur*** : prêtre dirigeant le tribunal inquisitorial de Lisbonne.
3. «On dit dans le style familier et en plaisanterie qu'"un homme lorgne une femme" pour dire qu'il la regarde comme en étant amoureux» (*Dictionnaire de l'Académie*, 1762).
4. ***Intimidé*** : effrayé.
5. ***Sabbat*** : samedi. Jour consacré au culte divin dans le judaïsme ; dans le christianisme, le jour sacré est le dimanche (voir l'étymologie : *dies dominicus*, «jour du Seigneur»).
6. Comprendre : à la loi juive (celle de l'Ancien Testament) ou à la loi chrétienne (celle du Nouveau Testament).
7. Cette vertu héroïque est démentie par la vieille (p. 87, chapitre XIII). Cunégonde a le goût du plaisir charnel comme le montre plus loin son intérêt pour les corps masculins.

« Enfin, pour détourner le fléau des tremblements de terre, et pour intimider don Issachar, il plut à monseigneur l'inquisiteur de célébrer un auto-da-fé. Il me fit l'honneur de m'y inviter. Je fus très bien placée ; on servit aux dames des rafraîchissements [1] entre la messe et l'exécution. Je fus, à la vérité, saisie d'horreur en voyant brûler ces deux juifs et cet honnête Biscayen qui avait épousé sa commère ; mais quelle fut ma surprise, mon effroi, mon trouble, quand je vis, dans un san-benito et sous une mitre, une figure qui ressemblait à celle de Pangloss ! Je me frottai les yeux, je regardai attentivement, je le vis pendre ; je tombai en faiblesse. À peine reprenais-je mes sens que je vous vis dépouillé tout nu ; ce fut là le comble de l'horreur, de la consternation, de la douleur, du désespoir. Je vous dirai, avec vérité, que votre peau est encore plus blanche, et d'un incarnat [2] plus parfait que celle de mon capitaine des Bulgares. Cette vue redoubla tous les sentiments qui m'accablaient, qui me dévoraient. Je m'écriai, je voulus dire : « Arrêtez, barbares ! » Mais la voix me manqua, et mes cris auraient été inutiles. Quand vous eûtes été bien fessé : « Comment se peut-il faire, disais-je, que l'aimable Candide et le sage Pangloss se trouvent à Lisbonne, l'un pour recevoir cent coups de fouet, et l'autre pour être pendu par l'ordre de monseigneur l'inquisiteur, dont je suis la bien-aimée ? Pangloss m'a donc bien cruellement trompée, quand il me disait que tout va le mieux du monde. »

« Agitée, éperdue, tantôt hors de moi-même, et tantôt prête de [3] mourir de faiblesse, j'avais la tête remplie du massacre de mon père, de ma mère, de mon frère, de l'insolence [4] de mon vilain soldat bulgare, du coup de couteau qu'il me donna, de ma servitude, de mon métier de cuisinière, de mon capitaine bulgare,

---

1. ***Rafraîchissements*** : « Au pluriel, des viandes, des liqueurs, des fruits et autres choses semblables » (*Dictionnaire de l'Académie*, 1762). Un autodafé durait plusieurs heures.

2. ***Incarnat*** : rouge clair et vif.

3. ***Prête de*** : prête à.

4. ***Insolence*** : manque de respect.

de mon vilain don Issachar, de mon abominable inquisiteur, de la pendaison du docteur Pangloss, de ce grand *miserere* [1] en faux-bourdon pendant lequel on vous fessait, et surtout du baiser que je vous avais donné derrière un paravent, le jour que je vous avais vu pour la dernière fois. Je louai Dieu, qui vous ramenait à moi par tant d'épreuves. Je recommandai à ma vieille d'avoir soin de vous, et de vous amener ici dès qu'elle le pourrait. Elle a très bien exécuté ma commission [2] ; j'ai goûté le plaisir inexprimable de vous revoir, de vous entendre, de vous parler. Vous devez avoir une faim dévorante ; j'ai grand appétit ; commençons par souper. »

Les voilà qui se mettent tous deux à table, et après le souper ils se replacent sur ce beau canapé dont on a déjà parlé ; ils y étaient [3] quand le signor don Issachar, l'un des maîtres de la maison, arriva. C'était le jour du sabbat. Il venait jouir de ses droits, et expliquer son tendre amour.

Chapitre IX
Ce qui advint de Cunégonde, de Candide, du grand inquisiteur, et d'un juif

Cet Issachar était le plus colérique Hébreu qu'on eût vu dans Israël, depuis la captivité en Babylone [4]. « Quoi ! dit-il, chienne de galiléenne [5], ce n'est pas assez de monsieur l'inquisiteur ? Il faut

1. ***Miserere*** : psaume chanté.
2. ***Ma commission*** : la mission que je lui avais confiée.
3. Le contexte suggère que le canapé sert ici, pour l'ingénu et la libertine, de lit.
4. Allusion à un épisode sombre de l'histoire d'Israël durant lequel Nabuchodonosor II (v. 605-562 av. J.-C.), puissant roi de Babylone (actuellement Bagdad, en Irak), détruisit le royaume de Juda qui s'était dressé contre lui et déporta les survivants dans sa capitale (v. 586 av. J.-C.).
5. ***Galiléenne*** : chrétienne ; fidèle de Jésus-Christ appelé parfois « le Galiléen », parce qu'il est originaire de Nazareth, en Galilée (région d'Israël).

que ce coquin partage aussi avec moi ? » En disant cela il tire un long poignard dont il était toujours pourvu, et, ne croyant pas que son adverse partie [1] eût des armes, il se jette sur Candide ; mais notre bon Vestphalien avait reçu une belle épée de la vieille avec l'habit complet. Il tire son épée, quoiqu'il eût les mœurs fort douces, et vous étend l'israélite roide [2] mort sur le carreau, aux pieds de la belle Cunégonde.

« Sainte Vierge ! s'écria-t-elle, qu'allons-nous devenir ? Un homme tué chez moi ! si la justice vient, nous sommes perdus. – Si Pangloss n'avait pas été pendu, dit Candide, il nous donnerait un bon conseil dans cette extrémité, car c'était un grand philosophe. À son défaut, consultons la vieille. » Elle était fort prudente, et commençait à dire son avis quand une autre petite porte s'ouvrit. Il était une heure après minuit, c'était le commencement du dimanche. Ce jour appartenait à monseigneur l'inquisiteur. Il entre et voit le fessé Candide, l'épée à la main, un mort étendu par terre, Cunégonde effarée [3], et la vieille donnant des conseils.

Voici dans ce moment ce qui se passa dans l'âme de Candide, et comment il raisonna : « Si ce saint homme appelle du secours, il me fera infailliblement brûler, il pourra en faire autant de Cunégonde ; il m'a fait fouetter impitoyablement ; il est mon rival ; je suis en train de tuer ; il n'y a pas à balancer [4]. » Ce raisonnement fut net et rapide ; et, sans donner le temps à l'inquisiteur de revenir de sa surprise, il le perce d'outre en outre [5], et le jette à côté du juif. « En voici bien d'une autre [6], dit Cunégonde ; il n'y a plus de rémission [7] ; nous sommes excommuniés, notre dernière

1. ***Adverse partie*** : adversaire.
2. ***Roide*** : raide.
3. ***Effarée*** : épouvantée, hors d'elle.
4. ***Balancer*** : hésiter.
5. ***D'outre en outre*** : de part en part.
6. ***En voici bien d'une autre*** : voilà du nouveau.
7. ***Rémission*** : pardon possible.

heure est venue ! Comment avez-vous fait, vous qui êtes né si doux, pour tuer en deux minutes un juif et un prélat [1] ? – Ma belle demoiselle, répondit Candide, quand on est amoureux, jaloux, et fouetté par l'Inquisition, on ne se connaît plus. »

La vieille prit alors la parole, et dit : « Il y a trois chevaux andalous dans l'écurie, avec leurs selles et leurs brides : que le brave Candide les prépare ; madame a des moyadors [2] et des diamants, montons vite à cheval, quoique je ne puisse me tenir que sur une fesse, et allons à Cadix [3] ; il fait le plus beau temps du monde, et c'est un grand plaisir de voyager pendant la fraîcheur de la nuit. »

Aussitôt Candide selle les trois chevaux. Cunégonde, la vieille et lui font trente milles [4] d'une traite. Pendant qu'ils s'éloignaient, la Sainte Hermandad [5] arrive dans la maison, on enterre monseigneur dans une belle église et on jette Issachar à la voirie [6].

Candide, Cunégonde, et la vieille, étaient déjà dans la petite ville d'Avacéna au milieu des montagnes de la Sierra-Morena [7] ; et ils parlaient ainsi dans un cabaret.

---

1. *Prélat* : haut dignitaire ecclésiastique (évêque, cardinal, etc.).
2. *Moyadors* : ancienne monnaie d'or portugaise.
3. *Cadix* : port espagnol sur l'Atlantique.
4. *Trente milles* : 50 kilomètres environ.
5. *Sainte Hermandad* : « Sainte Fraternité ». Confrérie espagnole chargée de l'ordre public, fondée au XVᵉ siècle pour lutter contre le brigandage ; sorte de milice.
6. *Voirie* : décharge publique. « Le lieu où l'on porte les boues, charognes, et autres immondices » (*Dictionnaire de l'Académie*, 1762). Un juif ne pouvait être inhumé en terre chrétienne.
7. *Sierra-Morena* : massif montagneux au sud de l'Espagne.

Chapitre X
Dans quelle détresse Candide, Cunégonde et la vieille arrivent à Cadix, et de leur embarquement

« Qui a donc pu me voler mes pistoles [1] et mes diamants ? disait en pleurant Cunégonde ; de quoi vivrons-nous ? comment ferons-nous ? où trouver des inquisiteurs et des juifs qui m'en donnent d'autres ? – Hélas ! dit la vieille, je soupçonne fort un révérend père cordelier [2] qui coucha hier dans la même auberge que nous à Badajos [3] ; Dieu me garde de faire un jugement téméraire [4] ! mais il entra deux fois dans notre chambre, et il partit longtemps avant nous. – Hélas ! dit Candide, le bon Pangloss m'avait souvent prouvé que les biens de la terre sont communs à tous les hommes, que chacun y a un droit égal. Ce cordelier devait bien, suivant ces principes, nous laisser de quoi achever notre voyage. Il ne vous reste donc rien du tout, ma belle Cunégonde ? – Pas un maravédis [5], dit-elle. – Quel parti prendre ? dit Candide. – Vendons un des chevaux, dit la vieille ; je monterai en croupe derrière mademoiselle, quoique je ne puisse me tenir que sur une fesse, et nous arriverons à Cadix. »

Il y avait dans la même hôtellerie un prieur de bénédictins [6] ; il acheta le cheval bon marché. Candide, Cunégonde et la vieille passèrent par Lucena, par Chillas, par Lebrixa, et arrivèrent enfin

1. ***Pistoles*** : ancienne monnaie d'or espagnole.
2. ***Père cordelier*** : voir note 3, p. 55.
3. ***Badajos*** : ville espagnole à la frontière du Portugal.
4. ***Téméraire*** : hâtif, sans base solide.
5. ***Pas un maravédis*** : pas un sou. Le maravédis était une pièce espagnole en cuivre équivalente à un ou deux centimes.
6. ***Prieur de bénédictins*** : un supérieur (du latin *prior*, « premier de deux ») de l'ordre de Saint-Benoît.

à Cadix [1]. On y équipait une flotte, et on y assemblait des troupes pour mettre à la raison les révérends pères jésuites du Paraguai, qu'on accusait d'avoir fait révolter une de leurs hordes contre les rois d'Espagne et de Portugal, auprès [2] de la ville du Saint-Sacrement [3]. Candide, ayant servi chez les Bulgares, fit l'exercice bulgarien [4] devant le général de la petite armée avec tant de grâce, de célérité, d'adresse, de fierté, d'agilité, qu'on lui donna une compagnie d'infanterie à commander. Le voilà capitaine ; il s'embarque avec mademoiselle Cunégonde, la vieille, deux valets, et les deux chevaux andalous qui avaient appartenu à monsieur le grand inquisiteur de Portugal.

Pendant toute la traversée ils raisonnèrent beaucoup sur la philosophie du pauvre Pangloss. « Nous allons dans un autre univers, disait Candide ; c'est dans celui-là, sans doute, que tout est bien. Car il faut avouer qu'on pourrait gémir un peu de ce qui se passe dans le nôtre en physique et en morale [5]. – Je vous aime de tout mon cœur, disait Cunégonde ; mais j'ai encore l'âme tout effarouchée [6] de ce que j'ai vu, de ce que j'ai éprouvé. – Tout ira bien, répliquait Candide ; la mer de ce nouveau monde vaut déjà mieux que les mers de notre Europe ; elle est plus calme,

---

1. Les noms des villes sont authentiques mais l'itinéraire est fantaisiste.
2. ***Auprès*** : près.
3. Les missionnaires jésuites, mandatés en 1604 par l'Espagne pour administrer le Paraguay, y bâtirent avec les Indiens Guaranis une république chrétienne communautaire dont l'unité de base était la « réduction » (*reduccion*), grand village fortifié (contre les chasseurs d'esclaves) ; cet État théocratique florissant – trente cités, cent pères, trois cent mille Guaranis convertis – perdura cent cinquante ans. En 1750, l'Espagne ayant cédé au Portugal un bout du Paraguay (dont la ville de « Saint-Sacrement ») contenant sept *reducciones*, les pères organisèrent des milices d'Indiens et soutinrent une guérilla qui entraîna l'envoi d'une « petite armée » contre eux, depuis Cadix (1755-1756) ; c'est à cette expédition punitive qu'est mêlé Candide.
4. ***Exercice bulgarien*** : maniement d'armes et mouvements à la prussienne.
5. ***En physique et en morale*** : sur le plan physique (souffrances, désastres naturels) et sur le plan moral (crimes, péchés).
6. ***J'ai encore l'âme tout effarouchée*** : je suis encore choquée (bouleversée).

les vents plus constants [1]. C'est certainement le nouveau monde qui est le meilleur des univers possibles. – Dieu le veuille ! disait Cunégonde ; mais j'ai été si horriblement malheureuse dans le mien que mon cœur est presque fermé à l'espérance. – Vous vous plaignez, leur dit la vieille ; hélas ! vous n'avez pas éprouvé des infortunes [2] telles que les miennes. » Cunégonde se mit presque à rire, et trouva cette bonne femme fort plaisante [3] de prétendre être plus malheureuse qu'elle. « Hélas ! lui dit-elle, ma bonne, à moins que vous n'ayez été violée par deux Bulgares, que vous n'ayez reçu deux coups de couteau dans le ventre, qu'on n'ait démoli deux de vos châteaux, qu'on n'ait égorgé à vos yeux deux mères et deux pères, et que vous n'ayez vu deux de vos amants fouettés dans un auto-da-fé, je ne vois pas que vous puissiez l'emporter sur moi [4] ; ajoutez que je suis née baronne avec soixante et douze quartiers, et que j'ai été cuisinière. – Mademoiselle, répondit la vieille, vous ne savez pas quelle est ma naissance ; et si je vous montrais mon derrière, vous ne parleriez pas comme vous faites, et vous suspendriez votre jugement. » Ce discours fit naître une extrême curiosité dans l'esprit de Cunégonde et de Candide. La vieille leur parla en ces termes.

Chapitre XI
Histoire de la vieille

« Je n'ai pas eu toujours les yeux éraillés et bordés d'écarlate [5] ; mon nez n'a pas toujours touché à mon menton, et je n'ai pas

1. L'alizé est en effet un vent régulier soufflant toute l'année de l'est.
2. ***Infortunes*** : malheurs.
3. ***Fort plaisante*** : très drôle (ridicule).
4. ***Que vous puissiez l'emporter sur moi*** : que votre malheur soit plus grand que le mien.
5. ***Éraillés et bordés d'écarlate*** : striés de filets de sang et cernés de rouge.

toujours été servante. Je suis la fille du pape Urbain X [1] et de la princesse de Palestrine [2] ». On m'éleva jusqu'à quatorze ans dans un palais auquel tous les châteaux de vos barons allemands n'auraient pas servi d'écurie ; et une de mes robes valait mieux que toutes les magnificences de la Vestphalie. Je croissais en beauté, en grâces, en talents, au milieu des plaisirs, des respects, et des espérances. J'inspirais déjà de l'amour. Ma gorge [3] se formait ; et quelle gorge ! blanche, ferme, taillée comme celle de la Vénus de Médicis [4] ; et quels yeux ! quelles paupières ! quels sourcils noirs ! quelles flammes brillaient dans mes deux prunelles, et effaçaient la scintillation [5] des étoiles, comme me disaient les poètes du quartier. Les femmes qui m'habillaient et qui me déshabillaient tombaient en extase en me regardant par-devant et par-derrière ; et tous les hommes auraient voulu être à leur place.

« Je fus fiancée à un prince souverain de Massa-Carrara [6]. Quel prince ! aussi beau que moi, pétri de douceur et d'agréments [7], brillant d'esprit et brûlant d'amour. Je l'aimais comme on aime pour la première fois, avec idolâtrie, avec emportement. Les noces furent préparées. C'était une pompe [8], une magnificence inouïe ;

---

1. Pape fictif. Le dernier de la lignée fut Urbain VIII, de son vrai nom Maffeo Barberini (1568-1644), dont la famille possédait la ville de Palestrina (près de Rome, dans le Latium).

2. Voyez l'extrême discrétion de l'auteur ; il n'y eut jusqu'à présent aucun pape nommé Urbain X ; il craint de donner une bâtarde à un pape connu. Quelle circonspection ! quelle délicatesse de conscience ! (Note de Voltaire.)

3. ***Gorge*** : poitrine.

4. ***Vénus de Médicis*** : célèbre statue antique de la déesse de la Beauté et de l'Amour, propriété d'une grande famille de riches marchands toscans, les Médicis.

5. ***La scintillation*** : le scintillement.

6. ***Massa-Carrara*** : petit duché de la Toscane (région de Florence), annexé au Piémont en 1860.

7. ***Agréments*** : charmes, attraits.

8. ***Pompe*** : déploiement de faste, de luxe.

c'étaient des fêtes, des carrousels [1], des opéra-buffa [2] continuels; et toute l'Italie fit pour moi des sonnets dont il n'y eut pas un seul de passable. Je touchais au moment de mon bonheur, quand une vieille marquise qui avait été maîtresse de mon prince l'invita à prendre du chocolat chez elle. Il mourut en moins de deux heures avec des convulsions [3] épouvantables. Mais ce n'est qu'une bagatelle [4]. Ma mère, au désespoir, et bien moins affligée que moi, voulut s'arracher pour quelque temps à un séjour si funeste. Elle avait une très belle terre auprès de Gaète [5]. Nous nous embarquâmes sur une galère [6] du pays, dorée comme l'autel de Saint-Pierre de Rome [7]. Voilà qu'un corsaire de Salé [8] fond sur nous et nous aborde; nos soldats se défendirent comme des soldats du pape : ils se mirent tous à genoux en jetant leurs armes, et en demandant au corsaire une absolution *in articulo mortis* [9].

«Aussitôt on les dépouilla nus comme des singes, et ma mère aussi, nos filles d'honneur aussi, et moi aussi. C'est une chose admirable que la diligence [10] avec laquelle ces messieurs déshabillent le monde. Mais ce qui me surprit davantage, c'est qu'ils nous mirent à tous le doigt dans un endroit où nous autres femmes nous ne nous laissons mettre d'ordinaire que des canules [11]. Cette cérémonie me paraissait bien étrange : voilà comme on juge de tout quand on

---

1. ***Carrousels*** : jeux équestres.
2. ***Opéra-buffa*** : opéras-comiques.
3. ***Convulsions*** : spasmes (elle l'a empoisonné).
4. ***Ce n'est qu'une bagatelle*** : ce n'est qu'un détail, que peu de chose.
5. ***Gaète*** : petit port au sud de Rome.
6. ***Galère*** : vaisseau de guerre à voile et à rames.
7. ***Saint-Pierre de Rome*** : basilique (324-335) se trouvant sur la place Saint-Pierre, à côté du Vatican (résidence administrative du Saint-Siège et du pape), à Rome. L'autel a été édifié par Urbain VIII.
8. ***Corsaire de Salé*** : un vaisseau pirate de Salé, ville portuaire du Maroc, réputée à l'époque pour sa flotte barbaresque.
9. ***Absolution* in articulo mortis** : le pardon de leurs péchés «à l'article de la mort» (c'est-à-dire au moment de mourir).
10. ***Diligence*** : zèle, empressement.
11. ***Canules*** : petits tuyaux qu'on mettait au bout d'une seringue à lavement.

n'est pas sorti de son pays. J'appris bientôt que c'était pour voir si nous n'avions pas caché là quelques diamants : c'est un usage établi de temps immémorial parmi les nations policées qui courent sur mer [1]. J'ai su que messieurs les religieux chevaliers de Malte [2] n'y manquent jamais quand ils prennent des Turcs et des Turques. C'est une loi du droit des gens à laquelle on n'a jamais dérogé.

« Je ne vous dirai point combien il est dur pour une jeune princesse d'être menée esclave à [3] Maroc avec sa mère. Vous concevez assez tout ce que nous eûmes à souffrir dans le vaisseau corsaire. Ma mère était encore très belle ; nos filles d'honneur, nos simples femmes de chambre, avaient plus de charmes qu'on n'en peut trouver dans toute l'Afrique. Pour moi, j'étais ravissante, j'étais la beauté, la grâce même, et j'étais pucelle. Je ne le fus pas longtemps : cette fleur, qui avait été réservée pour le beau prince de Massa-Carrara, me fut ravie par le capitaine corsaire. C'était un nègre abominable [4], qui croyait encore me faire beaucoup d'honneur. Certes il fallait que madame la princesse de Palestrine et moi fussions bien fortes pour résister à tout ce que nous éprouvâmes jusqu'à notre arrivée à Maroc. Mais, passons ; ce sont des choses si communes qu'elles ne valent pas la peine qu'on en parle.

« Maroc nageait dans le sang quand nous arrivâmes. Cinquante fils de l'empereur Mulei-Ismaël [5] avaient chacun leur parti : ce qui produisait en effet cinquante [6] guerres civiles, de noirs contre noirs, de noirs contre basanés, de basanés contre basanés, de

1. ***Les nations policées qui courent sur mer*** : les peuples civilisés qui écument les mers.
2. ***Chevaliers de Malte*** : ordre religieux et militaire, installé dans l'archipel de Malte (1530-1798) ; formé des fils des plus nobles familles catholiques de l'Europe, l'ordre se consacrait à défendre l'Église.
3. ***À*** : au.
4. ***Abominable*** : abominablement laid.
5. ***Mulei-Ismaël*** (1646-1727) : roi du Maroc (1672-1727), qui eut à combattre à la fin de sa vie la révolte de plusieurs de ses fils. Le règne de ce roi guerrier fut souillé d'atroces cruautés.
6. Chiffre exagéré.

mulâtres contre mulâtres. C'était un carnage continuel dans toute l'étendue de l'empire.

« À peine fûmes-nous débarquées que des noirs d'une faction ennemie de celle de mon corsaire se présentèrent pour lui enlever son butin. Nous étions, après les diamants et l'or, ce qu'il avait de plus précieux. Je fus témoin d'un combat tel que vous n'en voyez jamais dans vos climats d'Europe. Les peuples septentrionaux [1] n'ont pas le sang assez ardent. Ils n'ont pas la rage des femmes au point où elle est commune en Afrique. Il semble que vos Européens aient du lait dans les veines ; c'est du vitriol [2], c'est du feu qui coule dans celles des habitants du mont Atlas [3] et des pays voisins. On combattit avec la fureur des lions, des tigres et des serpents de la contrée, pour savoir à qui nous aurait. Un Maure [4] saisit ma mère par le bras droit, le lieutenant de mon capitaine la retint par le bras gauche ; un soldat maure la prit par une jambe, un de nos pirates la tenait par l'autre. Nos filles se trouvèrent presque toutes en un moment tirées ainsi à quatre soldats. Mon capitaine me tenait cachée derrière lui. Il avait le cimeterre [5] au poing, et tuait tout ce qui s'opposait à sa rage. Enfin je vis toutes nos Italiennes et ma mère déchirées, coupées, massacrées par les monstres qui se les disputaient. Les captifs, mes compagnons, ceux qui les avaient pris, soldats, matelots, noirs, basanés, blancs, mulâtres, et enfin mon capitaine, tout fut tué, et je demeurai mourante sur un tas de morts. Des scènes pareilles se passaient, comme on sait, dans l'étendue de plus de trois cents lieues [6], sans qu'on manquât aux cinq prières par jour [7] ordonnées par Mahomet.

1. ***Septentrionaux*** : du Nord.
2. ***Vitriol*** : acide sulfurique concentré, très corrosif.
3. ***Mont Atlas*** : la chaîne montagneuse comprenant le Haut-Atlas marocain, l'Atlas saharien d'Algérie et l'Atlas tunisien.
4. ***Maure*** : Arabe.
5. ***Cimeterre*** : sabre oriental à large lame et recourbé.
6. ***Trois cents lieues*** : environ 1 200 kilomètres.
7. Une des obligations majeures de l'islam.

« Je me débarrassai avec beaucoup de peine de la foule de tant de cadavres sanglants entassés, et je me traînai sous un grand oranger au bord d'un ruisseau voisin ; j'y tombai d'effroi, de lassitude, d'horreur, de désespoir et de faim. Bientôt après, mes sens accablés se livrèrent à un sommeil qui tenait plus de l'évanouissement que du repos. J'étais dans cet état de faiblesse et d'insensibilité, entre la mort et la vie, quand je me sentis pressée de quelque chose qui s'agitait sur mon corps. J'ouvris les yeux, je vis un homme blanc et de bonne mine qui soupirait, et qui disait entre ses dents : *O che sciagura d'essere senza c...* [1] !

Chapitre XII
Suite des malheurs de la vieille

« Étonnée et ravie d'entendre la langue de ma patrie, et non moins surprise des paroles que proférait cet homme, je lui répondis qu'il y avait de plus grands malheurs que celui dont il se plaignait. Je l'instruisis en peu de mots des horreurs que j'avais essuyées, et je retombai en faiblesse. Il m'emporta dans une maison voisine, me fit mettre au lit, me fit donner à manger, me servit, me consola, me flatta, me dit qu'il n'avait rien vu de si beau que moi, et que jamais il n'avait tant regretté ce que personne ne pouvait lui rendre. "Je suis né à Naples, me dit-il ; on y chaponne [2] deux ou trois mille enfants tous les ans [3] ; les uns en meurent, les autres acquièrent une voix plus belle que celle des femmes, les autres vont gouverner des États [4]. On me fit cette opération

1. L'édition de 1759 écrit le mot italien en entier : *coglioni*. « Quel malheur d'être sans c[ouilles] ! »

2. ***Chaponne*** : châtre, comme on le fait à un jeune coq.

3. Chiffre exagéré, mais le fait est avéré en Italie au XVIIIe siècle.

4. Allusion au célèbre castrat napolitain, Carlo Broschi (1705-1782), dit Farinelli. Véritable star, il fut influent à la cour d'Espagne sous Philippe V (1683-1746) puis sous Ferdinand VI (1713-1759).

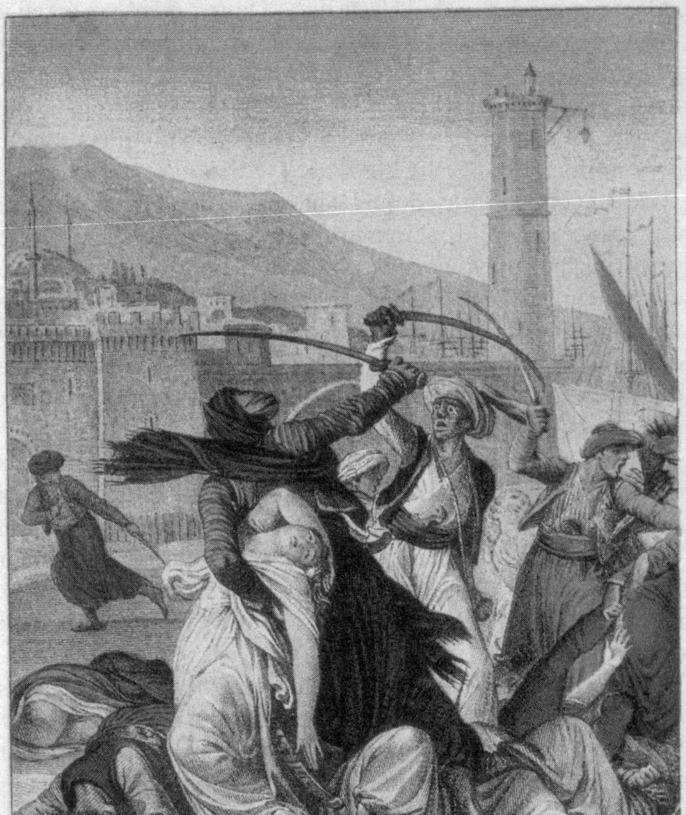

Mon capitaine..... tuait tout ce qui s'opposait à sa rage.
Ch. XI.

■ Gravure illustrant l'histoire de la vieille, son arrivée au Maroc. D'après Moreau le Jeune (1803).

avec un très grand succès, et j'ai été musicien [1] de la chapelle de madame la princesse de Palestrine. – De ma mère ! m'écriai-je. – De votre mère ! s'écria-t-il en pleurant ; quoi ! vous seriez cette jeune princesse que j'ai élevée jusqu'à l'âge de six ans, et qui promettait déjà d'être aussi belle que vous êtes ? – C'est moi-même ; ma mère est à quatre cents pas d'ici, coupée en quartiers sous un tas de morts…"

« Je lui contai tout ce qui m'était arrivé ; il me conta aussi ses aventures, et m'apprit comment il avait été envoyé chez le roi de [2] Maroc par une puissance chrétienne, pour conclure avec ce monarque un traité par lequel on lui fournirait de la poudre, des canons, et des vaisseaux, pour l'aider à exterminer le commerce des autres chrétiens. "Ma mission est faite, dit cet honnête eunuque [3] ; je vais m'embarquer à Ceuta [4], et je vous ramènerai en Italie. *Ma che sciagura d'essere senza c… !*"

« Je le remerciai avec des larmes d'attendrissement ; et au lieu de me mener en Italie, il me conduisit à Alger, et me vendit au dey de cette province [5]. À peine fus-je vendue que cette peste qui a fait le tour de l'Afrique, de l'Asie et de l'Europe, se déclara dans Alger avec fureur [6]. Vous avez vu des tremblements de terre ; mais, mademoiselle, avez-vous jamais eu la peste ? – Jamais, répondit la baronne.

– Si vous l'aviez eue, reprit la vieille, vous avoueriez qu'elle est bien au-dessus d'un tremblement de terre. Elle est fort commune en Afrique ; j'en fus attaquée. Figurez-vous quelle situation pour la fille d'un pape, âgée de quinze ans, qui en trois mois de temps

1. ***Musicien*** : chanteur.
2. ***De*** : du.
3. ***Eunuque*** : homme châtré (castrat).
4. ***Ceuta*** : port d'Algérie (en face de Gibraltar), qui était alors possession espagnole.
5. ***Au dey de cette province*** : au gouverneur de cette province vassale de l'Empire ottoman (1299-1918), c'est-à-dire de l'Empire turc.
6. La peste dite « de Marseille » (1720-1721) ravagea plusieurs régions du bassin méditerranéen.

avait éprouvé la pauvreté, l'esclavage, avait été violée presque tous les jours, avait vu couper sa mère en quatre, avait essuyé la faim et la guerre, et mourait pestiférée dans Alger. Je n'en mourus pourtant pas ; mais mon eunuque et le dey, et presque tout le sérail d'Alger périrent.

« Quand les premiers ravages de cette épouvantable peste furent passés, on vendit les esclaves du dey. Un marchand m'acheta, et me mena à Tunis ; il me vendit à un autre marchand, qui me revendit à Tripoli ; de Tripoli je fus revendue à Alexandrie, d'Alexandrie revendue à Smyrne, de Smyrne à Constantinople [1]. J'appartins enfin à un aga des janissaires [2], qui fut bientôt commandé pour aller défendre Azof [3] contre les Russes, qui l'assiégeaient.

« L'aga, qui était un très galant homme, mena avec lui tout son sérail, et nous logea dans un petit fort sur les Palus-Méotides [4], gardé par deux eunuques noirs et vingt soldats. On tua prodigieusement de Russes, mais ils nous le rendirent bien. Azof fut mis à feu et à sang, et on ne pardonna ni au sexe, ni à l'âge ; il ne resta que notre petit fort ; les ennemis voulurent nous prendre par famine. Les vingt janissaires avaient juré de ne se jamais rendre. Les extrémités de la faim où ils furent réduits les contraignirent à manger nos deux eunuques, de peur de violer leur serment. Au bout de quelques jours ils résolurent de manger les femmes.

« Nous avions un iman [5] très pieux et très compatissant [6], qui leur fit un beau sermon par lequel il leur persuada de ne nous pas

---

1. ***Tunis*** (en Tunisie), ***Tripoli*** (au Liban), ***Alexandrie*** (en Égypte), ***Smyrne*** (aujourd'hui Izmir, en Turquie) et ***Constantinople*** (aujourd'hui Istanbul, en Turquie également) étaient des marchés d'esclaves.

2. ***Aga des janissaires*** : général des soldats d'élite de l'armée ottomane (turque).

3. Le tsar Pierre Ier le Grand (1672-1725) assiégea en 1695-1696 le port fortifié ottoman d'Azov (Ukraine), qui ouvrait l'accès à la mer Noire.

4. ***Palus-Méotides*** : nom latin de la mer d'Azov.

5. ***Iman*** : chef religieux musulman ; cet imam est en quelque sorte « l'aumônier » du régiment des janissaires.

6. ***Compatissant*** : charitable, humain.

tuer tout à fait. “Coupez, dit-il, seulement une fesse à chacune de ces dames, vous ferez très bonne chère [1] ; s'il faut y revenir [2], vous en aurez encore autant dans quelques jours ; le ciel vous saura gré d'une action si charitable, et vous serez secourus.”

« Il avait beaucoup d'éloquence ; il les persuada. On nous fit cette horrible opération. L'iman nous appliqua le même baume qu'on met aux enfants qu'on vient de circoncire. Nous étions toutes à la mort.

« À peine les janissaires eurent-ils fait le repas que nous leur avions fourni, que les Russes arrivent sur des bateaux plats : il ne réchappa pas un janissaire. Les Russes ne firent aucune attention à l'état où nous étions [3]. Il y a partout des chirurgiens français ; un d'eux, qui était fort adroit, prit soin de nous ; il nous guérit, et je me souviendrai toute ma vie que, quand mes plaies furent bien fermées, il me fit des propositions. Au reste, il nous dit à toutes de nous consoler ; il nous assura que dans plusieurs sièges pareille chose était arrivée, et que c'était la loi de la guerre.

« Dès que mes compagnes purent marcher, on les fit aller à Moscou. J'échus en partage à un boïard [4] qui me fit sa jardinière, et qui me donnait vingt coups de fouet par jour. Mais ce seigneur ayant été roué [5] au bout de deux ans avec une trentaine de boïards pour quelque tracasserie de cour, je profitai de cette aventure : je m'enfuis ; je traversai toute la Russie ; je fus longtemps servante de cabaret à Riga, puis à Rostock, à Vismar, à Leipsick, à Cassel, à Utrecht, à Leyde, à La Haye, à Rotterdam ; j'ai vieilli dans la misère et dans l'opprobre [6], n'ayant que la moitié d'un derrière, me souvenant toujours que j'étais fille d'un pape ; je voulus cent

---

1. ***Vous ferez très bonne chère*** : vous mangerez très bien.
2. ***S'il faut y revenir*** : si vous avez encore faim.
3. **Comprendre** : ils nous violèrent quand même.
4. ***Boïard*** : ancien noble russe.
5. ***Ayant été roué*** : ayant été supplicié sur la roue ; exécuté. Il y eut en 1798 une rébellion de nobles matée par le tsar.
6. ***Opprobre*** : déshonneur, honte.

fois me tuer [1], mais j'aimais encore la vie. Cette faiblesse ridicule est peut-être un de nos penchants les plus funestes : car y a-t-il rien de plus sot que de vouloir porter continuellement un fardeau qu'on veut toujours jeter par terre ? d'avoir son être en horreur, et de tenir à son être ? enfin de caresser le serpent qui nous dévore, jusqu'à ce qu'il nous ait mangé le cœur ?

« J'ai vu dans les pays que le sort m'a fait parcourir, et dans les cabarets où j'ai servi, un nombre prodigieux de personnes qui avaient leur existence en exécration [2] ; mais je n'en ai vu que douze qui aient mis volontairement fin à leur misère : trois nègres, quatre Anglais, quatre Genevois, et un professeur allemand nommé Robeck [3]. J'ai fini par être servante chez le juif don Issachar ; il me mit auprès de vous, ma belle demoiselle ; je me suis attachée à votre destinée, et j'ai été plus occupée de vos aventures que des miennes. Je ne vous aurais même jamais parlé de mes malheurs si vous ne m'aviez pas un peu piquée [4], et s'il n'était d'usage dans un vaisseau de conter des histoires pour se désennuyer. Enfin, mademoiselle, j'ai de l'expérience, je connais le monde ; donnez-vous un plaisir, engagez [5] chaque passager à vous conter son histoire, et s'il s'en trouve un seul qui n'ait souvent maudit sa vie, qui ne se soit souvent dit à lui-même qu'il était le plus malheureux des hommes, jetez-moi dans la mer la tête la première. »

---

1. Le suicide est interdit par l'Église ; il était admis dans l'Antiquité.
2. ***Exécration*** : haine.
3. ***Jonas Robeck*** (1672-1739), professeur, écrivit *Sur le ridicule d'aimer la vie* (1736), puis se donna la mort.
4. ***Piquée*** : agacée, énervée.
5. ***Engagez*** : invitez.

Chapitre XIII
Comment Candide fut obligé de se séparer de la belle Cunégonde et de la vieille

La belle Cunégonde, ayant entendu l'histoire de la vieille, lui fit toutes les politesses qu'on devait à une personne de son rang et de son mérite. Elle accepta la proposition ; elle engagea tous les passagers, l'un après l'autre, à lui conter leurs aventures. Candide et elle avouèrent que la vieille avait raison. « C'est bien dommage, disait Candide, que le sage Pangloss ait été pendu contre la coutume dans un auto-da-fé ; il nous dirait des choses admirables sur le mal physique et sur le mal moral qui couvrent la terre et la mer, et je me sentirais assez de force pour oser lui faire respectueusement quelques objections. »

À mesure que chacun racontait son histoire, le vaisseau avançait. On aborda dans Buenos-Ayres [1]. Cunégonde, le capitaine Candide et la vieille allèrent chez le gouverneur don Fernando d'Ibaraa, y Figueora, y Mascarenes, y Lampourdos, y Souza. Ce seigneur avait une fierté convenable [2] à un homme qui portait tant de noms. Il parlait aux hommes avec le dédain [3] le plus noble, portant le nez si haut, élevant si impitoyablement la voix, prenant un ton si imposant, affectant une démarche si altière, que tous ceux qui le saluaient étaient tentés de le battre. Il aimait les femmes à la fureur [4]. Cunégonde lui parut ce qu'il avait jamais vu

1. ***Buenos-Ayres*** (Buenos Aires) : aujourd'hui, capitale de l'Argentine. Les terres coloniales de l'extrémité du continent sud-américain – toutes possessions espagnoles – étaient divisées depuis 1617 en deux « gouvernements » (*gobernación*) du Río de la Plata et du Paraguay. En 1776, fut créée la vice-royauté du Río de la Plata, qui comprenait l'Argentine, le Paraguay, l'Uruguay et la Bolivie actuels.
2. ***Fierté convenable*** : orgueil proportionné.
3. ***Dédain*** : mépris.
4. ***À la fureur*** : à la folie.

de plus beau. La première chose qu'il fit fut de demander si elle n'était point la femme du capitaine. L'air dont il fit cette question alarma Candide : il n'osa pas dire qu'elle était sa femme, parce qu'en effet elle ne l'était point ; il n'osait pas dire que c'était sa sœur, parce qu'elle ne l'était pas non plus ; et quoique ce mensonge officieux [1] eût été autrefois très à la mode chez les anciens [2], et qu'il pût être utile aux modernes, son âme était trop pure pour trahir la vérité. « Mademoiselle Cunégonde, dit-il, doit me faire l'honneur de m'épouser et nous supplions Votre Excellence de daigner faire notre noce. »

Don Fernando d'Ibaraa, y Figueora, y Mascarenes, y Lampourdos, y Souza, relevant sa moustache, sourit amèrement, et ordonna au capitaine Candide d'aller faire la revue [3] de sa compagnie. Candide obéit ; le gouverneur demeura avec mademoiselle Cunégonde. Il lui déclara sa passion, lui protesta [4] que le lendemain il l'épouserait à la face de l'Église, ou autrement, ainsi qu'il plairait à ses charmes. Cunégonde lui demanda un quart d'heure pour se recueillir, pour consulter la vieille, et pour se déterminer.

La vieille dit à Cunégonde : « Mademoiselle, vous avez soixante et douze quartiers et pas une obole [5] ; il ne tient qu'à vous d'être la femme du plus grand seigneur de l'Amérique méridionale, qui a une très belle moustache ; est-ce à vous de vous piquer d'une fidélité à toute épreuve ? Vous avez été violée par les Bulgares ; un juif et un inquisiteur ont eu vos bonnes grâces [6] : les malheurs

1. ***Mensonge officieux*** : « Un mensonge fait purement pour faire plaisir à quelqu'un, sans préjudice de personne » (*Dictionnaire de l'Académie*, 1762).
2. Allusion à différents passages de la Bible dans lesquels Abraham fait passer sa femme Sara pour sa sœur (Genèse 12, 11-16 et 20, 2).
3. ***La revue*** : l'inspection.
4. ***Protesta*** : promit solennellement.
5. ***Pas une obole*** : pas un sou.
6. ***Un juif et un inquisiteur ont eu vos bonnes grâces*** : vous avez été forcée de vous donner physiquement à un juif et à un inquisiteur.

donnent des droits. J'avoue que, si j'étais à votre place, je ne ferais aucun scrupule d'épouser monsieur le gouverneur, et de faire la fortune de monsieur le capitaine Candide. » Tandis que la vieille parlait avec toute la prudence que l'âge et l'expérience donnent, on vit entrer dans le port un petit vaisseau ; il portait un alcade et des alguazils [1], et voici ce qui était arrivé.

La vieille avait très bien deviné que ce fut un cordelier à la grande manche qui vola l'argent et les bijoux de Cunégonde dans la ville de Badajos, lorsqu'elle fuyait en hâte avec Candide. Ce moine voulut vendre quelques-unes des pierreries à un joaillier. Le marchand les reconnut pour celles du grand inquisiteur. Le cordelier, avant d'être pendu, avoua qu'il les avait volées : il indiqua les personnes, et la route qu'elles prenaient. La fuite de Cunégonde et de Candide était déjà connue. On les suivit à Cadix. On envoya sans perdre de temps un vaisseau à leur poursuite. Le vaisseau était déjà dans le port de Buenos-Ayres. Le bruit se répandit qu'un alcade allait débarquer, et qu'on poursuivait les meurtriers de monseigneur le grand inquisiteur. La prudente vieille vit dans l'instant tout ce qui était à faire. «Vous ne pouvez fuir, dit-elle à Cunégonde, et vous n'avez rien à craindre : ce n'est pas vous qui avez tué monseigneur, et d'ailleurs le gouverneur, qui vous aime, ne souffrira pas [2] qu'on vous maltraite ; demeurez. » Elle court sur-le-champ à Candide : « Fuyez, dit-elle, ou dans une heure vous allez être brûlé [3]. » Il n'y avait pas un moment à perdre ; mais comment se séparer de Cunégonde, et où se réfugier ?

1. ***Un alcade et des alguazils*** : un juge et des gendarmes, en espagnol.
2. ***Ne souffrira pas*** : n'acceptera pas.
3. Au nom de l'Inquisition, dont le pouvoir s'étendait aux colonies.

Chapitre XIV
Comment Candide et Cacambo furent reçus chez les jésuites du Paraguai

Candide avait amené de Cadix un valet tel qu'on en trouve beaucoup sur les côtes d'Espagne et dans les colonies. C'était un quart d'Espagnol [1], né d'un métis dans le Tucuman [2] ; il avait été enfant de chœur, sacristain [3], matelot, moine, facteur [4], soldat, laquais [5]. Il s'appelait Cacambo, et aimait fort son maître, parce que son maître était un fort bon homme. Il sella au plus vite les deux chevaux andalous. « Allons, mon maître, suivons le conseil de la vieille ; partons, et courons sans regarder derrière nous. » Candide versa des larmes : « Ô ma chère Cunégonde ! faut-il vous abandonner dans le temps que monsieur le gouverneur va faire nos noces ! Cunégonde amenée de si loin, que deviendrez-vous ? – Elle deviendra ce qu'elle pourra, dit Cacambo ; les femmes ne sont jamais embarrassées d'elles ; Dieu y pourvoit [6] ; courons. – Où me mènes-tu ? où allons-nous ? que ferons-nous sans Cunégonde ? disait Candide. – Par saint Jacques de Compostelle, dit Cacambo, vous alliez faire la guerre aux jésuites ; allons la faire pour eux : je sais assez les chemins, je vous mènerai dans leur royaume [7], ils seront charmés d'avoir un capitaine qui fasse

---

1. ***Un quart d'Espagnol*** : enfant né de l'union d'un métis et d'une Blanche.
2. ***Tucuman*** : province d'Argentine, limitrophe du Pérou.
3. ***Sacristain*** : préposé à l'entretien d'une église.
4. ***Facteur*** : « Celui qui est chargé de quelque négoce, de quelque trafic pour quelqu'un » (*Dictionnaire de l'Académie*, 1762) ; Cacambo a travaillé dans une « factorie » (un comptoir de commerce dans une colonie).
5. ***Laquais*** : valet portant la livrée (un vêtement aux couleurs des armes d'un seigneur) ; domestique d'aristocrates.
6. ***Pourvoit*** : verbe issu du latin *providere*, à partir duquel a été construit le mot « providence ».
7. Allusion à la rumeur, qui courut en Europe, selon laquelle un jésuite avait été proclamé roi du Paraguay sous le nom de Nicolas Ier.

l'exercice à la bulgare ; vous ferez une fortune prodigieuse : quand on n'a pas son compte dans un monde, on le trouve dans un autre. C'est un très grand plaisir de voir et de faire des choses nouvelles.

– Tu as donc été déjà dans le Paraguai ? dit Candide. – Eh vraiment oui ! dit Cacambo ; j'ai été cuistre [1] dans le collège de l'Assomption [2], et je connais le gouvernement de Los Padres [3] comme je connais les rues de Cadix. C'est une chose admirable que ce gouvernement. Le royaume a déjà plus de trois cents lieues [4] de diamètre ; il est divisé en trente provinces. Los Padres y ont tout, et les peuples rien ; c'est le chef-d'œuvre de la raison et de la justice. Pour moi, je ne vois rien de si divin que Los Padres, qui font ici la guerre au roi d'Espagne et au roi de Portugal, et qui en Europe confessent ces rois ; qui tuent ici des Espagnols, et qui à Madrid les envoient au ciel : cela me ravit ; avançons : vous allez être le plus heureux de tous les hommes. Quel plaisir auront Los Padres quand ils sauront qu'il leur vient un capitaine qui sait l'exercice bulgare ! »

Dès qu'ils furent arrivés à la première barrière, Cacambo dit à la garde avancée qu'un capitaine demandait à parler à monseigneur le commandant. On alla avertir la grande garde. Un officier paraguain courut aux pieds du commandant lui donner part de la nouvelle. Candide et Cacambo furent d'abord désarmés ; on se saisit de leurs deux chevaux andalous. Les deux étrangers sont introduits au milieu de deux files de soldats ; le commandant était au bout, le bonnet [5] à trois cornes en tête, la robe retrous-

---

1. ***Cuistre*** : valet et cuisinier dans un établissement d'enseignement (un « collège »).

2. ***Assomption*** : Asunción, capitale du Paraguay. Les jésuites dirigeaient alors quelque huit cents collèges dans le monde.

3. ***Los Padres*** : les pères jésuites.

4. ***Trois cents lieues*** : environ 1 200 kilomètres.

5. ***Bonnet*** : coiffe carrée et noire d'ecclésiastique ornée de quatre cornes, à l'exception de celle des jésuites, qui en possède trois.

sée, l'épée au côté, l'esponton [1] à la main. Il fit un signe ; aussitôt vingt-quatre soldats entourent les deux nouveaux venus. Un sergent leur dit qu'il faut attendre, que le commandant ne peut leur parler, que le révérend père provincial [2] ne permet pas qu'aucun Espagnol ouvre la bouche qu'en [3] sa présence, et demeure plus de trois heures dans le pays. « Et où est le révérend père provincial ? dit Cacambo. – Il est à la parade après avoir dit sa messe, répondit le sergent, et vous ne pourrez baiser ses éperons que dans trois heures. – Mais, dit Cacambo, monsieur le capitaine, qui meurt de faim comme moi, n'est point espagnol, il est allemand ; ne pourrions-nous point déjeuner en attendant Sa Révérence [4] ? »

Le sergent alla sur-le-champ rendre compte de ce discours au commandant. « Dieu soit béni ! dit ce seigneur, puisqu'il est allemand, je peux lui parler ; qu'on le mène dans ma feuillée [5]. » Aussitôt on conduit Candide dans un cabinet de verdure [6], orné d'une très jolie colonnade de marbre vert et or, et de treillages qui renfermaient des perroquets, des colibris, des oiseaux-mouches [7], des pintades, et tous les oiseaux les plus rares. Un excellent déjeuner était préparé dans des vases d'or [8] ; et tandis que les Paraguains mangèrent du maïs [9] dans des écuelles de bois, en plein champ, à l'ardeur du soleil, le révérend père commandant entra dans la feuillée.

1. ***Esponton*** : « Sorte de demi-pique, que portent les officiers d'infanterie » (*Dictionnaire de l'Académie*, 1762).
2. ***Père provincial*** : le père supérieur jésuite de la province (de la « réduction », de la « mission »).
3. ***Qu'en*** : si ce n'est en.
4. ***Sa Révérence*** : « Titre d'honneur qu'on donne aux religieux qui sont prêtres » (*Dictionnaire de l'Académie*, 1762).
5. ***Feuillée*** : abri fait de feuillage.
6. ***Cabinet de verdure*** : petit pavillon aménagé dans un parc.
7. ***Oiseaux-mouches*** : colibris (oiseaux minuscules).
8. ***Des vases d'or*** : de la vaisselle en or.
9. ***Maïs*** : aliment traditionnel des civilisations des deux Amériques depuis l'époque précolombienne.

C'était un très beau jeune homme, le visage plein, assez blanc, haut en couleur, le sourcil relevé, l'œil vif, l'oreille rouge, les lèvres vermeilles, l'air fier, mais d'une fierté qui n'était ni celle d'un Espagnol ni celle d'un jésuite. On rendit à Candide et à Cacambo leurs armes, qu'on leur avait saisies, ainsi que les deux chevaux andalous ; Cacambo leur fit manger l'avoine auprès de la feuillée, ayant toujours l'œil sur eux, crainte de surprise.

Candide baisa d'abord le bas de la robe du commandant, ensuite ils se mirent à table. «Vous êtes donc allemand ? lui dit le jésuite en cette langue. – Oui, mon révérend père», dit Candide. L'un et l'autre, en prononçant ces paroles, se regardaient avec une extrême surprise, et une émotion dont ils n'étaient pas les maîtres. «Et de quel pays d'Allemagne êtes-vous ? dit le jésuite. – De la sale province de Vestphalie, dit Candide ; je suis né dans le château de Thunder-ten-tronckh. – Ô ciel ! est-il possible ! s'écria le commandant. – Quel miracle ! s'écria Candide. – Serait-ce vous ? dit le commandant. – Cela n'est pas possible», dit Candide. Ils se laissent tomber tous deux à la renverse, ils s'embrassent, ils versent des ruisseaux de larmes. «Quoi ! serait-ce vous, mon révérend père ? vous, le frère de la belle Cunégonde ! vous, qui fûtes tué par les Bulgares ! vous, le fils de monsieur le baron ! vous, jésuite au Paraguai ! Il faut avouer que ce monde est une étrange chose. Ô Pangloss ! Pangloss ! que vous seriez aise [1] si vous n'aviez pas été pendu ! »

Le commandant fit retirer les esclaves nègres et les Paraguains qui servaient à boire dans des gobelets de cristal de roche. Il remercia Dieu et saint Ignace [2] mille fois ; il serrait Candide entre ses bras, leurs visages étaient baignés de pleurs. «Vous seriez bien plus étonné, plus attendri, plus hors de vous-même, dit Candide, si je vous disais que mademoiselle Cunégonde, votre sœur, que

---

1. ***Aise*** : content.
2. ***Saint Ignace*** : Ignace de Loyola (1491-1556), prêtre espagnol, fondateur de l'ordre des Jésuites en 1540.

vous avez crue éventrée, est pleine de santé. – Où ? – Dans votre voisinage, chez monsieur le gouverneur de Buenos-Ayres ; et je venais pour vous faire la guerre. » Chaque mot qu'ils prononcèrent dans cette longue conversation accumulait prodige sur prodige. Leur âme tout entière volait sur leur langue, était attentive dans leurs oreilles, et étincelante dans leurs yeux. Comme ils étaient allemands, ils tinrent table longtemps, en attendant le révérend père provincial ; et le commandant parla ainsi à son cher Candide.

Chapitre XV
Comment Candide tua le frère de sa chère Cunégonde

« J'aurai toute ma vie présent à la mémoire le jour horrible où je vis tuer mon père et ma mère, et violer ma sœur. Quand les Bulgares furent retirés, on ne trouva point cette sœur adorable, et on mit dans une charrette ma mère, mon père, et moi, deux servantes et trois petits garçons égorgés, pour nous aller enterrer dans une chapelle de jésuites, à deux lieues [1] du château de mes pères. Un jésuite nous jeta de l'eau bénite, elle était horriblement salée ; il en entra quelques gouttes dans mes yeux : le père s'aperçut que ma paupière faisait un petit mouvement : il mit la main sur mon cœur, et le sentit palpiter ; je fus secouru, et au bout de trois semaines il n'y paraissait pas. Vous savez, mon cher Candide, que j'étais fort joli ; je le devins encore davantage ; aussi le révérend père Croust, supérieur de la maison, prit pour moi la plus tendre amitié [2] : il me donna l'habit de novice ; quelque

1. ***Deux lieues*** : environ 8 kilomètres.
2. ***La plus tendre amitié*** : de l'amour.

temps après je fus envoyé à Rome. Le père général[1] avait besoin d'une recrue [2] de jeunes jésuites allemands. Les souverains du Paraguai reçoivent le moins qu'ils peuvent de jésuites espagnols ; ils aiment mieux les étrangers, dont ils se croient plus maîtres. Je fus jugé propre par le révérend père général pour aller travailler dans cette vigne[3]. Nous partîmes, un Polonais, un Tyrolien, et moi. Je fus honoré, en arrivant, du sous-diaconat[4] et d'une lieutenance ; je suis aujourd'hui colonel et prêtre. Nous recevrons vigoureusement les troupes du roi d'Espagne ; je vous réponds qu'elles seront excommuniées et battues. La Providence vous envoie ici pour nous seconder. Mais est-il bien vrai que ma chère sœur Cunégonde soit dans le voisinage, chez le gouverneur de Buenos-Ayres ? » Candide l'assura par serment que rien n'était plus vrai. Leurs larmes recommencèrent à couler.

Le baron ne pouvait se lasser d'embrasser Candide ; il l'appelait son frère, son sauveur. « Ah ! peut-être, lui dit-il, nous pourrons ensemble, mon cher Candide, entrer en vainqueurs dans la ville, et reprendre ma sœur Cunégonde. – C'est tout ce que je souhaite, dit Candide ; car je comptais l'épouser, et je l'espère encore. – Vous, insolent ! répondit le baron, vous auriez l'impudence d'épouser ma sœur, qui a soixante et douze quartiers ! Je vous trouve bien effronté d'oser me parler d'un dessein si téméraire ! » Candide, pétrifié d'un tel discours, lui répondit : « Mon révérend père, tous les quartiers du monde n'y font rien ; j'ai tiré votre sœur des bras d'un juif et d'un inquisiteur ; elle m'a assez d'obligations, elle veut m'épouser. Maître Pangloss m'a toujours dit que les hommes sont égaux ; et assurément je l'épouserai.

1. ***Le père général*** : le supérieur de l'ordre jésuite.
2. ***Avait besoin d'une recrue*** : avait besoin de recruter.
3. ***Travailler dans cette vigne*** : travailler dans les missions paraguayennes. « "Travailler à la vigne du Seigneur", pour dire "s'employer à l'instruction et à la conversion des âmes" » (*Dictionnaire de l'Académie*, 1762).
4. ***Sous-diaconat*** : ordre (grade) inférieur à la prêtrise.

– C'est ce que nous verrons, coquin [1] ! » dit le jésuite baron de Thunder-ten-tronckh ; et en même temps il lui donna un grand coup du plat de son épée sur le visage. Candide dans l'instant tire la sienne, et l'enfonce jusqu'à la garde dans le ventre du baron jésuite ; mais en la retirant toute fumante, il se mit à pleurer : « Hélas ! mon Dieu, dit-il, j'ai tué mon ancien maître, mon ami, mon beau-frère ; je suis le meilleur homme du monde, et voilà déjà trois hommes que je tue ; et dans ces trois il y a deux prêtres. »

Cacambo, qui faisait sentinelle à la porte de la feuillée, accourut. « Il ne nous reste qu'à vendre cher notre vie, lui dit son maître ; on va sans doute entrer dans la feuillée ; il faut mourir les armes à la main. » Cacambo, qui en avait bien vu d'autres, ne perdit point la tête ; il prit la robe de jésuite que portait le baron, la mit sur le corps de Candide, lui donna le bonnet carré du mort, et le fit monter à cheval. Tout cela se fit en un clin d'œil. « Galopons, mon maître ; tout le monde vous prendra pour un jésuite qui va donner des ordres ; et nous aurons passé les frontières avant qu'on puisse courir après nous. » Il volait déjà en prononçant ces paroles, et en criant en espagnol : « Place, place pour le révérend père colonel ! »

1. ***Coquin*** : vaurien, terme d'injure et de mépris.

Chapitre XVI
Ce qui advint aux deux voyageurs avec deux filles, deux singes, et les sauvages nommés Oreillons[1]

Candide et son valet furent au-delà des barrières, et personne ne savait encore dans le camp la mort du jésuite allemand. Le vigilant Cacambo avait eu soin de remplir sa valise[2] de pain, de chocolat, de jambon, de fruit et de quelques mesures de vin. Ils s'enfoncèrent avec leurs chevaux andalous dans un pays inconnu où ils ne découvrirent aucune route. Enfin une belle prairie entrecoupée de ruisseaux se présenta devant eux. Nos deux voyageurs font repaître leurs montures. Cacambo propose à son maître de manger, et lui en donne l'exemple. « Comment veux-tu, disait Candide, que je mange du jambon, quand j'ai tué le fils de monsieur le baron, et que je me vois condamné à ne revoir la belle Cunégonde de ma vie ? À quoi me servira de prolonger mes misérables jours, puisque je dois les traîner loin d'elle dans les remords et dans le désespoir ? Et que dira le *Journal de Trévoux*[3] ? »

En parlant ainsi, il ne laissa pas de[4] manger. Le soleil se couchait. Les deux égarés entendirent quelques petits cris qui paraissaient poussés par des femmes. Ils ne savaient si ces cris étaient de douleur ou de joie ; mais ils se levèrent précipitamment avec cette inquiétude et cette alarme que tout inspire dans un pays inconnu. Ces clameurs partaient de deux filles toutes nues qui

---

1. Voltaire utilise ici les *Commentaires royaux ou Histoire des Incas* (1744), de l'écrivain péruvien Garcilaso de La Vega (1539-1616), dit l'Inca ; l'ouvrage contient entre autres détails une carte situant dans le Haut-Paraguay les « *Orejones* ou Indiens à grandes oreilles » (en fait, aux lobes auriculaires étirés).
2. ***Valise*** : sac de voyage.
3. ***Journal de Trévoux*** : mensuel des jésuites et organe de propagande des antiphilosophes (1701-1767).
4. ***Il ne laissa pas de*** : il n'oublia pas de.

couraient légèrement au bord de la prairie, tandis que deux singes les suivaient en leur mordant les fesses. Candide fut touché de pitié ; il avait appris à tirer chez les Bulgares, et il aurait abattu une noisette dans un buisson sans toucher aux feuilles. Il prend son fusil espagnol à deux coups, tire, et tue les deux singes. « Dieu soit loué, mon cher Cacambo ! j'ai délivré d'un grand péril ces deux pauvres créatures : si j'ai commis un péché en tuant un inquisiteur et un jésuite, je l'ai bien réparé en sauvant la vie à deux filles. Ce sont peut-être deux demoiselles de condition [1], et cette aventure nous peut procurer de très grands avantages dans le pays. »

Il allait continuer, mais sa langue devint percluse [2] quand il vit ces deux filles embrasser tendrement les deux singes, fondre en larmes sur leurs corps, et remplir l'air des cris les plus douloureux. « Je ne m'attendais pas à tant de bonté d'âme », dit-il enfin à Cacambo ; lequel lui répliqua : « Vous avez fait là un beau chef-d'œuvre, mon maître ; vous avez tué les deux amants [3] de ces demoiselles. – Leurs amants ! serait-il possible ? Vous vous moquez de moi, Cacambo ; le moyen de vous croire ? – Mon cher maître, repartit Cacambo, vous êtes toujours étonné de tout ; pourquoi trouvez-vous si étrange que dans quelques pays il y ait des singes qui obtiennent les bonnes grâces [4] des dames ? Ils sont des quarts d'homme, comme je suis un quart d'Espagnol. – Hélas ! reprit Candide, je me souviens d'avoir entendu dire à maître Pangloss qu'autrefois pareils accidents étaient arrivés, et que ces mélanges avaient produit des égypans [5], des faunes, des satyres [6] ; que plusieurs grands personnages de l'Antiquité en avaient vu ; mais je prenais cela pour des fables. – Vous devez être convaincu à présent, dit Cacambo, que c'est une vérité, et vous

1. ***Deux demoiselles de condition*** : deux filles de naissance noble.
2. ***Devint percluse*** : se paralysa, se figea.
3. ***Amants*** : galants.
4. ***Bonnes grâces*** : faveurs ultimes.
5. ***Égypans*** (égipans) : sortes de capricornes (mi-chèvres, mi-poissons).
6. ***Faunes, satyres*** : figures mythologiques mi-humaines, mi-animales.

voyez comment en usent les personnes qui n'ont pas reçu une certaine éducation ; tout ce que je crains, c'est que ces dames ne nous fassent quelque méchante affaire. »

Ces réflexions solides engagèrent Candide à quitter la prairie, et à s'enfoncer dans un bois. Il y soupa avec Cacambo ; et tous deux, après avoir maudit l'inquisiteur de Portugal, le gouverneur de Buenos-Ayres, et le baron, s'endormirent sur de la mousse. À leur réveil, ils sentirent qu'ils ne pouvaient remuer ; la raison en était que pendant la nuit les Oreillons, habitants du pays à qui les deux dames les avaient dénoncés, les avaient garrottés [1] avec des cordes d'écorces d'arbre. Ils étaient entourés d'une cinquantaine d'Oreillons tout nus, armés de flèches, de massues et de haches de caillou : les uns faisaient bouillir une grande chaudière [2] ; les autres préparaient des broches, et tous criaient : « C'est un jésuite, c'est un jésuite ! nous seront vengés, et nous ferons bonne chère ; mangeons du jésuite, mangeons du jésuite ! »

« Je vous l'avais bien dit, mon cher maître, s'écria tristement Cacambo, que ces deux filles nous joueraient d'un mauvais tour. » Candide, apercevant la chaudière et les broches, s'écria : « Nous allons certainement être rôtis ou bouillis. Ah ! que dirait maître Pangloss, s'il voyait comme la pure nature est faite ? Tout est bien ; soit, mais j'avoue qu'il est bien cruel d'avoir perdu mademoiselle Cunégonde et d'être mis à la broche par des Oreillons. » Cacambo ne perdait jamais la tête. « Ne désespérez de rien, dit-il au désolé Candide ; j'entends un peu [3] le jargon de ces peuples, je vais leur parler. – Ne manquez pas, dit Candide, de leur représenter quelle est l'inhumanité affreuse de faire cuire des hommes, et combien cela est peu chrétien. »

« Messieurs, dit Cacambo, vous comptez donc manger aujourd'hui un jésuite ? C'est très bien fait ; rien n'est plus juste

---

1. ***Les avaient garrottés*** : les avaient liés.
2. ***Chaudière*** : marmite.
3. ***J'entends un peu*** : je comprends un peu.

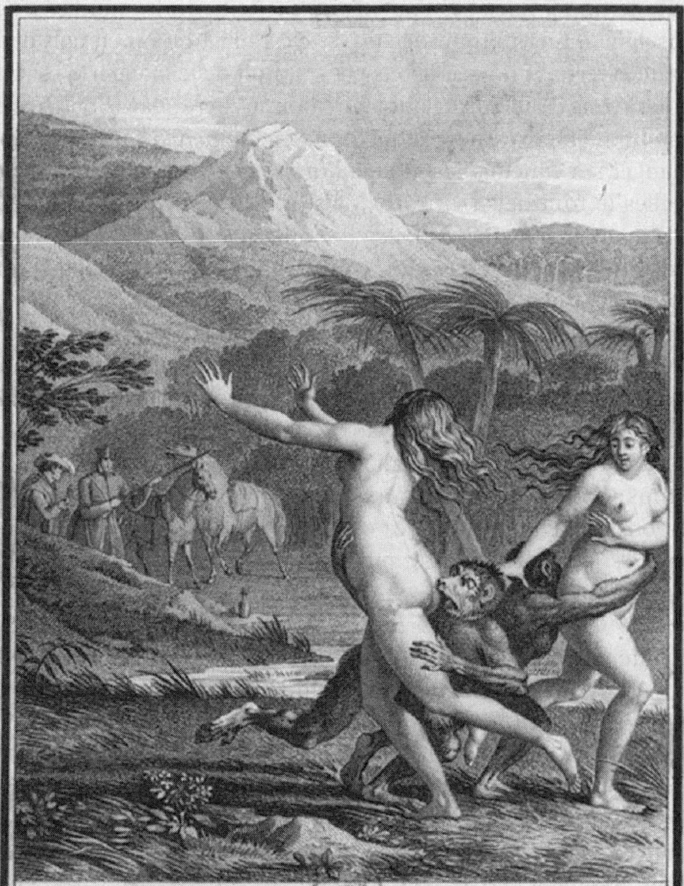

■ Candide et Cacambo aperçoivent deux jeunes femmes poursuivies par des singes. Gravure d'après Moreau le Jeune (1803).

que de traiter ainsi ses ennemis. En effet le droit naturel [1] nous enseigne à tuer notre prochain, et c'est ainsi qu'on en agit dans toute la terre. Si nous n'usons pas du droit de le manger, c'est que nous avons d'ailleurs de quoi faire bonne chère ; mais vous n'avez pas les mêmes ressources que nous : certainement il vaut mieux manger ses ennemis que d'abandonner aux corbeaux et aux corneilles le fruit de sa victoire. Mais, messieurs, vous ne voudriez pas manger vos amis. Vous croyez aller mettre un jésuite en broche, et c'est votre défenseur, c'est l'ennemi de vos ennemis que vous allez rôtir. Pour moi, je suis né dans votre pays ; monsieur que vous voyez est mon maître, et bien loin d'être jésuite, il vient de tuer un jésuite, il en porte les dépouilles ; voilà le sujet de votre méprise. Pour vérifier ce que je vous dis, prenez sa robe, portez-la à la première barrière du royaume de Los Padres ; informez-vous si mon maître n'a pas tué un officier jésuite. Il vous faudra peu de temps ; vous pourrez toujours nous manger, si vous trouvez que je vous ai menti. Mais, si je vous ai dit la vérité, vous connaissez trop les principes du droit public, les mœurs et les lois, pour ne nous pas faire grâce. »

Les Oreillons trouvèrent ce discours très raisonnable ; ils députèrent deux notables pour aller en diligence s'informer de la vérité ; les deux députés s'acquittèrent de leur commission en gens d'esprit, et revinrent bientôt apporter de bonnes nouvelles. Les Oreillons délièrent leurs deux prisonniers, leur firent toutes sortes de civilités, leur offrirent des filles, leur donnèrent des rafraîchissements, et les reconduisirent jusqu'aux confins de leurs États, en criant avec allégresse : « Il n'est point jésuite, il n'est point jésuite ! »

Candide ne se lassait point d'admirer le sujet de sa délivrance. « Quel peuple ! disait-il, quels hommes ! quelles mœurs ! si je n'avais pas eu le bonheur de donner un grand coup d'épée au travers du corps du frère de mademoiselle Cunégonde, j'étais mangé

1. ***Droit naturel*** : droit qui est censé régir la nature ; la loi de la nature.

sans rémission. Mais, après tout, la pure nature est bonne puisque ces gens-ci, au lieu de me manger, m'ont fait mille honnêtetés dès qu'ils ont su que je n'étais pas jésuite. »

Chapitre XVII
Arrivée de Candide et de son valet au pays d'Eldorado[1], et ce qu'ils y virent

Quand ils furent aux frontières des Oreillons : « Vous voyez, dit Cacambo à Candide, que cet hémisphère-ci ne vaut pas mieux que l'autre ; croyez-moi, retournons en Europe par le plus court. – Comment y retourner, dit Candide, et où aller ? Si je vais dans mon pays, les Bulgares et les Abares y égorgent tout ; si je retourne en Portugal, j'y suis brûlé ; si nous restons dans ce pays-ci, nous risquons à tout moment d'être mis en broche. Mais comment se résoudre à quitter la partie du monde que mademoiselle Cunégonde habite ?

– Tournons vers la Cayenne[2], dit Cacambo, nous y trouverons des Français, qui vont par tout le monde ; ils pourront nous aider. Dieu aura peut-être pitié de nous. »

Il n'était pas facile d'aller à la Cayenne ; ils savaient bien à peu près de quel côté il fallait marcher ; mais des montagnes, des fleuves, des précipices, des brigands, des sauvages, étaient partout de terribles obstacles. Leurs chevaux moururent de fatigue ; leurs provisions furent consumées ; ils se nourrirent un mois entier de fruits sauvages, et se trouvèrent enfin auprès d'une petite rivière bordée de cocotiers, qui soutinrent leur vie et leurs espérances.

---

1. ***Eldorado*** : nom espagnol issu de *El Dorado* « le [pays] Doré » ; contrée légendaire aux richesses surabondantes.
2. ***Cayenne*** : colonie française.

Cacambo, qui donnait toujours d'aussi bons conseils que la vieille, dit à Candide : «Nous n'en pouvons plus, nous avons assez marché; j'aperçois un canot vide sur le rivage, emplissons-le de cocos, jetons-nous dans cette petite barque, laissons-nous aller au courant; une rivière mène toujours à quelque endroit habité. Si nous ne trouvons pas des choses agréables, nous trouverons du moins des choses nouvelles [1]. – Allons, dit Candide, recommandons-nous à la Providence.»

Ils voguèrent quelques lieues entre des bords tantôt fleuris, tantôt arides, tantôt unis, tantôt escarpés. La rivière s'élargissait toujours; enfin elle se perdait sous une voûte de rochers épouvantables qui s'élevaient jusqu'au ciel. Les deux voyageurs eurent la hardiesse de s'abandonner aux flots sous cette voûte. Le fleuve, resserré en cet endroit, les porta avec une rapidité et un bruit horrible. Au bout de vingt-quatre heures ils revirent le jour; mais leur canot se fracassa contre les écueils. Il fallut se traîner de rocher en rocher pendant une lieue [2] entière; enfin ils découvrirent un horizon immense, bordé de montagnes inaccessibles. Le pays était cultivé pour le plaisir comme pour le besoin; partout l'utile était agréable. Les chemins étaient couverts ou plutôt ornés de voitures d'une forme et d'une matière brillante, portant des hommes et des femmes d'une beauté singulière, traînés rapidement par de gros moutons rouges [3] qui surpassaient en vitesse les plus beaux chevaux d'Andalousie, de Tétuan et de Méquinez [4].

---

1. Ce désir de savoir (appelé *cupiditas scientæ* par saint Augustin et *libido sciendi* par saint Thomas d'Aquin) était mal vu des théologiens, la curiosité transgressive étant cause du péché originel.

2. ***Une lieue*** : environ 4 kilomètres.

3. ***Gros moutons rouges*** : lamas : il y en a à robe blanche et fauve (roussâtre, rougeâtre).

4. ***Tétuan*** (Tétouan) et ***Méquinez*** (Meknès), villes du Maroc réputées pour leurs élevages de «chevaux arabes».

«Voilà pourtant, dit Candide, un pays qui vaut mieux que la Vestphalie.» Il mit pied à terre avec Cacambo [1] auprès du premier village qu'il rencontra. Quelques enfants du village, couverts de brocarts d'or tout déchirés, jouaient au palet [2] à l'entrée du bourg. Nos deux hommes de l'autre monde s'amusèrent à les regarder : leurs palets étaient d'assez larges pièces rondes, jaunes, rouges, vertes, qui jetaient un éclat singulier. Il prit envie aux voyageurs d'en ramasser quelques-uns ; c'était de l'or, c'étaient des émeraudes, des rubis, dont le moindre aurait été le plus grand ornement du trône du Mogol [3]. «Sans doute [4], dit Cacambo, ces enfants sont les fils du roi du pays, qui jouent au petit palet.» Le magister [5] du village parut dans ce moment pour les faire rentrer à l'école. «Voilà, dit Candide, le précepteur de la famille royale.»

Les petits gueux [6] quittèrent aussitôt le jeu, en laissant à terre leurs palets, et tout ce qui avait servi à leurs divertissements. Candide les ramasse, court au précepteur, et les lui présente humblement, lui faisant entendre par signes que leurs altesses royales avaient oublié leur or et leurs pierreries. Le magister du village, en souriant, les jeta par terre, regarda un moment la figure de Candide avec beaucoup de surprise, et continua son chemin.

Les voyageurs ne manquèrent pas de ramasser l'or, les rubis, et les émeraudes. «Où sommes-nous ? s'écria Candide. Il faut que les enfants des rois de ce pays soient bien élevés, puisqu'on leur apprend à mépriser l'or et les pierreries.» Cacambo était aussi surpris que Candide. Ils approchèrent enfin de la première maison du village ; elle était bâtie comme un palais d'Europe.

---

1. Impossible car leurs chevaux sont morts.

2. ***Palet*** : jeu d'adresse consistant à viser un but avec un objet plat et rond (en pierre ou métal).

3. ***Mogol*** : roi de l'Inde. Les souverains de l'Empire mogol (XVIe-XVIIIe siècles) étaient réputés richissimes.

4. ***Sans doute*** : sans aucun doute, certainement.

5. ***Magister*** : maître d'école (mot latin).

6. ***Petits gueux*** : enfants misérables.

Une foule de monde s'empressait à la porte, et encore plus dans le logis; une musique très agréable se faisait entendre, et une odeur délicieuse de cuisine se faisait sentir. Cacambo s'approcha de la porte, et entendit qu'on parlait péruvien; c'était sa langue maternelle; car tout le monde sait que Cacambo était né au Tucuman, dans un village où l'on ne connaissait que cette langue. «Je vous servirai d'interprète, dit-il à Candide; entrons, c'est ici un cabaret.»

Aussitôt deux garçons et deux filles de l'hôtellerie, vêtus de drap d'or, et les cheveux renoués avec des rubans, les invitent à se mettre à la table de l'hôte. On servit quatre potages garnis chacun de deux perroquets, un contour [1] bouilli qui pesait deux cents livres, deux singes rôtis d'un goût excellent, trois cents colibris dans un plat, et six cents oiseaux-mouches dans un autre; des ragoûts exquis, des pâtisseries délicieuses; le tout dans des plats d'une espèce de cristal de roche. Les garçons et les filles de l'hôtellerie versaient plusieurs liqueurs faites de canne de sucre [2].

Les convives étaient pour la plupart des marchands et des voituriers [3], tous d'une politesse extrême, qui firent quelques questions à Cacambo avec la discrétion la plus circonspecte [4], et qui répondirent aux siennes d'une manière à le satisfaire.

Quand le repas fut fini, Cacambo crut, ainsi que Candide, bien payer son écot en jetant sur la table de l'hôte deux de ces larges pièces d'or qu'il avait ramassées; l'hôte et l'hôtesse éclatèrent de rire, et se tinrent longtemps les côtés [5]. Enfin ils se remirent. «Messieurs, dit l'hôte, nous voyons bien que vous êtes des étrangers; nous ne sommes pas accoutumés à en voir. Pardonnez-nous si nous nous sommes mis à rire quand vous nous avez offert en

---

1. *Contour* : condor.
2. *De canne de sucre* : à base de rhum.
3. *Voituriers* : charretiers.
4. *Avec la discrétion la plus circonspecte* : en veillant à retenir leur curiosité.
5. *Côtés* : côtes.

payement les cailloux de nos grands chemins. Vous n'avez pas sans doute de la monnaie du pays, mais il n'est pas nécessaire d'en avoir pour dîner ici. Toutes les hôtelleries établies pour la commodité du [1] commerce sont payées par le gouvernement. Vous avez fait mauvaise chère [2] ici, parce que c'est un pauvre village ; mais partout ailleurs vous serez reçus comme vous méritez de l'être.» Cacambo expliquait à Candide tous les discours de l'hôte, et Candide les écoutait avec la même admiration et le même égarement que son ami Cacambo les rendait. «Quel est donc ce pays, disaient-ils l'un et l'autre, inconnu à tout le reste de la terre, et où toute la nature est d'une espèce si différente de la nôtre ? C'est probablement le pays où tout va bien : car il faut absolument qu'il y en ait un de cette espèce. Et, quoi qu'en dît maître Pangloss, je me suis souvent aperçu que tout allait assez mal en Vestphalie.»

Chapitre XVIII
Ce qu'ils virent dans le pays d'Eldorado

Cacambo témoigna à son hôte toute sa curiosité ; l'hôte lui dit : «Je suis fort ignorant, et je m'en trouve bien ; mais nous avons ici un vieillard retiré de la cour qui est le plus savant homme du royaume, et le plus communicatif [3].» Aussitôt il mène Cacambo chez le vieillard. Candide ne jouait plus que le second personnage, et accompagnait son valet. Ils entrèrent dans une maison fort

1. ***Établies pour la commodité du*** : édifiées pour faciliter le.
2. ***Vous avez fait mauvaise chère*** : vous avez mal mangé.
3. ***Communicatif*** : «Qui fait part de ses pensées, de ses connaissances, de ses lumières» (*Dictionnaire de l'Académie*, 1762).

simple, car la porte n'était que d'argent, et les lambris [1] des appartements n'étaient que d'or, mais travaillés avec tant de goût que les plus riches lambris ne l'effaçaient pas. L'antichambre [2] n'était à la vérité incrustée que de rubis et d'émeraudes ; mais l'ordre dans lequel tout était arrangé réparait bien cette extrême simplicité.

Le vieillard reçut les deux étrangers sur un sofa matelassé de plumes de colibri, et leur fit présenter des liqueurs dans des vases de diamant ; après quoi il satisfit à leur curiosité en ces termes :

« Je suis âgé de cent soixante et douze ans, et j'ai appris de feu mon père, écuyer du roi, les étonnantes révolutions du Pérou dont il avait été témoin. Le royaume où nous sommes est l'ancienne patrie des Incas, qui en sortirent très imprudemment pour aller subjuguer une partie du monde et qui furent enfin détruits par les Espagnols. Les princes de leur famille qui restèrent dans leur pays natal furent plus sages ; ils ordonnèrent, du consentement de la nation, qu'aucun habitant ne sortirait jamais de notre petit royaume ; et c'est ce qui nous a conservé notre innocence et notre félicité [3]. Les Espagnols ont eu une connaissance confuse de ce pays, ils l'ont appelé *El Dorado* ; et un Anglais, nommé le chevalier Raleigh [4], en a même approché il y a environ cent années ; mais, comme nous sommes entourés de rochers inabordables et de précipices, nous avons toujours été jusqu'à présent à l'abri de la rapacité des nations de l'Europe, qui ont une fureur inconcevable pour les cailloux et pour la fange [5] de notre terre, et qui, pour en avoir, nous tueraient tous jusqu'au dernier. »

La conversation fut longue ; elle roula sur la forme du gouvernement, sur les mœurs, sur les femmes, sur les spectacles publics, sur les arts. Enfin Candide, qui avait toujours du goût pour la

---

1. ***Lambris*** : revêtements muraux.
2. ***Antichambre*** : vestibule (pièce d'entrée, salle d'attente).
3. ***Félicité*** : bonheur.
4. ***Walter Raleigh*** (1552-1618) : homme d'État et navigateur anglais qui explora l'Amazonie en 1595, à la recherche de l'Eldorado.
5. ***Fange*** : boue.

métaphysique, fit demander par Cacambo si dans le pays il y avait une religion.

Le vieillard rougit un peu. « Comment donc, dit-il, en pouvez-vous douter ? Est-ce que vous nous prenez pour des ingrats ? » Cacambo demanda humblement quelle était la religion d'Eldorado. Le vieillard rougit encore : « Est-ce qu'il peut y avoir deux religions ? dit-il. Nous avons, je crois, la religion de tout le monde ; nous adorons Dieu du soir jusqu'au matin. – N'adorez-vous qu'un seul Dieu ? dit Cacambo, qui servait toujours d'interprète aux doutes de Candide. – Apparemment, dit le vieillard, qu'il n'y en a ni deux, ni trois, ni quatre. Je vous avoue que les gens de votre monde font des questions bien singulières. » Candide ne se lassait pas de faire interroger ce bon vieillard ; il voulut savoir comment on priait Dieu dans l'Eldorado. « Nous ne le prions point, dit le bon et respectable sage ; nous n'avons rien à lui demander, il nous a donné tout ce qu'il nous faut ; nous le remercions sans cesse [1]. » Candide eut la curiosité de voir des prêtres ; il fit demander où ils étaient. Le bon vieillard sourit. « Mes amis, dit-il, nous sommes tous prêtres ; le roi et tous les chefs de famille chantent des cantiques d'actions de grâces [2] solennellement tous les matins, et cinq ou six mille musiciens les accompagnent. – Quoi ! Vous n'avez point de moines qui enseignent, qui disputent, qui gouvernent, qui cabalent [3], et qui font brûler les gens qui ne sont pas de leur avis ? – Il faudrait que nous fussions fous, dit le vieillard ; nous sommes tous ici du même avis, et nous n'entendons pas ce que vous voulez dire avec vos moines. » Candide à tous ces discours demeurait en extase, et disait en lui-même : « Ceci est bien différent de la Vestphalie et du château de monsieur le baron : si notre

1. Cette croyance sans clergé, qui admet l'existence d'un Dieu unique, distinct du monde mais exerçant une action sur lui, s'appelle le théisme (ou déisme). C'était la religion de Voltaire.

2. ***Cantiques d'actions de grâces*** : chants de reconnaissance envers Dieu.

3. ***Qui disputent***, ***qui gouvernent***, ***qui cabalent*** : qui complotent, qui manigancent, qui intriguent.

ami Pangloss avait vu Eldorado, il n'aurait plus dit que le château de Thunder-ten-tronckh était ce qu'il y avait de mieux sur la terre; il est certain qu'il faut voyager.»

Après cette longue conversation, le bon vieillard fit atteler un carrosse à six moutons, et donna douze de ses domestiques aux deux voyageurs pour les conduire à la cour. «Excusez-moi, leur dit-il, si mon âge me prive de l'honneur de vous accompagner. Le roi vous recevra d'une manière dont vous ne serez pas mécontents, et vous pardonnerez sans doute aux usages du pays, s'il y en a quelques-uns qui vous déplaisent.»

Candide et Cacambo montent en carrosse; les six moutons volaient, et en moins de quatre heures on arriva au palais du roi, situé à un bout de la capitale. Le portail était de deux cent vingt pieds de haut, et de cent de large [1]; il est impossible d'exprimer quelle en était la matière. On voit assez quelle supériorité prodigieuse elle devait avoir sur ces cailloux et sur ce sable que nous nommons or et pierreries.

Vingt belles filles de la garde reçurent Candide et Cacambo à la descente du carrosse, les conduisirent aux bains, les vêtirent de robes d'un tissu de duvet de colibri; après quoi les grands officiers et les grandes officières de la couronne les menèrent à l'appartement de Sa Majesté au milieu de deux files, chacune de mille musiciens, selon l'usage ordinaire. Quand ils approchèrent de la salle du trône, Cacambo demanda à un grand officier comment il fallait s'y prendre pour saluer Sa Majesté : si on se jetait à genoux ou ventre à terre; si on mettait les mains sur la tête ou sur le derrière; si on léchait la poussière de la salle; en un mot, quelle était la cérémonie. «L'usage, dit le grand officier, est d'embrasser le roi et de le baiser des deux côtés.» Candide et Cacambo sautèrent au cou de Sa Majesté, qui les reçut avec toute la grâce imaginable, et qui les pria poliment à souper.

1. ***De deux cent vingt pieds de haut, et de cent de large*** : d'environ 71 mètres de haut et 32 mètres de large.

En attendant, on leur fit voir la ville, les édifices publics élevés jusqu'aux nues, les marchés ornés de mille colonnes, les fontaines d'eau pure, les fontaines d'eau rose, celles de liqueurs de canne de sucre qui coulaient continuellement dans de grandes places pavées d'une espèce de pierreries qui répandaient une odeur semblable à celle du gérofle [1] et de la cannelle. Candide demanda à voir la cour de justice, le parlement [2] ; on lui dit qu'il n'y en avait point, et qu'on ne plaidait jamais. Il s'informa s'il y avait des prisons, et on lui dit que non. Ce qui le surprit davantage, et qui lui fit le plus de plaisir, ce fut le palais des sciences, dans lequel il vit une galerie de deux mille pas [3], toute pleine d'instruments de mathématique et de physique.

Après avoir parcouru toute l'après-dînée [4] à peu près la millième partie de la ville, on les ramena chez le roi. Candide se mit à table entre Sa Majesté, son valet Cacambo, et plusieurs dames. Jamais on ne fit meilleure chère, et jamais on n'eut plus d'esprit à souper qu'en eut Sa Majesté. Cacambo expliquait les bons mots du roi à Candide, et quoique traduits, ils paraissaient toujours des bons mots. De tout ce qui étonnait Candide, ce n'était pas ce qui l'étonna le moins.

Ils passèrent un mois dans cet hospice [5]. Candide ne cessait de dire à Cacambo : « Il est vrai, mon ami, encore une fois, que le château où je suis né ne vaut pas le pays où nous sommes ; mais enfin mademoiselle Cunégonde n'y est pas, et vous avez sans doute quelque maîtresse [6] en Europe. Si nous restons ici, nous n'y serons que comme les autres ; au lieu que si nous retournons dans

---

1. ***Gérofle*** : girofle.

2. ***Parlement*** : sous l'Ancien Régime, en France, les parlements (un par province) étaient des institutions strictement judiciaires.

3. ***Deux mille pas*** : environ 1 500 mètres.

4. ***Après-dînée*** : après-midi.

5. ***Hospice*** : lieu accueillant, où l'on reçoit l'hospitalité.

6. ***Maîtresse*** : amoureuse, amante.

notre monde, seulement avec douze moutons chargés de cailloux d'Eldorado, nous serons plus riches que tous les rois ensemble [1], nous n'aurons plus d'inquisiteurs à craindre, et nous pourrons aisément reprendre mademoiselle Cunégonde. »

Ce discours plut à Cacambo ; on aime tant à courir, à se faire valoir chez les siens, à faire parade de ce qu'on a vu dans ses voyages, que les deux heureux résolurent [2] de ne plus l'être, et de demander leur congé à Sa Majesté.

« Vous faites une sottise, leur dit le roi ; je sais bien que mon pays est peu de chose ; mais, quand on est passablement [3] quelque part, il faut y rester. Je n'ai pas assurément le droit de retenir des étrangers ; c'est une tyrannie qui n'est ni dans nos mœurs ni dans nos lois : tous les hommes sont libres ; partez quand vous voudrez, mais la sortie est bien difficile. Il est impossible de remonter la rivière rapide sur laquelle vous êtes arrivés par miracle, et qui court sous des voûtes de rochers. Les montagnes qui entourent tout mon royaume ont dix mille pieds de hauteur [4], et sont droites comme des murailles : elles occupent chacune en largeur un espace de plus de dix lieues ; on ne peut en descendre que par des précipices. Cependant, puisque vous voulez absolument partir, je vais donner ordre aux intendants des machines d'en faire une qui puisse vous transporter commodément. Quand on vous aura conduits au revers des montagnes, personne ne pourra vous accompagner : car mes sujets ont fait vœu de ne jamais sortir de leur enceinte, et ils sont trop sages pour rompre leur vœu. Demandez-moi d'ailleurs [5] tout ce qu'il vous plaira. – Nous ne demandons à Votre Majesté, dit Cacambo, que quelques moutons chargés de vivres, de cailloux, et de la boue du pays. » Le roi rit :

---

1. Il y a donc un désir d'aimer (*libido sentiendi*) mais aussi un désir neuf de dominer (*libido dominandi*).

2. ***Résolurent*** : décidèrent.

3. ***Passablement*** : d'une manière supportable ; pas trop mal.

4. ***Dix mille pieds de hauteur*** : plus de 3 000 mètres.

5. ***D'ailleurs*** : en outre.

« Je ne conçois pas, dit-il, quel goût vos gens d'Europe ont pour notre boue jaune ; mais emportez-en tant que vous voudrez, et grand bien vous fasse. »

Il donna l'ordre sur-le-champ à ses ingénieurs de faire une machine pour guinder [1] ces deux hommes extraordinaires [2] hors du royaume. Trois mille bons physiciens [3] y travaillèrent ; elle fut prête au bout de quinze jours, et ne coûta pas plus de vingt millions de livres sterling [4], monnaie du pays. On mit sur la machine Candide et Cacambo ; il y avait deux grands moutons rouges sellés et bridés pour leur servir de monture quand ils auraient franchi les montagnes, vingt moutons de bât [5] chargés de vivres, trente qui portaient des présents de ce que le pays a de plus curieux, et cinquante chargés d'or, de pierreries et de diamants. Le roi embrassa tendrement les deux vagabonds.

Ce fut un beau spectacle que leur départ, et la manière ingénieuse dont ils furent hissés, eux et leurs moutons, au haut des montagnes. Les physiciens prirent congé d'eux après les avoir mis en sûreté, et Candide n'eut plus d'autre désir et d'autre objet que d'aller présenter ses moutons à mademoiselle Cunégonde. « Nous avons, dit-il, de quoi payer le gouverneur de Buenos-Ayres, si mademoiselle Cunégonde peut être mise à prix. Marchons vers la Cayenne, embarquons-nous, et nous verrons ensuite quel royaume nous pourrons acheter. »

1. ***Guinder*** : hisser. La guinde est une grue à bras.
2. ***Extraordinaires*** : sortant de l'ordinaire, du point des vue des Eldoradiens.
3. Et non métaphysiciens !
4. ***Livres sterling*** : monnaie britannique.
5. ***De bât*** : destinés à porter des charges.

Chapitre XIX
Ce qui leur arriva à Surinam[1], et comment Candide fit connaissance avec Martin

La première journée de nos deux voyageurs fut assez agréable. Ils étaient encouragés par l'idée de se voir possesseurs de plus de trésors que l'Asie, l'Europe et l'Afrique n'en pouvaient rassembler. Candide, transporté, écrivit le nom de Cunégonde sur les arbres. À la seconde journée, deux de leurs moutons s'enfoncèrent dans des marais, et y furent abîmés[2] avec leurs charges ; deux autres moutons moururent de fatigue quelques jours après ; sept ou huit périrent ensuite de faim dans un désert ; d'autres tombèrent au bout de quelques jours dans des précipices. Enfin, après cent jours de marche, il ne leur resta que deux moutons. Candide dit à Cacambo : « Mon ami, vous voyez comme les richesses de ce monde sont périssables ; il n'y a rien de solide que la vertu et le bonheur de revoir mademoiselle Cunégonde. – Je l'avoue, dit Cacambo ; mais il nous reste encore deux moutons avec plus de trésors que n'en aura jamais le roi d'Espagne ; et je vois de loin une ville que je soupçonne être Surinam, appartenante aux Hollandais. Nous sommes au bout de nos peines et au commencement de notre félicité. »

En[3] approchant de la ville, ils rencontrèrent un nègre étendu par terre, n'ayant plus que la moitié de son habit, c'est-à-dire d'un caleçon de toile bleue ; il manquait à ce pauvre homme la jambe gauche et la main droite. « Eh ! mon Dieu ! lui dit Candide en hol-

1. ***Surinam*** : capitale de la Guyane hollandaise depuis 1667. En 1738, Surinam comptait deux mille cents Blancs et cinquante sept mille esclaves (Noirs ou Indiens) ; la colonie était florissante (quatre cents plantations) et exportait du tabac, du sucre de canne, du café, des bois précieux.

2. ***Abîmés*** : engloutis.

3. Les lignes 19 à 50 manquaient dans le manuscrit La Vallière (vers octobre 1758) mais se trouvaient dans l'édition originale de janvier 1759.

landais, que fais-tu là, mon ami, dans l'état horrible où je te vois ? – J'attends mon maître, M. Vanderdendur [1], le fameux négociant, répondit le nègre. – Est-ce M. Vanderdendur, dit Candide, qui t'a traité ainsi ? – Oui, monsieur, dit le nègre, c'est l'usage. On nous donne un caleçon de toile pour tout vêtement deux fois l'année. Quand nous travaillons aux sucreries, et que la meule nous attrape le doigt, on nous coupe la main [2] ; quand nous voulons nous enfuir, on nous coupe la jambe [3] : je me suis trouvé dans les deux cas. C'est à ce prix que vous mangez du sucre en Europe. Cependant, lorsque ma mère me vendit dix écus patagons [4] sur la côte de Guinée [5], elle me disait : « Mon cher enfant, bénis nos fétiches [6], adore-les toujours, ils te feront vivre heureux ; tu as l'honneur d'être esclave de nos seigneurs les blancs, et tu fais par là la fortune de ton père et de ta mère. » Hélas ! je ne sais pas si j'ai fait leur fortune, mais ils n'ont pas fait la mienne. Les chiens, les singes et les perroquets sont mille fois moins malheureux que

---

1. ***Vanderdendur*** : on entend Vendeur-dent-dure. Allusion à quelque éditeur d'Amsterdam coriace en affaires ?

2. L'amputation évitait l'infection, certes ; mais quand une meule à eau pour broyer le sucre de canne était lancée (elle tournait très vite), on ne l'arrêtait pas pour « rien » ; on perdait moins à couper une main.

3. Il existait depuis 1685 un *Code noir* de soixante articles, destiné aux colons français (qui ne l'appliquaient pas : il était jugé trop doux), expliquant notamment comment punir les esclaves en fuite ; Voltaire connaissait ce texte.

4. ***Patagons*** : monnaie d'argent de Flandre.

5. La traite des Noirs est un commerce (un trafic) triangulaire. D'abord, sont chargés dans les ports européens (« Bordeaux », par exemple, p. 117) des armes, de l'alcool, de la verroterie et des textiles ; ils sont échangés aux comptoirs de la côte des Esclaves (le golfe de Guinée) contre des captifs (trente mille par an, vers 1750). Ceux-ci sont transportés (à fond de cale, allongés, nus, enchaînés) à travers l'Atlantique dans des vaisseaux négriers jusqu'aux marchés américains (Antilles, Guyanes). Les vaisseaux repartent ensuite vers l'Europe chargés de matières brutes (sucre, tabac, cacao, indigo, coton), qui seront transformées puis commercialisées.

6. ***Fétiches*** : statues ou objets considérés comme sacrés, auxquels sont attribués des pouvoirs surnaturels.

nous ; les fétiches hollandais [1] qui m'ont converti me disent tous les dimanches que nous sommes tous enfants d'Adam, blancs et noirs. Je ne suis pas généalogiste ; mais si ces prêcheurs disent vrai, nous sommes tous cousins issus de germains. Or vous m'avouerez qu'on ne peut pas en user avec ses parents d'une manière plus horrible.

– Ô Pangloss ! s'écria Candide, tu n'avais pas deviné cette abomination ; c'en est fait, il faudra qu'à la fin je renonce à ton optimisme [2]. – Qu'est-ce qu'optimisme ? disait Cacambo. – Hélas ! dit Candide, c'est la rage de soutenir que tout est bien quand on est mal ». Et il versait des larmes en regardant son nègre ; et en pleurant, il entra dans Surinam [3].

La première chose dont ils s'informent, c'est s'il n'y a point au port quelque vaisseau qu'on pût envoyer à Buenos-Ayres. Celui à qui ils s'adressèrent était justement un patron espagnol qui s'offrit à faire avec eux un marché honnête. Il leur donna rendez-vous dans un cabaret. Candide et le fidèle Cacambo allèrent l'y attendre avec leurs deux moutons.

Candide, qui avait le cœur sur les lèvres, conta à l'Espagnol toutes ses aventures, et lui avoua qu'il voulait enlever mademoiselle Cunégonde. « Je me garderai bien de vous passer à Buenos-Ayres, dit le patron ; je serais pendu, et vous aussi. La belle Cunégonde est la maîtresse favorite de monseigneur. » Ce fut un coup de foudre pour Candide, il pleura longtemps ; enfin il tira à part Cacambo. « Voici, mon cher ami, lui dit-il, ce qu'il faut que tu fasses. Nous avons chacun dans nos poches pour cinq ou six millions de diamants ; tu es plus habile que moi ; va prendre mademoiselle Cunégonde à Buenos-Ayres. Si le gouverneur fait quelques difficultés, donne-lui un million ; s'il ne se

---

1. ***Fétiches hollandais*** : pasteurs protestants de la colonie hollandaise.
2. Candide et Cacambo prononcent ce mot pour la première fois (depuis le sous-titre) et pour la dernière fois.
3. Parodie des pleurs de Jésus entrant dans Jérusalem (Évangile de Luc 19, 41-44).

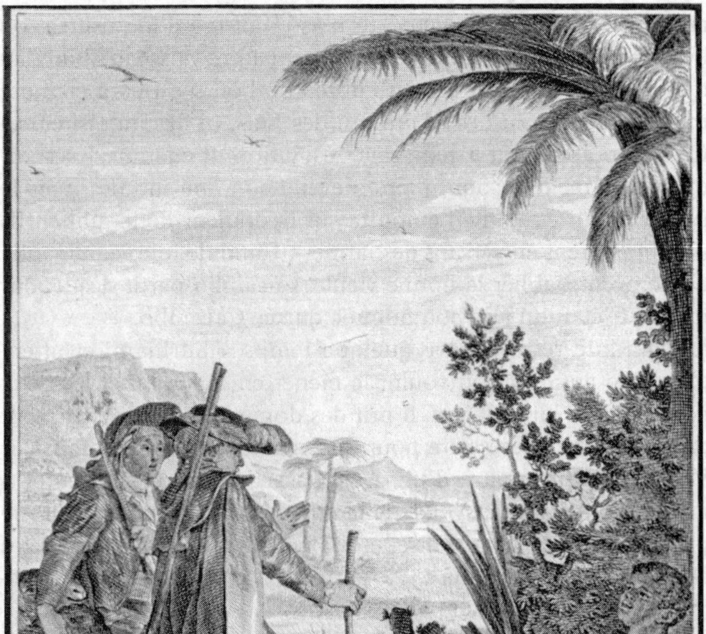

■ Candide et Cacambo découvrent l'esclavage. Gravure d'après Moreau le Jeune pour l'édition de 1787.

rend pas, donne-lui-en deux; tu n'as point tué d'inquisiteur, on ne se défiera point de toi. J'équiperai un autre vaisseau, j'irai t'attendre à Venise : c'est un pays libre [1] où l'on n'a rien à craindre ni des Bulgares, ni des Abares, ni des Juifs, ni des inquisiteurs.» Cacambo applaudit à cette sage résolution. Il était au désespoir de se séparer d'un bon maître devenu son ami intime; mais le plaisir de lui être utile l'emporta sur la douleur de le quitter. Ils s'embrassèrent en versant des larmes : Candide lui recommanda de ne point oublier la bonne vieille. Cacambo partit dès le jour même. C'était un très bon homme que ce Cacambo.

Candide resta encore quelque temps à Surinam, et attendit qu'un autre patron voulût le mener en Italie, lui et les deux moutons qui lui restaient. Il prit des domestiques, et acheta tout ce qui lui était nécessaire pour un long voyage; enfin monsieur Vanderdendur, maître d'un gros vaisseau, vint se présenter à lui. «Combien voulez-vous, demanda-t-il à cet homme, pour me mener en droiture [2] à Venise, moi, mes gens, mon bagage, et les deux moutons que voilà ?» Le patron s'accorda à dix mille piastres [3]; Candide n'hésita pas.

«Oh! oh! dit à part soi le prudent Vanderdendur, cet étranger donne dix mille piastres tout d'un coup! il faut qu'il soit bien riche.» Puis, revenant un moment après, il signifia qu'il ne pouvait partir à moins de vingt mille. «Eh! bien vous les aurez, dit Candide.

– Ouais, se dit tout bas le marchand, cet homme donne vingt mille piastres aussi aisément que dix mille.» Il revint encore, et dit qu'il ne pouvait le conduire à Venise à moins de trente mille piastres. «Vous en aurez donc trente mille, répondit Candide.

---

1. Venise était une république réputée pour sa liberté de mœurs, pour la vie galante qu'on y menait.

2. ***En droiture*** : directement.

3. ***Piastres*** : monnaie d'argent espagnole, qui servait dans les colonies américaines.

– Oh ! oh ! se dit encore le marchand hollandais, trente mille piastres ne coûtent rien à cet homme-ci ; sans doute les deux moutons portent des trésors immenses : n'insistons pas davantage ; faisons-nous d'abord payer les trente mille piastres, et puis nous verrons. » Candide vendit deux petits diamants, dont le moindre valait plus que tout l'argent que demandait le patron. Il le paya d'avance. Les deux moutons furent embarqués. Candide suivait dans un petit bateau pour joindre le vaisseau à la rade [1] ; le patron prend son temps, met à la voile, démarre ; le vent le favorise. Candide, éperdu et stupéfait, le perd bientôt de vue. « Hélas ! cria-t-il, voilà un tour digne de l'ancien monde. » Il retourne au rivage, abîmé dans la douleur : car enfin il avait perdu de quoi faire la fortune de vingt monarques.

Il se transporte chez le juge hollandais ; et, comme il était un peu troublé, il frappe rudement à la porte ; il entre, expose son aventure, et crie un peu plus haut qu'il ne convenait. Le juge commença par lui faire payer dix mille piastres pour le bruit qu'il avait fait ; ensuite il l'écouta patiemment, lui promit d'examiner son affaire sitôt que le marchand serait revenu, et se fit payer dix mille autres piastres pour les frais de l'audience.

Ce procédé acheva de désespérer Candide ; il avait à la vérité essuyé des malheurs mille fois plus douloureux ; mais le sang-froid du juge, et celui du patron dont il était volé, alluma sa bile [2], et le plongea dans une noire mélancolie. La méchanceté des hommes se présentait à son esprit dans toute sa laideur, il ne se nourrissait que d'idées tristes. Enfin un vaisseau français étant sur le point de partir pour Bordeaux, comme il n'avait plus de moutons chargés de diamants à embarquer, il loua une chambre du vaisseau à juste prix, et fit signifier dans la ville qu'il payerait le passage, la nourriture, et donnerait deux mille piastres à un

---

1. ***À la rade*** : mouillé à distance du port (et non dans le port, car c'est un trop « gros vaisseau », p. 116).

2. ***Sa bile*** : sa colère ; voir la théorie des humeurs (note 1, p. 58).

honnête homme qui voudrait faire le voyage avec lui, à condition que cet homme serait le plus dégoûté de son état et le plus malheureux de la province.

Il se présenta une foule de prétendants qu'une flotte n'aurait pu contenir. Candide voulant choisir entre les plus apparents [1], il distingua une vingtaine de personnes qui lui paraissaient assez sociables, et qui toutes prétendaient mériter la préférence. Il les assembla dans son cabaret, et leur donna à souper, à condition que chacun ferait serment de raconter fidèlement son histoire, promettant de choisir celui qui lui paraîtrait le plus à plaindre et le plus mécontent de son état, à plus juste titre, et de donner aux autres quelques gratifications.

La séance dura jusqu'à quatre heures du matin. Candide, en écoutant toutes leurs aventures, se ressouvenait de ce que lui avait dit la vieille en allant à Buenos-Ayres, et de la gageure qu'elle avait faite, qu'il n'y avait personne sur le vaisseau à qui il ne fût arrivé de très grands malheurs. Il songeait à Pangloss à chaque aventure qu'on lui contait. «Ce Pangloss, disait-il, serait bien embarrassé à démontrer son système. Je voudrais qu'il fût ici. Certainement si tout va bien, c'est dans Eldorado, et non pas dans le reste de la terre.» Enfin il se détermina en faveur d'un pauvre savant qui avait travaillé dix ans pour les libraires [2] à Amsterdam. Il jugea qu'il n'y avait point de métier au monde dont on dût être plus dégoûté.

Ce savant, qui était d'ailleurs un bon homme, avait été volé par sa femme, battu par son fils, et abandonné de sa fille, qui s'était fait enlever par un Portugais. Il venait d'être privé d'un petit emploi duquel il subsistait; et les prédicants [3] de Surinam le persécutaient parce qu'ils le prenaient pour un socinien [4]. Il faut

1. ***Apparents*** : honorables. «Qui est remarquable et considérable entre d'autres personnes» (*Dictionnaire de l'Académie*, 1762).
2. ***Libraires*** : éditeurs.
3. ***Prédicants*** : prêcheurs, pasteurs protestants.
4. ***Socinien*** : disciple du théologien siennois Fausto Sozzini (1539-1604), dit Socin, qui, au nom de la raison, niait deux points du dogme catholique :

avouer que les autres étaient pour le moins aussi malheureux que lui ; mais Candide espérait que le savant le désennuierait dans le voyage. Tous ses autres rivaux trouvèrent que Candide leur faisait une grande injustice ; mais il les apaisa en leur donnant à chacun cent piastres.

Chapitre XX
Ce qui arriva sur mer à Candide et à Martin

Le vieux savant, qui s'appelait Martin, s'embarqua donc pour Bordeaux avec Candide. L'un et l'autre avaient beaucoup vu et beaucoup souffert ; et quand le vaisseau aurait dû faire voile de Surinam au Japon par le cap de Bonne-Espérance, ils auraient eu de quoi s'entretenir du mal moral et du mal physique pendant tout le voyage.

Cependant Candide avait un grand avantage sur Martin, c'est qu'il espérait toujours revoir mademoiselle Cunégonde, et que Martin n'avait rien à espérer ; de plus il avait de l'or et des diamants ; et quoiqu'il eût perdu cent gros moutons rouges chargés des plus grands trésors de la terre, quoiqu'il eût toujours sur le cœur la friponnerie du patron hollandais, cependant, quand il songeait à ce qui lui restait dans ses poches, et quand il parlait de Cunégonde, surtout à la fin du repas, il penchait alors pour le système de Pangloss.

« Mais vous, monsieur Martin, dit-il au savant, que pensez-vous de tout cela ? Quelle est votre idée sur le mal moral et le mal physique ? – Monsieur, répondit Martin, mes prêtres m'ont accusé

la divinité de Jésus (*versus* sa nature humaine) et la Trinité (*versus* l'unité de Dieu) ; le socianisme est une des très nombreuses Églises (confessions, sectes) protestantes.

d'être socinien ; mais la vérité du fait est que je suis manichéen [1]. – Vous vous moquez de moi, dit Candide ; il n'y a plus de manichéens dans le monde. – Il y a moi, dit Martin ; je ne sais qu'y faire, mais je ne peux penser autrement. – Il faut que vous ayez le diable au corps [2], dit Candide. – Il se mêle si fort des affaires de ce monde, dit Martin, qu'il pourrait bien être dans mon corps, comme partout ailleurs ; mais je vous avoue qu'en jetant la vue sur ce globe, ou plutôt sur ce globule [3], je pense que Dieu l'a abandonné à quelque être malfaisant ; j'en excepte toujours Eldorado. Je n'ai guère vu de ville qui ne désirât la ruine de la ville voisine, point de famille qui ne voulût exterminer quelque autre famille. Partout les faibles ont en exécration les puissants devant lesquels ils rampent, et les puissants les traitent comme des troupeaux dont on vend la laine et la chair. Un million d'assassins enrégimentés [4], courant d'un bout de l'Europe à l'autre, exerce le meurtre et le brigandage avec discipline pour gagner son pain, parce qu'il n'a pas de métier plus honnête ; et dans les villes qui paraissent jouir de la paix, et où les arts fleurissent, les hommes sont dévorés de plus d'envie, de soins et d'inquiétudes qu'une ville assiégée n'éprouve de fléaux. Les chagrins secrets sont encore plus cruels que les misères publiques. En un mot, j'en ai tant vu et tant éprouvé [5] que je suis manichéen.

– Il y a pourtant du bon, répliquait Candide. – Cela peut être, disait Martin ; mais je ne le connais pas. »

---

1. ***Manichéen*** : disciple de la doctrine de Manès, ou Mani (218-278 ?), chef religieux persan selon lequel le monde s'explique par le combat de deux principes de forces égales, l'un bon (« Dieu ») et l'autre méchant (« diable », « être malfaisant ») ; c'est ce dernier qui domine toujours et partout, selon le pessimiste Martin.

2. ***Que vous ayez le diable au corps*** : que vous soyez possédé par le diable.

3. ***Globule*** : minuscule globe.

4. ***Enrégimentés*** : formés en régiments (recrutés comme militaires).

5. ***Éprouvé*** : vécu.

Au milieu de cette dispute [1], on entendit un bruit de canon. Le bruit redouble de moment en moment. Chacun prend sa lunette [2]. On aperçoit deux vaisseaux qui combattaient à la distance d'environ trois milles [3]. Le vent les amena l'un et l'autre si près du vaisseau français qu'on eut le plaisir de voir le combat tout à son aise. Enfin l'un des deux vaisseaux lâcha à l'autre une bordée [4] si bas et si juste, qu'il le coula à fond. Candide et Martin aperçurent distinctement une centaine d'hommes sur le tillac du vaisseau qui s'enfonçait ; ils levaient tous les mains au ciel, et jetaient des clameurs effroyables : en un moment tout fut englouti.

« Eh bien ! dit Martin, voilà comme les hommes se traitent les uns les autres. – Il est vrai, dit Candide, qu'il y a quelque chose de diabolique dans cette affaire. » En parlant ainsi, il aperçut je ne sais quoi d'un rouge éclatant, qui nageait auprès de son vaisseau. On détacha la chaloupe pour voir ce que ce pouvait être : c'était un de ses moutons. Candide eut plus de joie de retrouver ce mouton qu'il n'avait été affligé d'en perdre cent tous chargés de gros diamants d'Eldorado.

Le capitaine français aperçut bientôt que le capitaine du vaisseau submergeant [5] était espagnol, et que celui du vaisseau submergé était un pirate hollandais ; c'était celui-là même qui avait volé Candide. Les richesses immenses dont ce scélérat s'était emparé furent ensevelies avec lui dans la mer, et il n'y eut qu'un mouton de sauvé [6]. « Vous voyez, dit Candide à Martin, que le crime est puni quelquefois ; ce coquin de patron hollandais a eu le sort qu'il méritait. – Oui, dit Martin ; mais fallait-il que les pas-

---

1. ***Dispute*** : discussion.
2. ***Lunette*** : longue-vue.
3. ***Trois milles*** : environ 4 kilomètres. Le *mille* est une ancienne mesure (romaine) de longueur, égale à mille pas (1481,5 mètres).
4. ***Bordée*** : salve, décharge simultanée de tous les canons d'un même bord du vaisseau.
5. ***Submergeant*** : faisant plonger (son adversaire) dans l'eau.
6. Voir la parabole biblique de la brebis égarée (Évangile de Luc 15, 1-7).

sagers qui étaient sur son vaisseau périssent aussi ? Dieu a puni ce fripon, le diable a noyé les autres. »

Cependant le vaisseau français et l'espagnol continuèrent leur route, et Candide continua ses conversations avec Martin. Ils disputèrent quinze jours de suite, et au bout de quinze jours ils étaient aussi avancés que le premier. Mais enfin ils parlaient, ils se communiquaient des idées, ils se consolaient. Candide caressait son mouton. « Puisque je t'ai retrouvé, dit-il, je pourrai bien retrouver Cunégonde. »

Chapitre XXI
Candide et Martin approchent des côtes de France, et raisonnent

On aperçut enfin les côtes de France. « Avez-vous jamais été en France, monsieur Martin ? dit Candide. – Oui, dit Martin, j'ai parcouru plusieurs provinces. Il y en a où la moitié des habitants est folle, quelques-unes où l'on est trop rusé, d'autres où l'on est communément assez doux et assez bête, d'autres où l'on fait le bel esprit [1] ; et dans toutes la principale occupation est l'amour ; la seconde, de médire [2] ; et la troisième, de dire des sottises. – Mais, monsieur Martin, avez-vous vu Paris ? – Oui, j'ai vu Paris ; il tient de toutes ces espèces-là ; c'est un chaos, c'est une presse [3] dans laquelle tout le monde cherche le plaisir, et où presque personne ne le trouve, du moins à ce qu'il m'a paru. J'y ai séjourné peu ; j'y fus volé, en arrivant, de tout ce que j'avais, par des filous, à la foire Saint-Germain [4]. On me prit moi-même pour un voleur, et

1. ***Le bel esprit*** : l'homme cultivé (le pédant).
2. ***Médire*** : dire du mal d'autrui.
3. ***Presse*** : foule, cohue.
4. ***Foire Saint-Germain*** : grand marché annuel populaire se tenant autour de l'abbaye de Saint-Germain-des-Prés (VIe arrondissement actuel), à Paris.

je fus huit jours en prison ; après quoi je me fis correcteur d'imprimerie pour gagner de quoi retourner à pied en Hollande. Je connus la canaille [1] écrivante, la canaille cabalante, et la canaille convulsionnaire [2]. On dit qu'il y a des gens fort polis dans cette ville-là : je le veux croire.

– Pour moi, je n'ai nulle curiosité de voir la France, dit Candide ; vous devinez aisément que quand on a passé un mois dans Eldorado, on ne se soucie plus de rien voir sur la terre que mademoiselle Cunégonde : je vais l'attendre à Venise ; nous traverserons la France pour aller en Italie ; ne m'accompagnerez-vous pas ? – Très volontiers, dit Martin ; on dit que Venise n'est bonne que pour les nobles vénitiens, mais que cependant on y reçoit très bien les étrangers quand ils ont beaucoup d'argent : je n'en ai point ; vous en avez, je vous suivrai partout. – À propos, dit Candide, pensez-vous que la terre ait été originairement une mer, comme on l'assure dans ce gros livre [3] qui appartient au capitaine du vaisseau ? – Je n'en crois rien du tout, dit Martin, non plus que toutes les rêveries qu'on nous débite depuis quelque temps. – Mais à quelle fin ce monde a-t-il donc été formé ? dit Candide. – Pour nous faire enrager, répondit Martin. – N'êtes-vous pas bien étonné, continua Candide, de l'amour que ces deux filles du pays des Oreillons avaient pour ces deux singes, et dont je vous ai conté l'aventure ? – Point du tout, dit Martin ; je ne vois pas ce que cette passion a d'étrange : j'ai tant vu de choses extraordinaires qu'il n'y a plus rien d'extraordinaire. – Croyez-vous, dit Candide, que

---

1. ***Canaille*** : terme de mépris servant ici à désigner les journalistes, les jésuites et les jansénistes.

2. Les ***convulsionnaires*** étaient des fanatiques jansénistes qui se mettaient en état d'extase (hurlements, tremblements, yeux révulsés, etc.), au cimetière de Saint-Médard, devant la tombe réputée miraculeuse de François de Pâris (1690-1727), diacre janséniste ; cette hystérie collective fut stoppée par la police en 1732.

3. Allusion soit à la Bible (voir Genèse 1, 2), soit à l'*Histoire des navigations aux Terres australes* (1756) de Charles de Brosses (1709-1777), soit à la *Théorie de la Terre* (1749) de Buffon.

les hommes se soient toujours mutuellement massacrés comme ils font aujourd'hui ? qu'ils aient toujours été menteurs, fourbes, perfides, ingrats, brigands, faibles, volages, lâches, envieux, gourmands, ivrognes, avares, ambitieux, sanguinaires, calomniateurs, débauchés, fanatiques, hypocrites et sots ? – Croyez-vous, dit Martin, que les éperviers aient toujours mangé des pigeons quand ils en ont trouvé ? – Oui, sans doute, dit Candide. – Eh bien ! dit Martin, si les éperviers ont toujours eu le même caractère, pourquoi voulez-vous que les hommes aient changé le leur ? – Oh ! dit Candide, il y a bien de la différence, car le libre arbitre [1]... » En raisonnant ainsi, ils arrivèrent à Bordeaux.

Chapitre XXII
Ce qui arriva en France à Candide et à Martin

Candide ne s'arrêta dans Bordeaux qu'autant de temps qu'il en fallait pour vendre quelques cailloux du Dorado, et pour s'accommoder d'une bonne chaise [2] à deux places ; car il ne pouvait plus se passer de son philosophe Martin ; il fut seulement très fâché de se séparer de son mouton, qu'il laissa à l'Académie des sciences de Bordeaux [3], laquelle proposa pour le sujet du prix de cette année de trouver pourquoi la laine de ce mouton était rouge ; et le prix fut adjugé à un savant du Nord [4], qui démontra

1. ***Libre arbitre*** : faculté qu'a l'homme de se déterminer sans autre cause que sa volonté.

2. ***Pour s'accommoder d'une bonne chaise*** : pour se procurer une bonne voiture.

3. Fondée en 1712 (d'après celle de Paris, 1666) ; chaque société savante de province avait son petit concours.

4. Allusion à Pierre Louis Maupertuis (1698-1759), mathématicien français qui partit au pôle Nord (1636-1737) mesurer l'aplatissement de la Terre, et disciple de Leibniz raillé par Voltaire dans sa *Diatribe du docteur Akatia* (1753) : « L'auteur fait entendre qu'il n'y a d'autres preuves de l'existence de

par A, plus B, moins C divisé par Z, que le mouton devait être rouge, et mourir de la clavelée [1].

Cependant tous les voyageurs que Candide rencontra dans les cabarets de la route lui disaient : « Nous allons à Paris. » Cet empressement général lui donna enfin l'envie de voir cette capitale ; ce n'était pas beaucoup se détourner du chemin de Venise.

Il entra par le faubourg Saint-Marceau [2], et crut être dans le plus vilain [3] village de la Vestphalie.

À peine Candide fut-il dans son auberge, qu'il fut attaqué d'une maladie légère, causée par ses fatigues. Comme il avait au doigt un diamant énorme, et qu'on avait aperçu dans son équipage une cassette [4] prodigieusement pesante, il eut aussitôt auprès de lui deux médecins qu'il n'avait pas mandés [5], quelques amis intimes qui ne le quittèrent pas, et deux dévotes [6] qui faisaient chauffer ses bouillons. Martin disait : « Je me souviens d'avoir été malade aussi à Paris dans mon premier voyage ; j'étais fort pauvre : aussi n'eus-je ni amis, ni dévotes, ni médecins, et je guéris. »

Cependant, à force de médecines [7] et de saignées, la maladie de Candide devint sérieuse. Un habitué [8] du quartier vint avec douceur lui demander un billet payable au porteur [9] pour l'autre monde : Candide n'en voulut rien faire. Les dévotes l'assurèrent

---

Dieu que dans Z égale BC divisé par A plus B » (cité par Jean Goldzink dans son édition de *Candide*, GF-Flammarion, 2007, p. 104).

1. ***Clavelée*** : maladie infectieuse et contagieuse des ovins.

2. ***Faubourg Saint-Marceau*** : quartier misérable au sud de Paris (actuel quartier des Gobelins).

3. ***Vilain*** : sale.

4. ***Dans son équipage une cassette*** : parmi ses bagages un petit coffre.

5. ***Mandés*** : appelés.

6. ***Dévotes*** : dames très pieuses, très croyantes.

7. ***Médecines*** : remèdes.

8. ***Habitué*** : prêtre adjoint qui seconde le prêtre titulaire d'une paroisse.

9. ***Billet payable au porteur*** : jeu de mots entre l'expression « billet au porteur », sorte de chèque ou reconnaissance de dette que peut, à échéance, encaisser son possesseur, et le billet de confession qui permettait au mourant d'être enterré selon les rites de l'Église.

que c'était une nouvelle mode. Candide répondit qu'il n'était point homme à la mode. Martin voulut jeter l'habitué par les fenêtres. Le clerc jura qu'on n'enterrerait point Candide. Martin jura qu'il enterrerait le clerc s'il continuait à les importuner. La querelle s'échauffa : Martin le prit par les épaules, et le chassa rudement; ce qui causa un grand scandale, dont on fit un procès-verbal.

Candide guérit; et pendant sa convalescence il eut très bonne compagnie à souper chez lui. On jouait gros jeu. Candide était tout étonné que jamais les as ne lui vinssent; et Martin ne s'en étonnait pas.

Parmi ceux qui lui faisaient les honneurs de la ville, il y avait un petit abbé [1] périgourdin, l'un de ces gens empressés, toujours alertes, toujours serviables, effrontés, caressants, accommodants, qui guettent les étrangers à leur passage, leur content l'histoire scandaleuse [2] de la ville, et leur offrent des plaisirs à tout prix. Celui-ci mena d'abord Candide et Martin à la comédie [3]. On y jouait une tragédie nouvelle [4]. Candide se trouva placé auprès de quelques beaux esprits. Cela ne l'empêcha pas de pleurer à des scènes jouées parfaitement. Un des raisonneurs qui étaient à ses côtés lui dit dans un entr'acte : «Vous avez grand tort de pleurer, cette actrice est fort mauvaise; l'acteur qui joue avec elle est plus mauvais acteur encore; la pièce est encore plus mauvaise que les acteurs; l'auteur ne sait pas un mot d'arabe, et cependant la scène est en Arabie [5]; et, de plus, c'est un homme qui ne croit pas aux idées innées [6]; je vous apporterai demain vingt brochures contre lui.

---

1. ***Abbé*** : bénéficier ecclésiastique, sans fonctions sacerdotales.
2. ***L'histoire scandaleuse*** : les scandales.
3. ***À la comédie*** : au théâtre.
4. Le texte, à partir d'ici jusqu'à «quand il la verrait à Venise» (p. 133, l. 228) est une addition de 1761. Le texte de 1759 enchaînait donc sur l'épisode de la fausse Cunégonde.
5. Allusion probable à la tragédie de Voltaire *Mahomet* (1741).
6. ***Innées*** : antérieures à toute expérience. Voltaire refusait l'innéisme (doctrine de Descartes) au profit de l'empirisme (doctrine de Locke).

– Monsieur, combien avez-vous de pièces de théâtre en France ? » dit Candide à l'abbé ; lequel répondit : « Cinq ou six mille. – C'est beaucoup, dit Candide ; combien y en a-t-il de bonnes ? – Quinze ou seize, répliqua l'autre. – C'est beaucoup », dit Martin.

Candide fut très content d'une actrice qui faisait la reine Élisabeth, dans une assez plate tragédie que l'on joue quelquefois [1]. « Cette actrice, dit-il à Martin, me plaît beaucoup ; elle a un faux air de mademoiselle Cunégonde ; je serais bien aise de la saluer. » L'abbé périgourdin s'offrit à l'introduire chez elle. Candide, élevé en Allemagne, demanda quelle était l'étiquette, et comment on traitait en France les reines d'Angleterre. « Il faut distinguer, dit l'abbé ; en province, on les mène au cabaret ; à Paris, on les respecte quand elles sont belles, et on les jette à la voirie quand elles sont mortes. – Des reines à la voirie ! dit Candide. – Oui vraiment, dit Martin ; monsieur l'abbé a raison : j'étais à Paris quand mademoiselle Monime [2] passa, comme on dit, de cette vie à l'autre ; on lui refusa ce que ces gens-ci appellent *les honneurs de la sépulture*, c'est-à-dire de pourrir avec tous les gueux du quartier dans un vilain cimetière ; elle fut enterrée toute seule de sa bande [3] au coin de la rue de Bourgogne ; ce qui dut lui faire une peine extrême, car elle pensait très noblement. – Cela est bien impoli, dit Candide. – Que voulez-vous ? dit Martin ; ces gens-ci sont ainsi faits. Imaginez toutes les contradictions, toutes les incompatibilités possibles, vous les verrez dans le gouvernement, dans les tribunaux, dans les églises, dans les spectacles de cette drôle de nation. – Est-il vrai qu'on rit toujours à Paris ? dit Candide. – Oui, dit l'abbé ; mais c'est en enrageant : car on s'y

1. Peut-être *Le Comte d'Essex* (1678), pièce encore jouée, de Thomas Corneille (1625-1709), frère de Pierre Corneille (1606-1684).

2. ***Monime*** : personnage d'amoureuse dans la tragédie *Mithridate* (1673) de Jean Racine (1639-1699). Comme c'était le cas pour les comédiens, l'actrice qui joua ce rôle, Adrienne Lecouvreur (1692-1730), fut interdite de sépulture chrétienne.

3. ***Toute seule de sa bande*** : à l'écart.

plaint de tout avec de grands éclats de rire ; même on y fait en riant les actions les plus détestables.

– Quel est, dit Candide, ce gros cochon qui me disait tant de mal de la pièce où j'ai tant pleuré, et des acteurs qui m'ont fait tant de plaisir ? – C'est un mal vivant, répondit l'abbé, qui gagne sa vie à dire du mal de toutes les pièces et de tous les livres ; il hait quiconque réussit, comme les eunuques haïssent les jouissants ; c'est un de ces serpents de la littérature qui se nourrissent de fange et de venin ; c'est un folliculaire [1]. – Qu'appelez-vous folliculaire ? dit Candide. – C'est, dit l'abbé, un faiseur de feuilles, un Fréron [2]. »

C'est ainsi que Candide, Martin, et le Périgourdin, raisonnaient sur l'escalier, en voyant défiler le monde au sortir de la pièce. « Quoique je sois très empressé de revoir mademoiselle Cunégonde, dit Candide, je voudrais pourtant souper avec mademoiselle Clairon [3], car elle m'a paru admirable. »

L'abbé n'était pas homme à approcher de mademoiselle Clairon, qui ne voyait que bonne compagnie. « Elle est engagée pour ce soir, dit-il ; mais j'aurai l'honneur de vous mener chez une dame de qualité, et là vous connaîtrez Paris comme si vous y aviez été quatre ans. »

Candide, qui était naturellement curieux, se laissa mener chez la dame, au fond du faubourg Saint-Honoré ; on y était occupé d'un pharaon [4] ; douze tristes pontes [5] tenaient chacun en main un petit livre de cartes, registre cornu de leurs infortunes. Un

1. ***Folliculaire*** : mauvais journaliste (néologisme de Voltaire).
2. Allusion à Élie Fréron (1718-1776), brillant journaliste férocement antiphilosophe et antivoltairien, directeur, pendant vingt-deux ans (1754-1776), de *L'Année littéraire* (rebaptisée « L'âne littéraire » par les encyclopédistes).
3. ***Mademoiselle Clairon*** : Claire Legris de Latude (1723-1803), dite la Clairon, comédienne qui triompha dans des tragédies de Voltaire (dont *Tancrède*, 1760) ; novatrice, elle abandonna la déclamation pour une diction plus naturelle.
4. ***Pharaon*** : jeu de pari originaire de Venise, avec une carte figurant le pharaon d'Égypte.
5. ***Pontes*** : ici, joueurs, associés contre un « banquier ».

profond silence régnait, la pâleur était sur le front des pontes, l'inquiétude sur celui du banquier ; et la dame du logis, assise auprès de ce banquier impitoyable, remarquait avec des yeux de lynx tous les parolis, tous les sept-et-le-va de campagne [1], dont chaque joueur cornait ses cartes ; elle les faisait décorner avec une attention sévère, mais polie, et ne se fâchait point, de peur de perdre ses pratiques [2]. La dame se faisait appeler la marquise de Parolignac. Sa fille, âgée de quinze ans, était au nombre des pontes, et avertissait d'un clin d'œil des friponneries [3] de ces pauvres gens qui tâchaient de réparer les cruautés du sort. L'abbé périgourdin, Candide, et Martin, entrèrent ; personne ne se leva, ni les salua, ni les regarda ; tous étaient profondément occupés de leurs cartes. « Madame la baronne de Thunder-ten-tronckh était plus civile », dit Candide.

Cependant l'abbé s'approcha de l'oreille de la marquise, qui se leva à moitié, honora Candide d'un sourire gracieux, et Martin d'un air de tête tout à fait noble ; elle fit donner un siège et un jeu de cartes à Candide, qui perdit cinquante mille francs en deux tailles [4] : après quoi on soupa très gaiement, et tout le monde était étonné que Candide ne fût pas ému de sa perte ; les laquais disaient entre eux, dans leur langage de laquais : « Il faut que ce soit quelque milord anglais [5]. »

Le souper fut comme la plupart des soupers de Paris : d'abord du silence, ensuite un bruit de paroles qu'on ne distingue point, puis des plaisanteries dont la plupart sont insipides [6], de fausses

---

1. ***Parolis*, *sept-et-le-va de campagne*** : vocabulaire du jeu du pharaon.
2. ***Ses pratiques*** : ses clients. La pseudo-marquise (une aristocrate ruinée ?) tient à la fois une maison de jeu et une maison close ; le petit abbé est un de ses rabatteurs.
3. ***Friponneries*** : tricheries.
4. ***Tailles*** : parties (au jeu de pharaon).
5. ***Milord anglais*** : riche aristocrate britannique ; allusion au fameux flegme anglais.
6. ***Insipides*** : sans saveur.

nouvelles, de mauvais raisonnements, un peu de politique et beaucoup de médisance; on parla même de livres nouveaux. «Avez-vous vu, dit l'abbé périgourdin, le roman du sieur Gauchat [1], docteur en théologie? – Oui, répondit un des convives; mais je n'ai pu l'achever. Nous avons une foule d'écrits impertinents [2]; mais tous ensemble n'approchent pas de l'impertinence de Gauchat, docteur en théologie; je suis si rassasié de cette immensité de détestables livres qui nous inondent que je me suis mis à ponter [3] au pharaon. – Et les *Mélanges* de l'archidiacre T... [4], qu'en dites-vous? dit l'abbé. – Ah! dit madame de Parolignac, l'ennuyeux mortel! comme il vous dit curieusement tout ce que le monde sait! comme il discute pesamment ce qui ne vaut pas la peine d'être remarqué légèrement! comme il s'approprie, sans esprit, l'esprit des autres! comme il gâte ce qu'il pille! comme il me dégoûte! mais il ne me dégoûtera plus; c'est assez d'avoir lu quelques pages de l'archidiacre.»

Il y avait à table un homme savant et de goût qui appuya ce que disait la marquise. On parla ensuite de tragédies [5]; la dame demanda pourquoi il y avait des tragédies qu'on jouait quelquefois, et qu'on ne pouvait lire. L'homme de goût expliqua très bien comment une pièce pouvait avoir quelque intérêt, et n'avoir presque aucun mérite; il prouva en peu de mots que ce n'était pas assez d'amener une ou deux de ces situations qu'on trouve dans tous les romans, et qui séduisent toujours les spectateurs, mais qu'il faut être neuf sans être bizarre, souvent sublime et toujours naturel; connaître le cœur humain et le faire parler; être grand

---

1. ***L'abbé Gauchat*** (1709-1774) : théologien et adversaire des encyclopédistes.

2. ***Impertinents*** : qui vont contre la raison, le bon sens (du latin *impertinens*, «qui ne convient pas»).

3. ***Ponter*** : poser de l'argent sur des cartes, parier.

4. Allusion à l'abbé Trublet (1697-1770), académicien, autre antiphilosophe notoire.

5. Le mini-exposé qui suit est un résumé de l'esthétique de la tragédie selon Voltaire.

Voltaire et le siècle des Lumières

Le mouvement littéraire et culturel des Lumières marque l'Europe de la première moitié du XVIIIe siècle, prônant des idées novatrices aussi bien sur les plans scientifique, philosophique, religieux et politique que social. La métaphore qui sert à le caractériser désigne le passage d'une époque dominée par l'obscurantisme et l'ignorance à une ère éclairée par la raison et la connaissance. L'*Encyclopédie* (1751-1772) de d'Alembert et Diderot, à laquelle Voltaire contribue en rédigeant une trentaine d'articles, symbolise cette visée, en voulant « rassembler les connaissances éparses sur la surface de la terre » (discours préliminaire) dans un but de transmission à tous.

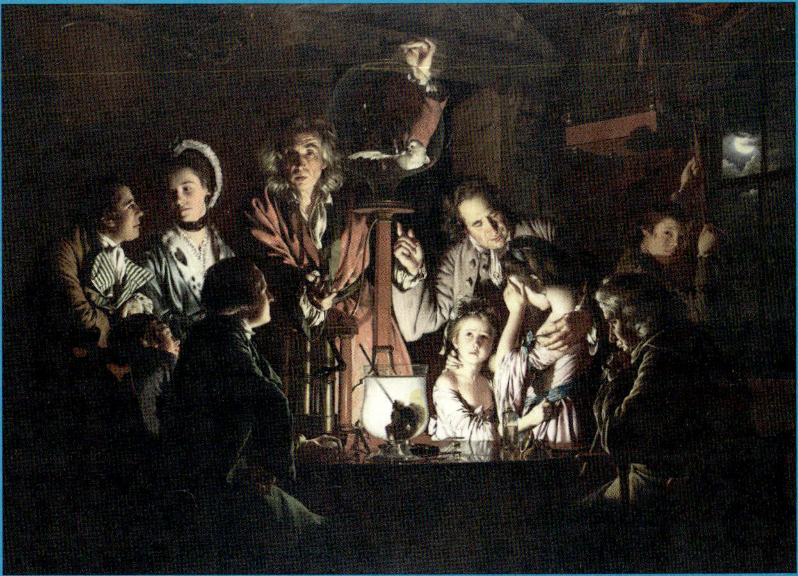

Collection particulière

▲ Joseph Wright, *Une expérience sur un oiseau dans une pompe à air* (1768), Tate Gallery de Londres. S'intéressant de près aux expériences scientifiques, le peintre anglais Joseph Wright (1734-1797) s'en inspire pour ses œuvres. Sur ce tableau, un savant reproduit l'expérience faite par Robert Boyle en 1660 visant à déterminer si, enfermé dans un globe en verre où l'on a fait le vide à l'aide d'une pompe à air, un oiseau est capable de vivre.

Questions

1. Décrivez les différents plans du tableau.
2. Observez les effets de lumière du tableau. Que mettent-ils en évidence ?
3. Comment interpréter le jeu des regards ?
4. Quelle représentation du siècle des Lumières nous offre ce tableau ?

S'il est l'auteur de plusieurs contes philosophiques, de *Lettres philosophiques* (1734) et d'un *Dictionnaire philosophique* (1764), Voltaire n'est pas toujours reconnu comme un philosophe par ses contemporains : non seulement l'originalité des genres littéraires qu'il emprunte déroute mais lui-même ne cesse de critiquer ses pairs. En témoigne le très caricatural Pangloss et sa « métaphysico-théologo-cosmolonigologie ». Voltaire reproche aux intellectuels de son temps de dissimuler leur ignorance derrière un verbiage creux.

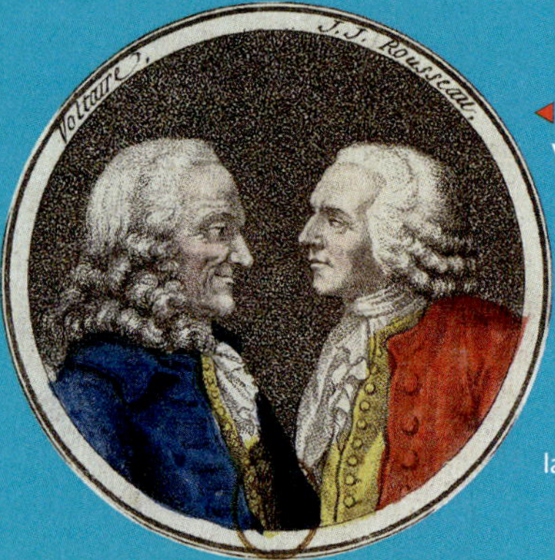

◀ ***Portrait de Voltaire et Rousseau en vis-à-vis***, v. 1790. Contemporain de Rousseau, Voltaire devient son plus farouche ennemi, défendant les vertus de la civilisation et reprochant à l'auteur du *Discours sur l'origine et les fondements de l'inégalité parmi les hommes* d'exhorter l'homme à « marcher à quatre pattes » (lettre de Voltaire à Rousseau, 30 août 1755) dans le but de retrouver la nature que la société a pervertie.

▼ ***Le Déjeuner des philosophes***, **par Jean Huber (1721-1786), rassemblant Voltaire, le père Adam, l'abbé Mauri, d'Alembert, Condorcet, Diderot, La Harpe.** Très souvent contraint à l'exil, Voltaire parcourt l'Europe, de l'Angleterre à la Prusse de Frédéric II, modèle à ses yeux de « despote éclairé ». En mars 1755, il s'installe au domaine des Délices près de Genève et, à partir de 1758, à Ferney, un petit village français frontalier de la Suisse. Proche de Voltaire, le graveur Jean Huber témoigne du quotidien de ce dernier dans ce lieu où séjournent beaucoup d'intellectuels.

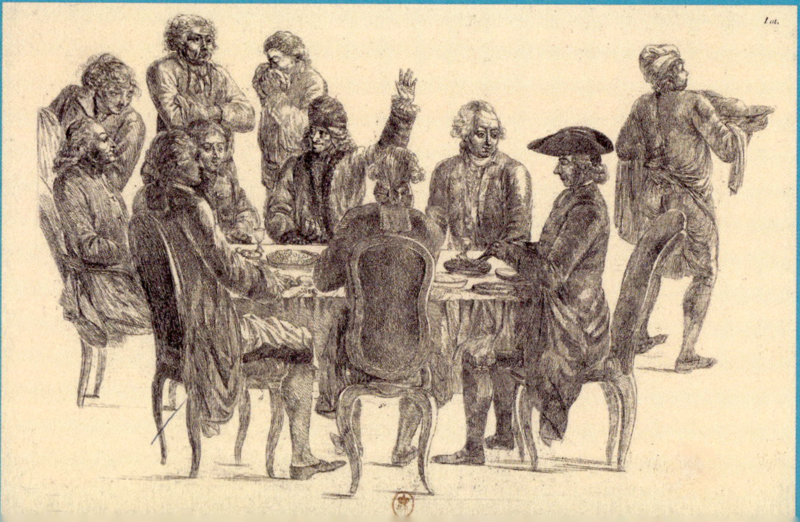

En farouche et redoutable défenseur des libertés, Voltaire endosse les combats des Lumières contre les fanatismes religieux et contre les gouvernements aveuglés par l'orgueil et assoiffés de sang.

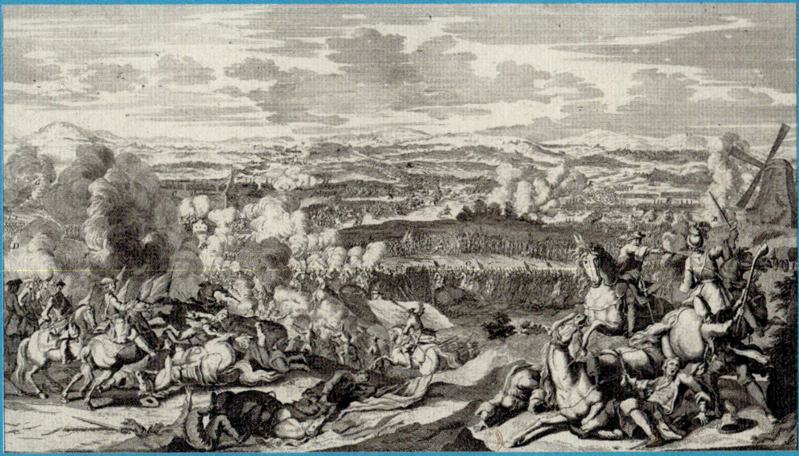

▲ ***Défaite de Contades par Ferdinand de Brunswick à Minden*, estampe, XVIIIe siècle.**
Au XVIIIe siècle, l'Europe connaît nombre de conflits – pas moins de quatre-vingt – dont la sanglante guerre de Sept Ans (1756-1763), où périrent deux cent mille Français. Épisode décisif de cette guerre, la bataille de Minden, en Rhénanie-Westphalie, en 1759, s'achève par la défaite de la France et de ses alliés, vaincus par les armées britanniques et leurs alliés (le Brunswick-Lunebourg – ou Hanovre – et le royaume de Prusse). C'est lors de cette bataille qu'aurait péri le fictif docteur Ralph, à qui Voltaire attribue l'origine de son conte (p. 41).

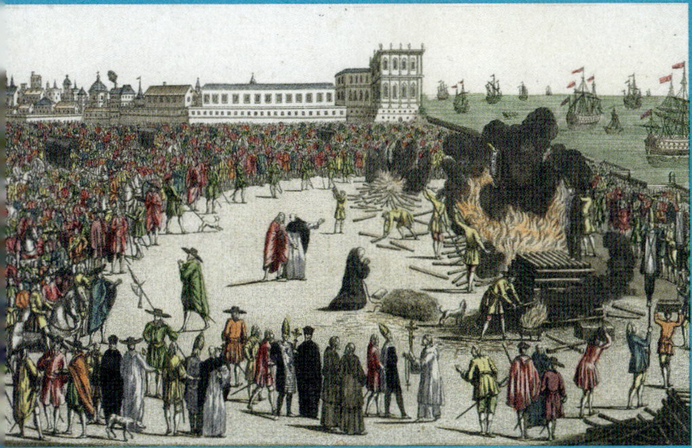

◀ ***Exécution des criminels condamnés par l'Inquisition*, estampe, 1760.**
En 1755, le séisme de Lisbonne fit près de cinquante mille victimes et exacerba le fanatisme religieux. Pour obtenir la clémence de Dieu, des individus suspectés d'hérésie furent conduits au bûcher, dans un autodafé que Voltaire rapporte au chapitre VI de *Candide*.

Heureux qui, comme Candide, a fait un beau voyage

Avec le conte philosophique, Voltaire invente un genre nouveau associant divertissement et réflexion philosophique. Entraînant son lecteur dans un espace fictif, Voltaire l'incite à s'interroger sur l'étrangeté du monde représenté.

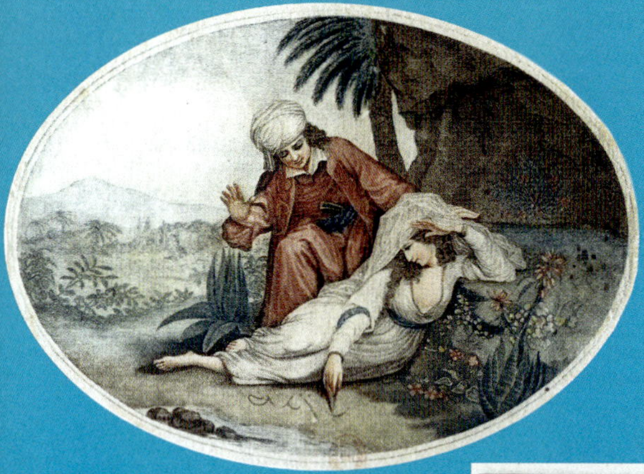

◀ *Zadig retrouve Astarté*, illustration de *Zadig ou la Destinée*, gravure de 1747. Paru onze ans avant *Candide*, ce conte (1748) se déroule dans un Orient imaginaire.

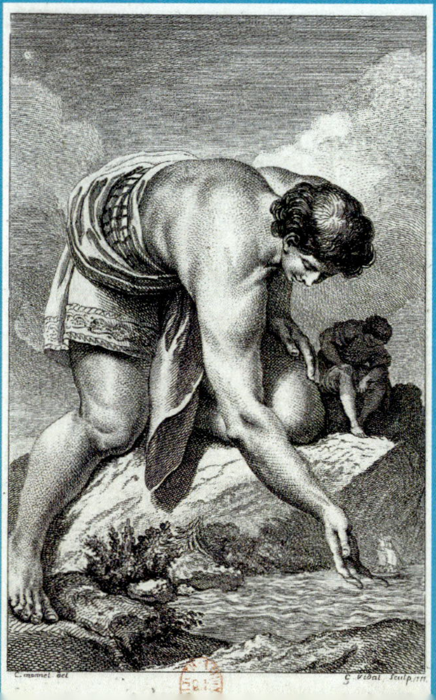

▶ Illustration du conte *Micromégas* dans l'édition des *Romans et Contes de M. de Voltaire*, 1778. Pour ce récit (1752), Voltaire imagine un habitant de la planète Sirius (le géant Micromégas) en visite sur la Terre.

Dans *Candide*, le héros et ses compagnons sillonnent le globe. Parti de sa Westphalie natale, Candide voyage en Europe (Angleterre, Pays-Bas, Italie, France, Portugal), puis s'embarque pour le Nouveau Monde (Surinam, Paraguay, Argentine), avant de terminer son périple en Orient, aux environs de Constantinople. Au cours de cet itinéraire, il visite des pays imaginaires tels l'Eldorado et le pays des Oreillons.
Mais le voyage n'est qu'un prétexte à un parcours initiatique original ; loin des faux-semblants du château de son enfance et des utopies traversées, la métairie orientale finale apparaît comme un microcosme où le bonheur devient possible à condition de s'en donner les moyens.

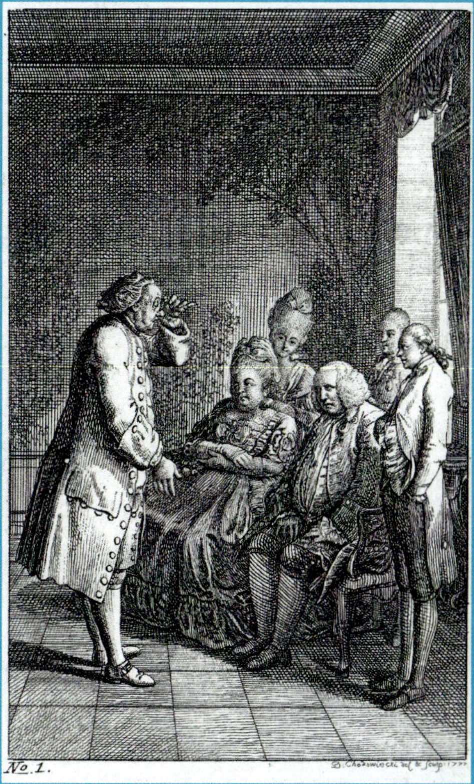

Monsieur le baron, madame la baronne, Cunégonde, Candide, le précepteur Pangloss, illustration du premier chapitre de *Candide*, édition de 1778.

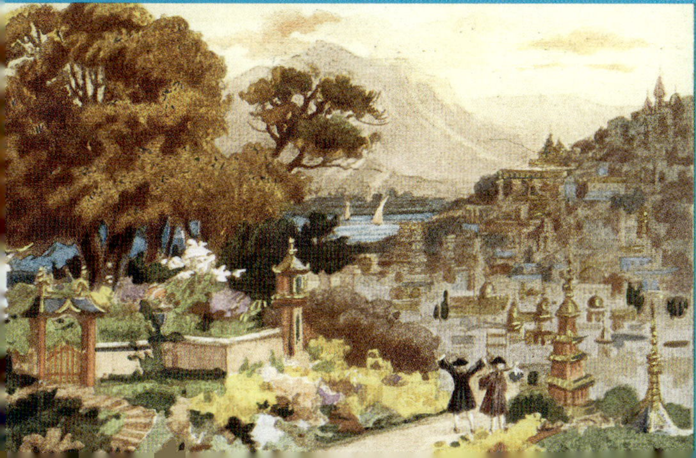

Illustration de la métairie orientale finale de *Candide*, par Edmond Malassis (1885-1940) pour une édition du conte de 1922.

La postérité de *Candide* dans les arts

Le conte de Voltaire a beaucoup inspiré les arts. Il a été adapté au cinéma (en 1960, par Norbert Carbonnaux, avec Louis de Funès, Pierre Brasseur, Jean-Pierre Cassel…), au théâtre (notamment par Daniel Mesguish en 1974 et, plus récemment, en 2013, par Emmanuel Daumas à la Comédie-Française), en spectacle de marionnettes (au théâtre de la Licorne en 1992) et à l'opéra (sur une musique de Leonard Bernstein en 2007). L'artiste contemporain Paul Klee en offre une édition illustrée en 1920.

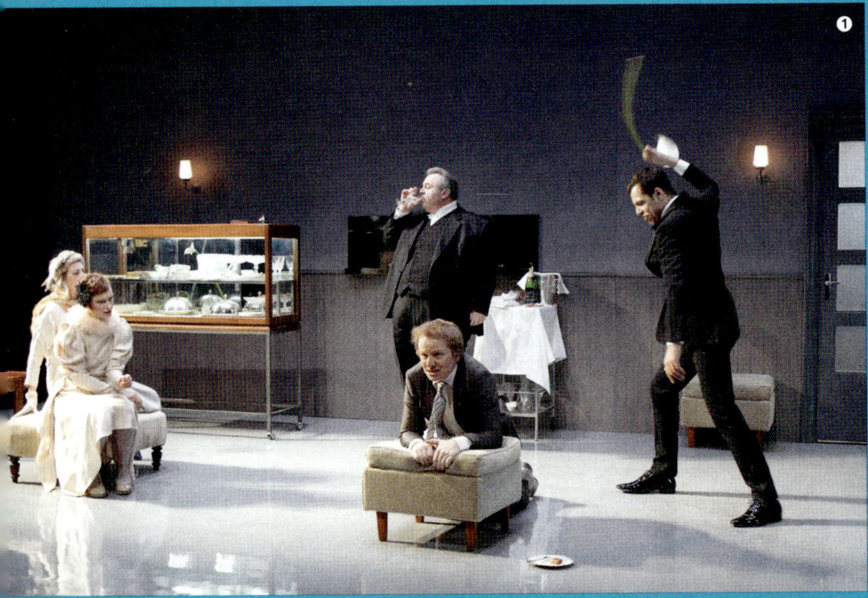

1

▲ *Candide* mis en scène par Emmanuel Daumas au Studio Théâtre de la Comédie-Française, 2013. Loin de chercher à transposer fidèlement le conte, Emmanuel Daumas situe son adaptation dans la société mondaine du début du siècle. Il s'emploie à raconter *Candide* à un spectateur idéal qui jouerait lui-même le rôle du personnage éponyme. Ce dispositif, ainsi que celui du théâtre dans le théâtre, créent la complicité avec le public, appelée par l'écriture voltairienne, notamment par son ironie.

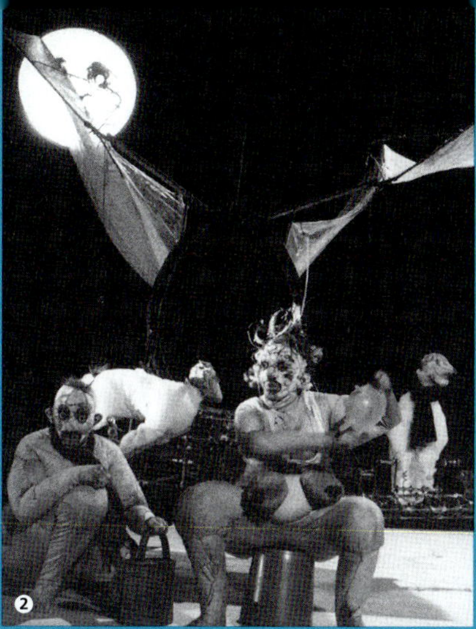

2

Candide adapté et mis en scène par Claire Dancoisne, coproduction théâtre de La Licorne avec La Métaphore-Centre dramatique national de Lille, 1992.
Lors de son adaptation en théâtre de marionnettes, Claire Dancoisne privilégie la dimension merveilleuse du conte. Un sobre décor en noir et blanc et un travail de précision sur les lumières mettent en valeur les quatre comédiens entourés de leurs manipulateurs. Les masques confèrent aux personnages un regard ahuri, à la fois comique et effrayant et les costumes les déforment à outrance. Un sentiment d'inquiétude domine face à l'étrangeté du monde représenté.

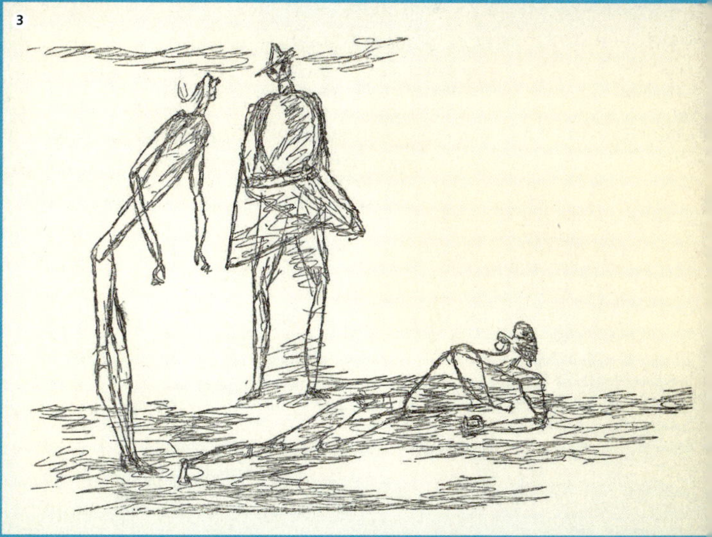

3

Illustration du chapitre XIX de *Candide ou l'Optimisme*, par Paul Klee, pour une édition de 1920.

Questions

1. Quel est l'épisode représenté sur le document 1, page ci-contre ?
2. Quels éléments témoignent d'une modernisation du conte dans cette mise en scène ?
3. Décrivez le personnage de Candide sur le document 1 et le document 3 (dessin de Paul Klee). Quelles sont ses caractéristiques ?
4. Comparez le dessin de Paul Klee et la gravure illustrant l'épisode du « nègre de Surinam » (p. 115). Quel est l'effet produit dans les deux cas ?

Immortaliser le Grand Homme

Voltaire est immortalisé de son vivant par deux célèbres sculpteurs, Jean-Baptiste Pigalle (1714-1785) et Jean-Antoine Houdon (1741-1828), dont les œuvres se trouvent aujourd'hui respectivement au musée du Louvre et à la Comédie-Française.

▶ *Voltaire nu*, par Jean-Baptiste Pigalle, 1776.
Répondant à une commande, comme l'indique l'inscription sur le socle : « Monsieur de Voltaire, par les gens de lettres, ses compatriotes, et ses contemporains », la sculpture de Pigalle a fait scandale en son temps. Sur un mode naturaliste, l'écrivain, alors septuagénaire, y est représenté à l'antique, dans le plus simple appareil, sans aucune idéalisation du corps.

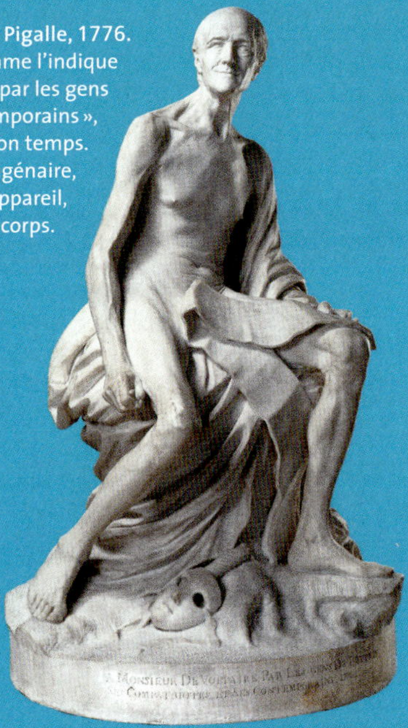

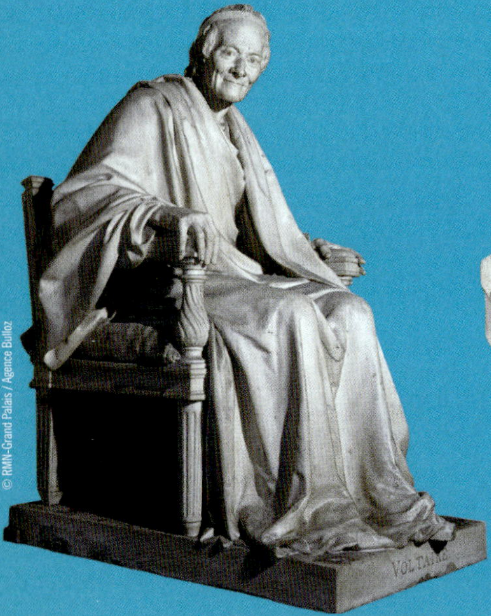

▲ ***Voltaire assis*,**
par Jean-Antoine Houdon, 1781.
La sculpture plus académique de Houdon, représentant Voltaire, assis dans un fauteuil et vêtu d'une toge de philosophe, la tête ornée d'un ruban symbolisant son immortalité, obtint davantage de succès à son époque.

Questions

1. Dans la sculpture de Pigalle, quels éléments contribuent à la représentation simple et naturelle d'un vieillard ?
2. Néanmoins, en quoi son visage se démarque-t-il du reste du corps ? D'après vous, pourquoi ?
3. Quels éléments symbolisent ses différentes activités intellectuelles ?
4. Finalement, quel hommage Pigalle rend-il à l'homme de lettres ? Comparez ce choix avec celui de Jean-Antoine Houdon.

poète sans que jamais aucun personnage de la pièce paraisse poète ; savoir parfaitement sa langue, la parler avec pureté, avec une harmonie continue, sans que jamais la rime coûte rien au sens. « Quiconque, ajouta-t-il, n'observe pas toutes ces règles peut faire une ou deux tragédies applaudies au théâtre, mais il ne sera jamais compté au rang des bons écrivains ; il y a très peu de bonnes tragédies : les unes sont des idylles en dialogues bien écrits et bien rimés ; les autres, des raisonnements politiques qui endorment, ou des amplifications qui rebutent ; les autres, des rêves d'énergumène, en style barbare, des propos interrompus, de longues apostrophes aux dieux, parce qu'on ne sait point parler aux hommes, des maximes fausses, des lieux communs ampoulés [1]. »

Candide écouta ce propos avec attention, et conçut une grande idée du discoureur ; et, comme la marquise avait eu soin de le placer à côté d'elle, il s'approcha de son oreille, et prit la liberté de lui demander qui était cet homme qui parlait si bien. « C'est un savant, dit la dame, qui ne ponte point, et que l'abbé m'amène quelquefois à souper : il se connaît parfaitement en tragédies et en livres, et il a fait une tragédie sifflée, et un livre dont on n'a jamais vu hors de la boutique de son libraire qu'un exemplaire, qu'il m'a dédié. – Le grand homme ! dit Candide, c'est un autre Pangloss. »

Alors, se tournant vers lui, il lui dit : « Monsieur, vous pensez sans doute que tout est au mieux dans le monde physique et dans le moral, et que rien ne pouvait être autrement ? – Moi, monsieur, lui répondit le savant, je ne pense rien de tout cela ; je trouve que tout va de travers chez nous, que personne ne sait ni quel est son rang, ni quelle est sa charge, ni ce qu'il fait, ni ce qu'il doit faire, et qu'excepté le souper, qui est assez gai, et où il paraît assez d'union, tout le reste du temps se passe en querelles impertinentes : jansénistes contre molinistes [2], gens du parlement

1. ***Ampoulés*** : emphatiques.
2. ***Molinistes*** : jésuites ; partisans du jésuite Luis Molina (1536-1600), défendant la thèse selon laquelle le libre arbitre modifie la prédestination, ce que niaient les jansénistes (voir Pascal, *Les Provinciales*, 1656-1657, lettre II).

contre gens d'église, gens de lettres contre gens de lettres, courtisans contre courtisans, financiers contre le peuple, femmes contre maris, parents contre parents ; c'est une guerre éternelle. »

Candide lui répliqua : « J'ai vu pis ; mais un sage, qui depuis a eu le malheur d'être pendu, m'apprit que tout cela est à merveille : ce sont des ombres à un beau tableau. – Votre pendu se moquait du monde, dit Martin ; vos ombres sont des taches horribles. – Ce sont les hommes qui font les taches, dit Candide, et ils ne peuvent pas s'en dispenser. – Ce n'est donc pas leur faute », dit Martin. La plupart des pontes, qui n'entendaient rien à ce langage, buvaient ; et Martin raisonna avec le savant, et Candide raconta une partie de ses aventures à la dame du logis.

Après souper, la marquise mena Candide dans son cabinet, et le fit asseoir sur un canapé. « Eh bien ! lui dit-elle, vous aimez donc toujours éperdument mademoiselle Cunégonde de Thunder-ten-tronckh ? – Oui, madame », répondit Candide. La marquise lui répliqua avec un sourire tendre : « Vous me répondez comme un jeune homme de Vestphalie ; un Français m'aurait dit : "Il est vrai que j'ai aimé mademoiselle Cunégonde ; mais, en vous voyant, madame, je crains de ne la plus aimer." – Hélas ! madame, dit Candide, je répondrai comme vous voudrez. – Votre passion pour elle, dit la marquise, a commencé en ramassant son mouchoir ; je veux que vous ramassiez ma jarretière. – De tout mon cœur », dit Candide ; et il la ramassa. « Mais je veux que vous me la remettiez », dit la dame ; et Candide la lui remit. « Voyez-vous, dit la dame, vous êtes étranger ; je fais quelquefois languir mes amants de Paris quinze jours, mais je me rends à vous dès la première nuit, parce qu'il faut faire les honneurs de son pays à un jeune homme de Vestphalie. » La belle, ayant aperçu deux énormes diamants aux deux mains de son jeune étranger, les loua de si bonne foi que des doigts de Candide ils passèrent aux doigts de la marquise.

Candide, en s'en retournant avec son abbé périgourdin, sentit quelques remords d'avoir fait une infidélité à mademoiselle

Cunégonde ; monsieur l'abbé entra dans sa peine ; il n'avait qu'une légère part [1] aux cinquante mille livres perdues au jeu par Candide, et à la valeur des deux brillants moitié donnés, moitié extorqués. Son dessein était de profiter, autant qu'il le pourrait, des avantages que la connaissance de Candide pouvait lui procurer. Il lui parla beaucoup de Cunégonde, et Candide lui dit qu'il demanderait bien pardon à cette belle de son infidélité, quand il la verrait à Venise.

Le Périgourdin redoublait de politesses et d'attentions, et prenait un intérêt tendre à tout ce que Candide disait, à tout ce qu'il faisait, à tout ce qu'il voulait faire. « Vous avez donc, monsieur, lui dit-il, un rendez-vous à Venise ? – Oui, monsieur l'abbé, dit Candide ; il faut absolument que j'aille trouver mademoiselle Cunégonde. » Alors, engagé par le plaisir de parler de ce qu'il aimait, il conta, selon son usage, une partie de ses aventures avec cette illustre Vestphalienne.

« Je crois, dit l'abbé, que mademoiselle Cunégonde a bien de l'esprit, et qu'elle écrit des lettres charmantes. – Je n'en ai jamais reçu, dit Candide ; car, figurez-vous qu'ayant été chassé du château pour l'amour d'elle, je ne pus lui écrire ; que bientôt après j'appris qu'elle était morte, qu'ensuite je la retrouvai, et que je la perdis, et que je lui ai envoyé à deux mille cinq cents lieues d'ici un exprès [2] dont j'attends la réponse. »

L'abbé écoutait attentivement, et paraissait un peu rêveur. Il prit bientôt congé des deux étrangers, après les avoir tendrement embrassés. Le lendemain Candide reçut à son réveil une lettre conçue en ces termes :

« Monsieur mon très cher amant, il y a huit jours que je suis malade en cette ville ; j'apprends que vous y êtes. Je volerais dans vos bras si je pouvais remuer. J'ai su votre passage à Bordeaux ; j'y ai laissé le fidèle Cacambo et la vieille, qui doivent bientôt

1. En tant que complice (simple rabatteur).
2. *Exprès* : messager.

me suivre. Le gouverneur de Buenos-Ayres a tout pris, mais il me reste votre cœur. Venez ; votre présence me rendra la vie ou me fera mourir de plaisir.»

Cette lettre charmante, cette lettre inespérée, transporta Candide d'une joie inexprimable ; et la maladie de sa chère Cunégonde l'accabla de douleur. Partagé entre ces deux sentiments, il prend son or et ses diamants, et se fait conduire avec Martin à l'hôtel où mademoiselle Cunégonde demeurait. Il entre en tremblant d'émotion, son cœur palpite, sa voix sanglote ; il veut ouvrir les rideaux du lit ; il veut faire apporter de la lumière. «Gardez-vous-en bien, lui dit la suivante ; la lumière la tue» ; et soudain elle referme le rideau. «Ma chère Cunégonde, dit Candide en pleurant, comment vous portez-vous ? si vous ne pouvez me voir, parlez-moi du moins. – Elle ne peut parler», dit la suivante. La dame alors tire du lit une main potelée que Candide arrose longtemps de ses larmes, et qu'il remplit ensuite de diamants, en laissant un sac plein d'or sur le fauteuil.

Au milieu de ses transports arrive un exempt [1] suivi de l'abbé périgourdin et d'une escouade. «Voilà donc, dit-il, ces deux étrangers suspects ?» Il les fait incontinent saisir, et ordonne à ses braves [2] de les traîner en prison. «Ce n'est pas ainsi qu'on traite les voyageurs dans le Dorado, dit Candide. – Je suis plus manichéen que jamais, dit Martin. – Mais, monsieur, où nous menez-vous ? dit Candide. – Dans un cul-de-basse-fosse [3]», dit l'exempt.

Martin, ayant repris son sang-froid, jugea que la dame qui se prétendait Cunégonde était une friponne, monsieur l'abbé périgourdin un fripon qui avait abusé au plus vite de l'innocence de Candide, et l'exempt un autre fripon dont on pouvait aisément se débarrasser.

1. ***Exempt*** : officier de police chargé des arrestations, appuyé d'une troupe de gendarmes (une «escouade»).
2. ***Ses braves*** : ses hommes.
3. ***Dans un cul-de-basse-fosse*** : au fin fond d'un cachot souterrain.

Plutôt que de s'exposer aux procédures de la justice, Candide, éclairé par son conseil, et d'ailleurs toujours impatient de revoir la véritable Cunégonde, propose à l'exempt trois petits diamants d'environ trois mille pistoles chacun. « Ah ! monsieur, lui dit l'homme au bâton d'ivoire [1], eussiez-vous commis tous les crimes imaginables, vous êtes le plus honnête homme du monde. Trois diamants ! chacun de trois mille pistoles ! Monsieur ! je me ferais tuer pour vous, au lieu de vous mener dans un cachot. On arrête tous les étrangers [2], mais laissez-moi faire ; j'ai un frère à Dieppe en Normandie ; je vais vous y mener ; et si vous avez quelque diamant à lui donner, il aura soin de vous comme moi-même. – Et pourquoi arrête-t-on tous les étrangers ? » dit Candide. L'abbé périgourdin prit alors la parole, et dit : « C'est parce qu'un gueux du pays d'Atrébatie [3] a entendu dire des sottises [4] : cela seul lui a fait commettre un parricide [5], non pas tel que celui de 1610 au mois de mai, mais tel que celui de 1594 au mois de décembre [6], et tel que plusieurs autres commis dans d'autres années et dans d'autres mois par d'autres gueux qui avaient entendu dire des sottises. »

L'exempt alors expliqua de quoi il s'agissait. « Ah ! les monstres ! s'écria Candide ; quoi ! de telles horreurs chez un peuple qui danse et qui chante ! Ne pourrai-je sortir au plus vite de ce pays où des singes agacent des tigres ? J'ai vu des ours dans mon

---

1. L'exempt, défini par l'insigne de son autorité ; ce bâton était d'ébène, et les deux extrémités étaient d'ivoire.

2. Allusion aux arrestations d'étrangers après l'attentat de Damiens (1715-1757), né près d'Arras (Artois), contre Louis XV, le 20 janvier 1757.

3. ***Atrébatie*** : Artois (mot formé d'après le nom celtique de la peuplade des Atrébates).

4. ***A entendu dire des sottises*** : a entendu des propos de fanatiques poussant au meurtre. Damiens aurait prêté l'oreille aux critiques des parlementaires locaux contre le roi.

5. ***Parricide*** : ici, régicide.

6. Le roi Henri IV subit une tentative d'assassinat le 27 décembre 1594 et fut assassiné le 14 mai 1610 par Ravaillac.

pays ; je n'ai vu des hommes que dans le Dorado. Au nom de Dieu, monsieur l'exempt, menez-moi à Venise, où je dois attendre mademoiselle Cunégonde. – Je ne peux vous mener qu'en Basse-Normandie », dit le barigel [1]. Aussitôt il lui fait ôter ses fers, dit qu'il s'est mépris, renvoie ses gens, et emmène à Dieppe [2] Candide et Martin, et les laisse entre les mains de son frère. Il y avait un petit vaisseau hollandais à la rade. Le Normand, à l'aide de trois autres diamants devenu le plus serviable des hommes, embarque Candide et ses gens dans le vaisseau qui allait faire voile pour Portsmouth en Angleterre. Ce n'était pas le chemin de Venise ; mais Candide croyait être délivré de l'enfer ; et il comptait bien reprendre la route de Venise à la première occasion.

Chapitre XXIII
Candide et Martin vont sur les côtes d'Angleterre ; ce qu'ils y voient

« Ah ! Pangloss ! Pangloss ! Ah ! Martin ! Martin ! Ah ! ma chère Cunégonde ! qu'est-ce que ce monde-ci ? disait Candide sur le vaisseau hollandais. – Quelque chose de bien fou et de bien abominable, répondait Martin. – Vous connaissez l'Angleterre ; y est-on aussi fou qu'en France ? – C'est une autre espèce de folie, dit Martin. Vous savez que ces deux nations sont en guerre pour quelques arpents de neige vers le Canada [3], et qu'elles dépensent pour cette belle guerre beaucoup plus que tout le Canada ne vaut. De vous dire précisément s'il y a plus de gens à lier dans un pays que dans un autre, c'est ce que mes faibles lumières ne me

1. ***Le barigel*** : l'exempt (voir note 1, p. 134 ; de l'italien *bargello*, « chef de police »).
2. ***Dieppe*** : ville portuaire située en Haute-Normandie.
3. La France et l'Angleterre se disputaient le nord des Grands Lacs et la vallée du Saint-Laurent.

permettent pas. Je sais seulement qu'en général les gens que nous allons voir sont fort atrabilaires [1]. »

En causant ainsi ils abordèrent à Portsmouth ; une multitude de peuple couvrait le rivage, et regardait attentivement un assez gros homme qui était à genoux, les yeux bandés, sur le tillac d'un des vaisseaux de la flotte ; quatre soldats, postés vis-à-vis de cet homme, lui tirèrent chacun trois balles dans le crâne, le plus paisiblement du monde, et toute l'assemblée s'en retourna extrêmement satisfaite. « Qu'est-ce donc que tout ceci ? dit Candide ; et quel démon exerce partout son empire ? » Il demanda qui était ce gros homme qu'on venait de tuer en cérémonie. « C'est un amiral [2], lui répondit-on. – Et pourquoi tuer cet amiral ? – C'est, lui dit-on, parce qu'il n'a pas fait tuer assez de monde ; il a livré un combat à un amiral français, et on a trouvé qu'il n'était pas assez près de lui. – Mais, dit Candide, l'amiral français était aussi loin de l'amiral anglais que celui-ci l'était de l'autre ! – Cela est incontestable, lui répliqua-t-on ; mais dans ce pays-ci il est bon de tuer de temps en temps un amiral pour encourager les autres. »

Candide fut si étourdi et si choqué de ce qu'il voyait et de ce qu'il entendait qu'il ne voulut pas seulement mettre pied à terre, et qu'il fit son marché avec le patron hollandais (dût-il le voler comme celui de Surinam) pour le conduire sans délai à Venise.

Le patron fut prêt au bout de deux jours. On côtoya la France. On passa à la vue de Lisbonne, et Candide frémit. On entra dans le détroit et dans la Méditerranée. Enfin on aborda à Venise. « Dieu soit loué ! dit Candide, en embrassant Martin ; c'est ici que je reverrai la belle Cunégonde. Je compte sur Cacambo comme sur moi-même. Tout est bien, tout va bien, tout va le mieux qu'il soit possible. »

---

1. ***Atrabilaires*** : tristes, déprimés.

2. Allusion à l'amiral John Byng (1704-1757) ; vaincu par la flotte française près de Minorque en mai 1756, il fut jugé pour trahison par manque de combativité, et condamné à être fusillé sur son vaisseau en rade de Portsmouth.

Chapitre XXIV
De Paquette, et de frère Giroflée

Dès qu'il fut à Venise, il fit chercher Cacambo dans tous les cabarets, dans tous les cafés, chez toutes les filles de joie [1], et ne le trouva point. Il envoyait tous les jours à la découverte de tous les vaisseaux et de toutes les barques : nulles nouvelles de Cacambo. «Quoi ! disait-il à Martin, j'ai eu le temps de passer de Surinam à Bordeaux, d'aller de Bordeaux à Paris, de Paris à Dieppe, de Dieppe à Portsmouth, de côtoyer le Portugal et l'Espagne, de traverser toute la Méditerranée, de passer quelques mois à Venise, et la belle Cunégonde n'est point venue ! Je n'ai rencontré au lieu d'elle qu'une drôlesse et un abbé périgourdin ! Cunégonde est morte, sans doute ; je n'ai plus qu'à mourir. Ah ! il valait mieux rester dans le paradis du Dorado que de revenir dans cette maudite Europe. Que vous avez raison, mon cher Martin ! tout n'est qu'illusion et calamité.»

Il tomba dans une mélancolie noire [2], et ne prit aucune part à l'opéra *alla moda* [3], ni aux autres divertissements du carnaval [4] ; pas une dame ne lui donna la moindre tentation. Martin lui dit : «Vous êtes bien simple, en vérité, de vous figurer qu'un valet métis qui a cinq ou six millions dans ses poches ira chercher votre maîtresse au bout du monde et vous l'amènera à Venise. Il la prendra pour lui, s'il la trouve. S'il ne la trouve pas, il en prendra une autre. Je vous conseille d'oublier votre valet Cacambo et votre maîtresse Cunégonde.» Martin n'était pas consolant. La mélancolie de Candide augmenta, et Martin ne cessait de lui prouver qu'il y avait peu de vertu et peu de bonheur sur la

---

1. ***Filles de joie*** : prostituées.
2. ***Mélancolie noire*** : état de dépression.
3. ***Alla moda*** : à la mode (expression italienne).
4. Très baroque à Venise, le carnaval (en février) donnait lieu à des fêtes, des bals costumés, des défilés, des concerts, etc.

terre ; excepté peut-être dans Eldorado, où personne ne pouvait aller.

En disputant sur cette matière importante, et en attendant Cunégonde, Candide aperçut un jeune théatin [1] dans la place Saint-Marc [2], qui tenait sous le bras une fille. Le théatin paraissait frais, potelé, vigoureux ; ses yeux étaient brillants, son air assuré, sa mine haute, sa démarche fière. La fille était très jolie, et chantait ; elle regardait amoureusement son théatin, et de temps en temps, lui pinçait ses grosses joues. « Vous m'avouerez du moins, dit Candide à Martin, que ces gens-ci sont heureux. Je n'ai trouvé jusqu'à présent dans toute la terre habitable, excepté dans Eldorado, que des infortunés ; mais pour cette fille et ce théatin, je gage que ce sont des créatures très heureuses. – Je gage que non, dit Martin. – Il n'y a qu'à les prier à dîner, dit Candide, et vous verrez si je me trompe. »

Aussitôt il les aborde, il leur fait son compliment [3], et les invite à venir à son hôtellerie manger des macaronis, des perdrix de Lombardie, des œufs d'esturgeon, et à boire du vin de Montepulciano, du lacryma-christi, du chypre, et du samos [4]. La demoiselle rougit, le théatin accepta la partie [5], et la fille le suivit en regardant Candide avec des yeux de surprise et de confusion, qui furent obscurcis de quelques larmes. À peine fut-elle entrée dans la chambre [6] de Candide, qu'elle lui dit : « Eh quoi ! monsieur Candide ne reconnaît plus Paquette ! » À ces mots, Candide, qui ne l'avait pas considérée jusque-là avec attention, parce qu'il

---

1. ***Théatin*** : membre d'un ordre, fondé en 1524 par Pietro Carafa (1476-1559), évêque de Chieti, visant à donner une image exemplaire des mœurs des gens d'Église.
2. ***Place Saint-Marc*** : grand-place de Venise, devant la basilique Saint-Marc.
3. ***Il leur fait son compliment*** : il leur présente ses salutations.
4. ***Du vin de Montepulciano, du lacryma-christi, du chypre, et du samos*** : vins italiens.
5. ***La partie*** : l'invitation.
6. ***Chambre*** : appartement.

n'était occupé que de Cunégonde, lui dit : « Hélas ! ma pauvre enfant, c'est donc vous qui avez mis le docteur Panglos dans le bel état où je l'ai vu ?

– Hélas ! monsieur, c'est moi-même, dit Paquette ; je vois que vous êtes instruit de tout. J'ai su les malheurs épouvantables arrivés à toute la maison de madame la baronne et à la belle Cunégonde. Je vous jure que ma destinée n'a guère été moins triste. J'étais fort innocente quand vous m'avez vue. Un cordelier qui était mon confesseur, me séduisit aisément. Les suites en furent affreuses ; je fus obligée de sortir du château quelque temps après que monsieur le baron vous eut renvoyé à grands coups de pied dans le derrière. Si un fameux médecin n'avait pas pris pitié de moi, j'étais morte. Je fus quelque temps par reconnaissance la maîtresse de ce médecin. Sa femme, qui était jalouse à la rage, me battait tous les jours impitoyablement ; c'était une furie. Ce médecin était le plus laid de tous les hommes, et moi la plus malheureuse de toutes les créatures d'être battue continuellement pour un homme que je n'aimais pas. Vous savez, monsieur, combien il est dangereux pour une femme acariâtre d'être l'épouse d'un médecin. Celui-ci, outré des procédés de sa femme, lui donna un jour, pour la guérir d'un petit rhume, une médecine si efficace qu'elle en mourut en deux heures de temps dans des convulsions horribles. Les parents de madame intentèrent à monsieur un procès criminel ; il prit la fuite, et moi je fus mise en prison. Mon innocence ne m'aurait pas sauvée si je n'avais été un peu jolie. Le juge m'élargit [1], à condition qu'il succéderait au médecin. Je fus bientôt supplantée par une rivale, chassée sans récompense, et obligée de continuer ce métier abominable qui vous paraît si plaisant à vous autres hommes, et qui n'est pour nous qu'un abîme de misères. J'allai exercer la profession à Venise. Ah ! monsieur, si vous pouviez vous imaginer [2] ce que c'est que d'être obligée

1. ***M'élargit*** : me relaxa, me remit en liberté.
2. Cet exposé du point de vue de la prostituée est inouï à cette date.

de caresser indifféremment un vieux marchand, un avocat, un moine, un gondolier, un abbé ; d'être exposée à toutes les insultes, à toutes les avanies ; d'être souvent réduite à emprunter une jupe pour aller se la faire lever par un homme dégoûtant ; d'être volée par l'un de ce qu'on a gagné avec l'autre ; d'être rançonnée [1] par les officiers de justice, et de n'avoir en perspective qu'une vieillesse affreuse, un hôpital, et un fumier [2], vous concluriez que je suis une des plus malheureuses créatures du monde. »

Paquette ouvrait ainsi son cœur au bon Candide, dans un cabinet, en présence de Martin, qui disait à Candide : « Vous voyez que j'ai déjà gagné la moitié de la gageure [3]. »

Frère Giroflée était resté dans la salle à manger, et buvait un coup en attendant le dîner. « Mais, dit Candide à Paquette, vous aviez l'air si gai, si content, quand je vous ai rencontrée ; vous chantiez, vous caressiez le théatin avec une complaisance naturelle ; vous m'avez paru aussi heureuse que vous prétendez être infortunée. – Ah ! monsieur, répondit Paquette, c'est encore là une des misères du métier. J'ai été hier volée et battue par un officier, et il faut aujourd'hui que je paraisse de bonne humeur pour plaire à un moine. »

Candide n'en voulut pas davantage ; il avoua que Martin avait raison. On se mit à table avec Paquette et le théatin ; le repas fut assez amusant, et sur la fin on se parla avec quelque confiance. « Mon père, dit Candide au moine, vous me paraissez jouir d'une destinée que tout le monde doit envier ; la fleur de la santé brille sur votre visage, votre physionomie annonce le bonheur ; vous avez une très jolie fille pour votre récréation [4], et vous paraissez très content de votre état de théatin.

– Ma foi, monsieur, dit frère Giroflée, je voudrais que tous les théatins fussent au fond de la mer. J'ai été tenté cent fois de

1. Par des amendes et des frais de dossiers.
2. ***Fumier*** : fosse puante (où sera jeté son cadavre de fille de joie).
3. ***De la gageure*** : du pari.
4. ***Récréation*** : amusement, plaisir.

mettre le feu au couvent, et d'aller me faire turc [1]. Mes parents me forcèrent, à l'âge de quinze ans, d'endosser cette détestable robe, pour laisser plus de fortune à un maudit frère aîné [2] que Dieu confonde ! La jalousie, la discorde, la rage habitent dans le couvent. Il est vrai que j'ai prêché quelques mauvais sermons qui m'ont valu un peu d'argent dont le prieur me vole la moitié : le reste me sert à entretenir des filles ; mais quand je rentre le soir dans le monastère, je suis prêt de me casser la tête contre les murs du dortoir ; et tous mes confrères sont dans le même cas. »

Martin se tournant vers Candide avec son sang-froid ordinaire : « Eh bien ! lui dit-il, n'ai-je pas gagné la gageure tout entière ? » Candide donna deux mille piastres à Paquette et mille piastres à frère Giroflée. « Je vous réponds, dit-il, qu'avec cela ils seront heureux. – Je n'en crois rien du tout, dit Martin ; vous les rendrez peut-être avec ces piastres beaucoup plus malheureux encore. – Il en sera ce qui pourra, dit Candide ; mais une chose me console, je vois qu'on retrouve souvent les gens qu'on ne croyait jamais retrouver : il se pourra bien faire qu'ayant rencontré mon mouton rouge et Paquette, je rencontre aussi Cunégonde. – Je souhaite, dit Martin, qu'elle fasse un jour votre bonheur ; mais c'est de quoi je doute fort. – Vous êtes bien dur, dit Candide. – C'est que j'ai vécu, dit Martin.

– Mais regardez ces gondoliers [3], dit Candide ; ne chantent-ils pas sans cesse ? – Vous ne les voyez pas dans leur ménage, avec leurs femmes et leurs marmots d'enfants, dit Martin. Le doge [4] a ses chagrins, les gondoliers ont les leurs. Il est vrai qu'à tout

1. ***Me faire turc*** : me convertir à l'islam (ce qu'il fera, voir le chapitre XXX).
2. Principe de droit coutumier dans les familles aisées : pour préserver le patrimoine, l'aîné héritait tout, et le puîné (le cadet) était forcé d'entrer dans les ordres (de se faire moine ou prêtre).
3. ***Gondoliers*** : conducteurs de gondoles, longues barques noires faites pour circuler dans les cent cinquante canaux de la ville.
4. ***Doge*** : chef d'État (élu à vie) de la république de Venise (mot vénitien, du latin *dux*, *ducis*, « duc »).

prendre le sort d'un gondolier est préférable à celui d'un doge ; mais je crois la différence si médiocre que cela ne vaut pas la peine d'être examiné.

– On parle, dit Candide, du sénateur [1] Pococuranté, qui demeure dans ce beau palais sur la Brenta [2] et qui reçoit assez bien les étrangers. On prétend que c'est un homme qui n'a jamais eu de chagrin [3]. – Je voudrais voir une espèce si rare », dit Martin. Candide aussitôt fit demander au seigneur Pococuranté la permission de venir le voir le lendemain.

Chapitre XXV
Visite chez le seigneur Pococuranté, noble vénitien

Candide et Martin allèrent en gondole sur la Brenta, et arrivèrent au palais du noble Pococuranté. Les jardins étaient bien entendus [4], et ornés de belles statues de marbre ; le palais, d'une belle architecture. Le maître du logis, homme de soixante ans, fort riche, reçut très poliment les deux curieux, mais avec très peu d'empressement, ce qui déconcerta Candide et ne déplut point à Martin.

D'abord deux filles jolies et proprement mises [5] servirent du chocolat [6], qu'elles firent très bien mousser. Candide ne put s'em-

1. L'organisation des pouvoirs était complexe à Venise pour éviter un coup d'État, mais le Sénat (cent vingt sénateurs) avait la main sur les questions économiques et militaires, et sur la politique étrangère.
2. ***Brenta*** : rivière vénitienne, bordée de luxueuses villas (*palazzi*) d'aristocrates vénitiens.
3. ***Pococuranté*** : le nom est formé sur l'italien *poco curante* (« peu soucieux », « qui se fait peu de souci », « qui se moque de tout »).
4. ***Bien entendus*** : « disposé[s] avec beaucoup d'art, avec ordre, et selon les règles » (*Dictionnaire de l'Académie*, 1762).
5. ***Proprement mises*** : vêtues avec élégance.
6. ***Chocolat*** : à l'époque boisson de luxe, exotique, raffinée.

pêcher de les louer sur leur beauté, sur leur bonne grâce, et sur leur adresse. « Ce sont d'assez bonnes créatures, dit le sénateur Pococurante ; je les fais quelquefois coucher dans mon lit, car je suis bien las des dames [1] de la ville, de leurs coquetteries, de leurs jalousies, de leurs querelles, de leurs humeurs, de leurs petitesses, de leur orgueil, de leurs sottises, et des sonnets qu'il faut faire ou commander pour elles ; mais, après tout, ces deux filles commencent fort à m'ennuyer. »

Candide, après le déjeuner, se promenant dans une longue galerie, fut surpris de la beauté des tableaux. Il demanda de quel maître étaient les deux premiers. « Ils sont de Raphaël [2], dit le sénateur ; je les achetai fort cher par vanité, il y a quelques années ; on dit que c'est ce qu'il a de plus beau en Italie, mais ils ne me plaisent point du tout : la couleur en est très rembrunie [3], les figures ne sont pas assez arrondies [4], et ne sortent point assez ; les draperies ne ressemblent en rien à une étoffe : en un mot, quoi qu'on en dise, je ne trouve point là une imitation vraie de la nature. Je n'aimerai un tableau que quand je croirai voir la nature elle-même : il n'y en a point de cette espèce. J'ai beaucoup de tableaux, mais je ne les regarde plus. »

Pococurante, en attendant le dîner, se fit donner un concerto. Candide trouva la musique délicieuse. « Ce bruit, dit Pococurante, peut amuser une demi-heure ; mais s'il dure plus longtemps, il fatigue tout le monde, quoique personne n'ose l'avouer. La musique aujourd'hui n'est plus que l'art d'exécuter des choses difficiles, et ce qui n'est que difficile ne plaît point à la longue.

« J'aimerais peut-être mieux l'opéra, si on n'avait pas trouvé le secret d'en faire un monstre qui me révolte. Ira voir qui voudra de

---

1. ***Dames*** : femmes de la bonne société.
2. ***Raphaël*** (1483-1520) : peintre italien de madones, considéré à l'époque de Voltaire comme le plus grand de tous les maîtres.
3. ***La couleur en est très rembrunie*** : la palette de couleurs manque d'éclat.
4. ***Ne sont pas assez arrondies*** : n'ont pas assez de relief.

mauvaises tragédies en musique, où les scènes ne sont faites que pour amener très mal à propos deux ou trois chansons ridicules qui font valoir le gosier d'une actrice. Se pâmera de plaisir qui voudra ou qui pourra en voyant un châtré [1] fredonner le rôle de César et de Caton [2], et se promener d'un air gauche sur des planches. Pour moi, il y a longtemps que j'ai renoncé à ces pauvretés, qui font aujourd'hui la gloire de l'Italie, et que des souverains payent si chèrement.» Candide disputa [3] un peu, mais avec discrétion [4]. Martin fut entièrement de l'avis du sénateur.

On se mit à table; et, après un excellent dîner, on entra dans la bibliothèque. Candide, en voyant un Homère [5] magnifiquement relié, loua l'illustrissime [6] sur son bon goût. «Voilà, dit-il, un livre qui faisait les délices du grand Pangloss, le meilleur philosophe de l'Allemagne. – Il ne fait pas les miennes, dit froidement Pococuranté; on me fit accroire autrefois que j'avais du plaisir en le lisant; mais cette répétition continuelle de combats qui se ressemblent tous, ces dieux qui agissent toujours pour ne rien faire de décisif, cette Hélène [7] qui est le sujet de la guerre, et qui à peine est une actrice de la pièce; cette Troie qu'on assiège, et qu'on ne prend point : tout cela me causait le plus mortel ennui. J'ai demandé quelquefois à des savants s'ils s'ennuyaient autant que

1. ***Châtré*** : castrat.
2. ***Caton d'Utique*** (v. 95-v. 46 av. J.-C.) : homme politique, symbole de la *virtus* («virilité») romaine.
3. ***Disputa*** : argumenta.
4. ***Avec discrétion*** : avec retenue (en honnête homme, au fait des usages mondains).
5. ***Un Homère*** : une œuvre d'Homère, poète grec du VIIIe siècle av. J.-C, auteur de l'*Iliade* (qui raconte l'épisode de la guerre de Troie) et de l'*Odyssée* (qui raconte la fin de ce conflit ainsi que le retour d'Ulysse vers son royaume d'Ithaque où l'attendent sa femme Pénélope et son fils Télémaque), chefs-d'œuvre de la haute poésie (épique) et textes fondateurs de la culture européenne.
6. ***Illustrissime*** : titre de dignitaires vénitiens (du latin *illustrissimus*, «extrêmement illustre, fameux, éclairant»).
7. Sa beauté fut à l'origine de la guerre de Troie.

moi à cette lecture : tous les gens sincères m'ont avoué que le livre leur tombait des mains, mais qu'il fallait toujours l'avoir dans sa bibliothèque, comme un monument de l'antiquité, et comme ces médailles rouillées qui ne peuvent être de commerce.

– Votre Excellence ne pense pas ainsi de Virgile [1] ? dit Candide.
– Je conviens, dit Pococuranté, que le second, le quatrième et le sixième livre de son *Énéide*, sont excellents [2] ; mais pour son pieux Énée, et le fort Cloanthe, et l'ami Achates, et le petit Ascanius, et l'imbécile roi Latinus, et la bourgeoise Amata, et l'insipide Lavinia [3], je ne crois pas qu'il y ait rien de si froid et de plus désagréable. J'aime mieux le Tasse et les contes à dormir debout de l'Arioste [4].

– Oserais-je vous demander, monsieur, dit Candide, si vous n'avez pas un grand plaisir à lire Horace [5] ? – Il y a des maximes, dit Pococuranté, dont un homme du monde peut faire son profit, et qui, étant resserrées dans des vers énergiques, se gravent plus aisément dans la mémoire. Mais je me soucie fort peu de son voyage à Brindes, et de sa description d'un mauvais dîner, et de la querelle de crocheteurs entre je ne sais quel Pupilus dont les paroles, dit-il, *étaient pleines de pus*, et un autre dont les paroles *étaient du vinaigre*. Je n'ai lu qu'avec un extrême dégoût ses vers grossiers contre des vieilles et contre des sorcières [6] ; et je ne vois

1. ***Virgile*** (70-19 av. J.-C.) : poète romain, auteur d'une épopée prolongeant celle d'Homère – l'*Énéide* –, composée de six chants relatant les aventures d'Énée, puis de six autres racontant les combats dans le Latium.
2. Le second livre de l'*Énéide* évoque la prise et l'incendie de Troie, le quatrième les amours d'Énée et de Didon, et le sixième la descente d'Énée aux Enfers.
3. Personnages de l'*Énéide*. Voltaire a imité Virgile dans une épopée, *La Henriade* (1723).
4. ***Le Tasse*** (1544-1595) et ***l'Arioste*** (1474-1533) sont deux poètes italiens : le premier est l'auteur d'une épopée chrétienne, *La Jérusalem délivrée* (1580) ; le second a écrit une épopée héroï-comique, *Roland furieux* (1532).
5. ***Horace*** (65-8 av. J.-C.) : autre grand poète romain, auteur de *Satires* et d'*Odes*.
6. Référence à divers passages des *Satires*.

pas quel mérite il peut y avoir à dire à son ami Mecenas, que, s'il est mis par lui au rang des poètes lyriques, il frappera les astres de son front sublime [1]. Les sots admirent tout dans un auteur estimé. Je ne lis que pour moi ; je n'aime que ce qui est à mon usage.» Candide, qui avait été élevé à ne jamais juger de rien par lui-même, était fort étonné de ce qu'il entendait ; et Martin trouvait la façon de penser de Pococurante assez raisonnable.

«Oh ! voici un Cicéron [2], dit Candide ; pour ce grand homme-là, je pense que vous ne vous lassez point de le lire ? – Je ne le lis jamais, répondit le Vénitien. Que m'importe qu'il ait plaidé pour Rabirius ou pour Cluentius [3] ? J'ai bien assez des procès que je juge ; je me serais mieux accommodé de ses œuvres philosophiques [4] ; mais quand j'ai vu qu'il doutait de tout, j'ai conclu que j'en savais autant que lui, et que je n'avais besoin de personne pour être ignorant.

– Ah ! voilà quatre-vingts volumes de recueils d'une académie des sciences, s'écria Martin ; il se peut qu'il y ait là du bon. – Il y en aurait, dit Pococurante, si un seul des auteurs de ces fatras avait inventé seulement l'art de faire des épingles ; mais il n'y a dans tous ces livres que de vains systèmes, et pas une seule chose utile.

– Que de pièces de théâtre je vois là, dit Candide, en italien, en espagnol, en français ! – Oui, dit le sénateur, il y en a trois mille, et pas trois douzaines de bonnes. Pour ces recueils de sermons [5], qui tous ensemble ne valent pas une page de Sénèque [6],

---

1. Référence aux *Odes*.
2. ***Cicéron*** (106-43 av. J.-C.) : grand orateur romain. Ses discours pour défendre la légalité (*Catilinaires*, 63 av. J.-C.) sont des chefs-d'œuvre d'éloquence.
3. Individus que défendit Cicéron (*Pro Cluentio*, 66 av. J.-C. ; *Pro Rabirio Postumo*, 54 av. J.-C.).
4. Dans les *Académiques* (*Academia*), Cicéron expose sa doctrine fondée sur un scepticisme modéré.
5. ***Sermons*** : discours prononcés en chaire par un prédicateur.
6. ***Sénèque*** (4 av. J.-C.-65) : moraliste, auteur de *Lettres à Lucilius* (62-65).

et tous ces gros volumes de théologie, vous pensez bien que je ne les ouvre jamais, ni moi, ni personne.»

Martin aperçut des rayons chargés de livres anglais. «Je crois, dit-il, qu'un républicain doit se plaire à la plupart de ces ouvrages écrits si librement [1]. – Oui, répondit Pococurante; il est beau d'écrire ce qu'on pense : c'est le privilège de l'homme. Dans toute notre Italie, on n'écrit que ce qu'on ne pense pas; ceux qui habitent la patrie des Césars et des Antonins [2] n'osent avoir une idée sans la permission d'un jacobin [3]. Je serais content de la liberté qui inspire les génies anglais si la passion et l'esprit de parti ne corrompaient pas tout ce que cette précieuse liberté a d'estimable.»

Candide, apercevant un Milton [4], lui demanda s'il ne regardait pas cet auteur comme un grand homme. «Qui? dit Pococurante, ce barbare qui fait un long commentaire du premier chapitre de la Genèse en dix livres de vers durs? ce grossier imitateur des Grecs, qui défigure la création, et qui, tandis que Moïse représente l'Être éternel produisant le monde par la parole, fait prendre un grand compas par le Messiah [5] dans une armoire du ciel pour tracer son ouvrage? Moi, j'estimerais celui qui a gâté l'enfer et le diable du Tasse; qui déguise Lucifer tantôt en crapaud, tantôt en pygmée; qui lui fait rebattre cent fois les mêmes discours; qui le fait dis-

---

1. L'Angleterre, qui avait des assemblées parlementaires (au sens moderne), passait pour un modèle de république (monarchique). Voltaire avait publié trente ans plus tôt des *Lettres anglaises* (1734) où il vantait ce parlement anglais et, plus généralement, la tolérance qui régnait outre-Manche.
2. ***Antonins*** : l'une des dynasties d'empereurs romains (81-192).
3. ***Jacobin*** : nom parisien des dominicains (religieux de l'ordre de Saint-Dominique) qui logeaient rue Saint-Jacques.
4. ***Milton*** (1608-1674) : grand poète anglais, auteur d'une épopée biblique (en douze chants), *Le Paradis perdu* (1667), qui récrit en particulier le chapitre I de la Genèse (Création du monde et chute d'Adam et Ève) mais qui évoque également la révolte des Anges et leur châtiment, la figure de Satan, la venue du Christ, etc. Dans sa diatribe, Pococurante fait successivement référence aux chants VII, VI et II.
5. ***Messiah*** : nom anglais du Messie.

puter sur la théologie ; qui, en imitant sérieusement l'invention comique des armes à feu de l'Arioste, fait tirer le canon dans le ciel par les diables ? Ni moi, ni personne en Italie n'a pu se plaire à toutes ces tristes extravagances. Le mariage du péché et de la mort et les couleuvres dont le péché accouche, font vomir tout homme qui a le goût un peu délicat ; et sa longue description d'un hôpital n'est bonne que pour un fossoyeur. Ce poème obscur, bizarre et dégoûtant, fut méprisé à sa naissance ; je le traite aujourd'hui comme il fut traité dans sa patrie par les contemporains. Au reste, je dis ce que je pense, et je me soucie fort peu que les autres pensent comme moi. » Candide était affligé de ces discours ; il respectait Homère, il aimait un peu Milton. « Hélas ! dit-il tout bas à Martin, j'ai bien peur que cet homme-ci n'ait un souverain mépris pour nos poètes allemands. – Il n'y aurait pas grand mal à cela, dit Martin. – Oh ! quel homme supérieur ! disait encore Candide entre ses dents, quel grand génie que ce Pococuranté ! rien ne peut lui plaire. »

Après avoir fait ainsi la revue de tous les livres, ils descendirent dans le jardin. Candide en loua toutes les beautés. « Je ne sais rien de si mauvais goût, dit le maître : nous n'avons ici que des colifichets [1], mais je vais dès demain en faire planter un d'un dessin plus noble. »

Quand les deux curieux eurent pris congé de Son Excellence : « Or ça, dit Candide à Martin, vous conviendrez que voilà le plus heureux de tous les hommes, car il est au-dessus de tout ce qu'il possède. – Ne voyez-vous pas, dit Martin, qu'il est dégoûté de tout ce qu'il possède ? Platon a dit, il y a longtemps, que les meilleurs estomacs ne sont pas ceux qui rebutent tous les aliments. – Mais, dit Candide, n'y a-t-il pas du plaisir à tout critiquer, à sentir des défauts où les autres hommes croient voir des beautés ? – C'est-à-dire, reprit Martin, qu'il y a du plaisir à n'avoir pas de plaisir ? – Oh bien ! dit Candide, il n'y a donc d'heureux que moi, quand

---

1. *Colifichets* : babioles.

je reverrai mademoiselle Cunégonde. – C'est toujours bien fait d'espérer», dit Martin.

Cependant les jours, les semaines s'écoulaient; Cacambo ne revenait point, et Candide était si abîmé [1] dans sa douleur qu'il ne fit pas même réflexion que Paquette et frère Giroflée n'étaient pas venus seulement le remercier.

Chapitre XXVI
D'un souper que Candide et Martin firent avec six étrangers, et qui ils étaient

Un soir que Candide, suivi de Martin, allait se mettre à table avec les étrangers qui logeaient dans la même hôtellerie, un homme à visage couleur de suie [2] l'aborda par-derrière, et, le prenant par le bras, lui dit : «Soyez prêt à partir avec nous, n'y manquez pas.» Il se retourne, et voit Cacambo. Il n'y avait que la vue de Cunégonde qui pût l'étonner et lui plaire davantage. Il fut sur le point de devenir fou de joie. Il embrasse son cher ami. «Cunégonde est ici, sans doute ? Où est-elle ? Mène-moi vers elle, que je meure de joie avec elle. – Cunégonde n'est point ici, dit Cacambo, elle est à Constantinople [3]. – Ah ciel ! à Constantinople ! mais fût-elle à la Chine, j'y vole, partons. – Nous partirons après souper, reprit Cacambo ; je ne peux vous en dire davantage ; je suis esclave, mon maître m'attend ; il faut que j'aille le servir à table : ne dites mot; soupez, et tenez-vous prêt.»

Candide, partagé entre la joie et la douleur, charmé d'avoir revu son agent fidèle, étonné de le voir esclave, plein de l'idée de retrouver sa maîtresse, le cœur agité, l'esprit bouleversé, se

1. ***Abîmé*** : plongé.
2. ***Couleur de suie*** : noir.
3. ***Constantinople*** : voir note 1, p. 83.

mit à table avec Martin, qui voyait de sang-froid toutes ces aventures, et avec six étrangers qui étaient venus passer le carnaval à Venise.

Cacambo, qui versait à boire à l'un de ces étrangers, s'approcha de l'oreille de son maître, sur la fin du repas, et lui dit : « Sire, Votre Majesté partira quand elle voudra, le vaisseau est prêt. » Ayant dit ces mots, il sortit. Les convives, étonnés, se regardaient sans proférer une seule parole, lorsqu'un autre domestique, s'approchant de son maître, lui dit : « Sire, la chaise [1] de Votre Majesté est à Padoue, et la barque est prête. » Le maître fit un signe, et le domestique partit. Tous les convives se regardèrent encore, et la surprise commune redoubla. Un troisième valet, s'approchant aussi d'un troisième étranger, lui dit : « Sire, croyez-moi, Votre Majesté ne doit pas rester ici plus longtemps : je vais tout préparer » ; et aussitôt il disparut.

Candide et Martin ne doutèrent pas alors que ce ne fût une mascarade [2] du carnaval. Un quatrième domestique dit au quatrième maître : « Votre Majesté partira quand elle voudra », et sortit comme les autres. Le cinquième valet en dit autant au cinquième maître. Mais le sixième valet parla différemment au sixième étranger, qui était auprès de Candide ; il lui dit : « Ma foi, sire, on ne veut plus faire crédit à Votre Majesté ni à moi non plus, et nous pourrions bien être coffrés cette nuit, vous et moi ; je vais pourvoir à mes affaires, adieu. »

Tous les domestiques ayant disparu, les six étrangers, Candide et Martin, demeurèrent dans un profond silence. Enfin Candide le rompit : « Messieurs, dit-il, voilà une singulière plaisanterie. Pourquoi êtes-vous tous rois ? Pour moi, je vous avoue que ni moi ni Martin nous ne le sommes. »

---

1. ***Chaise*** : « Petite voiture pour une ou pour deux personnes » (*Dictionnaire de l'Académie*, 1762). L'embarcation va servir à rejoindre Padoue (chef-lieu de la Vénétie) *via* la Brenta.

2. ***Mascarade*** : « Troupe de gens déguisés et masqués pour quelque divertissement » (*Dictionnaire de l'Académie*, 1762).

Le maître de Cacambo prit alors gravement la parole, et dit en italien : « Je ne suis point plaisant [1], je m'appelle Achmet III [2] ; j'ai été grand sultan plusieurs années ; je détrônai mon frère ; mon neveu m'a détrôné ; on a coupé le cou à mes vizirs ; j'achève ma vie dans le vieux sérail ; mon neveu le grand sultan Mahmoud me permet de voyager quelquefois pour ma santé ; et je suis venu passer le carnaval à Venise. »

Un jeune homme qui était auprès d'Achmet parla après lui, et dit : « Je m'appelle Ivan [3] ; j'ai été empereur de toutes les Russies ; j'ai été détrôné au berceau ; mon père et ma mère ont été enfermés ; on m'a élevé en prison ; j'ai quelquefois la permission de voyager, accompagné de ceux qui me gardent ; et je suis venu passer le carnaval à Venise. »

Le troisième dit : « Je suis Charles-Édouard [4], roi d'Angleterre ; mon père m'a cédé ses droits au royaume ; j'ai combattu pour les soutenir ; on a arraché le cœur à huit cents de mes partisans, et on leur en a battu les joues. J'ai été mis en prison ; je vais à Rome faire une visite au roi mon père, détrôné ainsi que moi et mon grand-père ; et je suis venu passer le carnaval à Venise. »

Le quatrième prit alors la parole et dit : « Je suis roi des Polaques [5] ; le sort de la guerre m'a privé de mes États héréditaires ; mon père a éprouvé les mêmes revers ; je me résigne à la Providence comme le sultan Achmet, l'empereur Ivan, et le roi Charles-Édouard, à qui Dieu donne une longue vie ; et je suis venu passer le carnaval à Venise. »

---

1. ***Je ne suis point plaisant*** : je ne suis pas homme à plaisanter.
2. ***Achmet III*** (1673-1736) : sultan (roi) turc ; il détrôna son frère (1703) et fut à son tour détrôné par son neveu (1730).
3. ***Ivan VI*** (1740-1764) : tsar russe, évincé du trône à l'âge d'un an à la suite d'une révolution de palais, puis enfermé à vie dans une forteresse où il fut finalement poignardé.
4. ***Charles Édouard Stuart*** (1720-1788) : petit-fils du roi anglais Jacques II, fils du prétendant au trône Jacques Stuart ; comme son père, il mourut en exil.
5. ***Roi des Polaques*** : Auguste III (1696-1763), roi de Pologne, chassé en 1756 par Frédéric II.

Le cinquième dit : « Je suis aussi roi des Polaques [1] ; j'ai perdu mon royaume deux fois ; mais la Providence m'a donné un autre État dans lequel j'ai fait plus de bien que tous les rois des Sarmates [2] ensemble n'en ont jamais pu faire sur les bords de la Vistule [3]. Je me résigne aussi à la Providence ; et je suis venu passer le carnaval à Venise. »

Il restait au sixième monarque à parler. « Messieurs, dit-il, je ne suis pas si grand seigneur que vous ; mais enfin j'ai été roi tout comme un autre ; je suis Théodore [4] ; on m'a élu roi en Corse ; on m'a appelé *Votre Majesté*, et à présent à peine m'appelle-t-on *Monsieur*. J'ai fait frapper de la monnaie, et je ne possède pas un denier ; j'ai eu deux secrétaires d'État, et j'ai à peine un valet. Je me suis vu sur un trône, et j'ai longtemps été à Londres en prison sur la paille. J'ai bien peur d'être traité de même ici, quoique je sois venu, comme Vos Majestés, passer le carnaval à Venise. »

Les cinq autres rois écoutèrent ce discours avec une noble compassion. Chacun d'eux donna vingt sequins [5] au roi Théodore pour avoir des habits et des chemises ; Candide lui fit présent d'un diamant de deux mille sequins. « Quel est donc, disaient les cinq rois, ce simple particulier qui est en état de donner cent fois autant que chacun de nous, et qui le donne ? »

Dans l'instant qu'on sortait de table, il arriva dans la même hôtellerie quatre altesses sérénissimes qui avaient aussi perdu leurs États par le sort de la guerre, et qui venaient passer le reste du carnaval à Venise. Mais Candide ne prit pas seulement garde à ces nouveaux venus. Il n'était occupé que d'aller trouver sa chère Cunégonde à Constantinople.

---

1. Ici, Stanislas Leszczyński (1677-1766) ; élu roi de Pologne en 1704 et en 1733, il fut à chaque fois chassé par des adversaires.
2. ***Sarmates*** : ancien nom des Polonais.
3. ***Vistule*** : fleuve polonais (1 047 kilomètres).
4. ***Théodore de Neuhoff*** (1690-1756) : escroc qui fut roi de Corse pendant huit mois en 1736 puis fut emprisonné sept ans pour dettes.
5. ***Sequins*** : monnaie d'or de Venise.

Chapitre XXVII
Voyage de Candide à Constantinople

Le fidèle Cacambo avait déjà obtenu du patron turc qui allait reconduire le sultan Achmet à Constantinople qu'il recevrait Candide et Martin sur son bord. L'un et l'autre s'y rendirent après s'être prosternés devant Sa misérable Hautesse [1]. Candide, chemin faisant, disait à Martin : «Voilà pourtant six rois détrônés avec qui nous avons soupé, et encore dans ces six rois il y en a un à qui j'ai fait l'aumône. Peut-être y a-t-il beaucoup d'autres princes plus infortunés. Pour moi, je n'ai perdu que cent moutons, et je vole dans les bras de Cunégonde. Mon cher Martin, encore une fois, Pangloss avait raison, tout est bien. – Je le souhaite, dit Martin. – Mais, dit Candide, voilà une aventure bien peu vraisemblable que nous avons eue à Venise. On n'avait jamais vu ni ouï conter que six rois détrônés soupassent ensemble au cabaret. – Cela n'est pas plus extraordinaire, dit Martin, que la plupart des choses qui nous sont arrivées. Il est très commun que des rois soient détrônés ; et à l'égard de l'honneur que nous avons eu de souper avec eux, c'est une bagatelle qui ne mérite pas notre attention.»

À peine Candide fut-il dans le vaisseau qu'il sauta au cou de son ancien valet, de son ami Cacambo. «Eh bien ! lui dit-il, que fait Cunégonde ? Est-elle toujours un prodige de beauté ? M'aime-t-elle toujours ? Comment se porte-t-elle ? Tu lui as sans doute acheté un palais à Constantinople ?

– Mon cher maître, répondit Cacambo, Cunégonde lave les écuelles sur le bord de la Propontide [2], chez un prince qui a très peu d'écuelles ; elle est esclave dans la maison d'un ancien souve-

1. *Sa* [...] ***Hautesse*** : le sultan de Turquie.
2. ***Propontide*** : ancien nom de la mer de Marmara (mer intérieure située entre la mer Noire et les Dardanelles).

rain, nommé Ragotski [1], à qui le Grand Turc donne trois écus par jour dans son asile ; mais, ce qui est bien plus triste, c'est qu'elle a perdu sa beauté, et qu'elle est devenue horriblement laide. – Ah ! belle ou laide, dit Candide, je suis honnête homme, et mon devoir est de l'aimer toujours. Mais comment peut-elle être réduite à un état si abject avec les cinq ou six millions que tu avais apportés ? – Bon, dit Cacambo, ne m'en a-t-il pas fallu donner deux millions au señor don Fernando d'Ibaraa, y Figueora, y Mascarenes, y Lampourdos, y Souza, gouverneur de Buenos-Ayres, pour avoir la permission de reprendre mademoiselle Cunégonde ? Et un pirate ne nous a-t-il pas bravement dépouillés de tout le reste ? Ce pirate ne nous a-t-il pas menés au cap de Matapan, à Milo, à Nicarie, à Samos, à Petra [2], aux Dardanelles, à Marmora, à Scutari [3] ? Cunégonde et la vieille servent chez ce prince dont je vous ai parlé, et moi je suis esclave du sultan détrôné. – Que d'épouvantables calamités enchaînées les unes aux autres ! dit Candide. Mais, après tout, j'ai encore quelques diamants ; je délivrerai aisément Cunégonde. C'est bien dommage qu'elle soit devenue si laide. »

Ensuite, se tournant vers Martin : « Que pensez-vous, dit-il, qui soit le plus à plaindre, de l'empereur Achmet, de l'empereur Ivan, du roi Charles-Édouard, ou de moi ? – Je n'en sais rien, dit Martin ; il faudrait que je fusse dans vos cœurs pour le savoir. – Ah ! dit Candide, si Pangloss était ici, il le saurait, et nous l'apprendrait. – Je ne sais, dit Martin, avec quelles balances votre Pangloss aurait pu peser les infortunes des hommes, et apprécier leurs douleurs. Tout ce que je présume [4], c'est qu'il y a des mil-

1. ***François Ragotski*** (1676-1735) : prince de Transylvanie qui, avec le soutien financier de Louis XIV, tenta de se soulever contre la domination autrichienne (1705-1710) ; vaincu et chassé, il se retira en Turquie (1719).
2. Itinéraire dans l'archipel grec (bassin oriental de la Méditerranée).
3. ***Scutari*** : ville proche (mais sur l'autre rive du Bosphore) de Constantinople ; aujourd'hui quartier d'Istanbul.
4. ***Présume*** : suppose, soupçonne.

lions d'hommes sur la terre cent fois plus à plaindre que le roi Charles-Édouard, l'empereur Ivan, et le sultan Achmet. – Cela pourrait bien être», dit Candide.

On arriva en peu de jours sur le canal de la mer Noire [1]. Candide commença par racheter Cacambo fort cher ; et, sans perdre de temps, il se jeta dans une galère, avec ses compagnons, pour aller sur le rivage de la Propontide chercher Cunégonde, quelque laide qu'elle pût être.

Il y avait dans la chiourme [2] deux forçats qui ramaient fort mal, et à qui le levanti patron [3] appliquait de temps en temps quelques coups de nerf de bœuf sur leurs épaules nues ; Candide, par un mouvement naturel, les regarda plus attentivement que les autres galériens, et s'approcha d'eux avec pitié. Quelques traits de leurs visages défigurés lui parurent avoir un peu de ressemblance avec Pangloss et avec ce malheureux jésuite, ce baron, ce frère de mademoiselle Cunégonde. Cette idée l'émut et l'attrista. Il les considéra encore plus attentivement. «En vérité, dit-il à Cacambo, si je n'avais pas vu pendre maître Pangloss, et si je n'avais pas eu le malheur de tuer le baron, je croirais que ce sont eux qui rament dans cette galère.»

Au nom du baron et de Pangloss les deux forçats poussèrent un grand cri, s'arrêtèrent sur leur banc, et laissèrent tomber leurs rames. Le levanti patron accourait sur eux, et les coups de nerf de bœuf redoublaient. «Arrêtez ! arrêtez ! seigneur, s'écria Candide ; je vous donnerai tant d'argent que vous voudrez. – Quoi ! c'est Candide ! disait l'un des forçats. – Quoi ! c'est Candide ! disait l'autre. – Est-ce un songe ? dit Candide ; veillé-je ? suis-je dans cette galère ? Est-ce là monsieur le baron, que j'ai tué ? Est-ce là maître Pangloss, que j'ai vu pendre ? – C'est nous-mêmes, c'est

1. ***Le canal de la mer Noire*** : le détroit des Dardanelles.
2. ***Chiourme*** : groupe des rameurs (des galériens).
3. ***Levanti patron*** : peut-être le garde-chiourme, ou le patron des *levantis* – soldats des galères turques –, ou simplement le patron d'origine orientale (originaire du Levant).

nous-mêmes, répondaient-ils. – Quoi ! c'est là ce grand philosophe ? disait Martin. – Eh ! monsieur le levanti patron, dit Candide, combien voulez-vous d'argent pour la rançon de monsieur de Thunder-ten-tronckh, un des premiers barons de l'empire, et de monsieur Pangloss, le plus profond métaphysicien d'Allemagne ? – Chien de chrétien, répondit le levanti patron, puisque ces deux chiens de forçats chrétiens sont des barons et des métaphysiciens, ce qui est sans doute une grande dignité dans leur pays, tu m'en donneras cinquante mille sequins. – Vous les aurez, monsieur ; remenez-moi comme un éclair à Constantinople, et vous serez payé sur-le-champ. Mais non, menez-moi chez mademoiselle Cunégonde. » Le levanti patron, sur la première offre de Candide, avait déjà tourné la proue vers la ville, et il faisait ramer plus vite qu'un oiseau ne fend les airs.

Candide embrassa cent fois le baron et Pangloss. « Et comment ne vous ai-je pas tué, mon cher baron ? et mon cher Pangloss, comment êtes-vous en vie après avoir été pendu ? et pourquoi êtes-vous tous deux aux galères en Turquie ? – Est-il bien vrai que ma chère sœur soit dans ce pays ? disait le baron. – Oui, répondait Cacambo. – Je revois donc mon cher Candide », s'écriait Pangloss. Candide leur présentait Martin et Cacambo. Ils s'embrassaient tous ; ils parlaient tous à la fois. La galère volait, ils étaient déjà dans le port. On fit venir un juif, à qui Candide vendit pour cinquante mille sequins un diamant de la valeur de cent mille, et qui lui jura par Abraham qu'il n'en pouvait donner davantage. Il paya incontinent la rançon du baron et de Pangloss. Celui-ci se jeta aux pieds de son libérateur, et les baigna de larmes ; l'autre le remercia par un signe de tête, et lui promit de lui rendre cet argent à la première occasion. « Mais est-il bien possible que ma sœur soit en Turquie ? disait-il. – Rien n'est si possible, reprit Cacambo, puisqu'elle écure la vaisselle chez un prince de Transylvanie. » On fit aussitôt venir deux juifs : Candide vendit encore des diamants ; et ils repartirent tous dans une autre galère pour aller délivrer Cunégonde.

Chapitre XXVIII
Ce qui arriva à Candide, à Cunégonde, à Pangloss, à Martin, etc.

« Pardon, encore une fois, dit Candide au baron ; pardon, mon révérend père, de vous avoir donné un grand coup d'épée au travers du corps. – N'en parlons plus, dit le baron ; je fus un peu trop vif, je l'avoue ; mais puisque vous voulez savoir par quel hasard vous m'avez vu aux galères, je vous dirai qu'après avoir été guéri de ma blessure par le frère apothicaire du collège [1], je fus attaqué et enlevé par un parti [2] espagnol ; on me mit en prison à Buenos-Ayres dans le temps que ma sœur venait d'en partir. Je demandai à retourner à Rome auprès du père général [3]. Je fus nommé pour aller servir d'aumônier à Constantinople auprès de monsieur l'ambassadeur de France. Il n'y avait pas huit jours que j'étais entré en fonction, quand je trouvai sur le soir un jeune icoglan [4] très bien fait. Il faisait fort chaud : le jeune homme voulut se baigner [5] ; je pris cette occasion de me baigner aussi. Je ne savais pas que ce fût un crime capital pour un chrétien d'être trouvé tout nu avec un jeune musulman. Un cadi [6] me fit donner cent coups de bâton sous la plante des pieds, et me condamna aux galères. Je ne crois pas qu'on ait fait une plus horrible injustice. Mais je voudrais bien savoir pourquoi ma sœur est dans la cuisine d'un souverain de Transylvanie réfugié chez les Turcs.

– Mais vous, mon cher Pangloss, dit Candide, comment se peut-il que je vous revoie ? – Il est vrai, dit Pangloss, que vous m'avez vu pendre ; je devais naturellement être brûlé : mais

1. ***Le frère apothicaire du collège*** : le pharmacien de notre communauté.
2. ***Parti*** : commando de soldats.
3. ***Père général*** : supérieur général de l'ordre des Jésuites.
4. ***Icoglan*** : page (valet de naissance noble) d'un sultan.
5. Dans un établissement de bains.
6. ***Cadi*** : juge musulman (de l'arabe *qâdi*, « juge »).

vous vous souvenez qu'il plut à verse lorsqu'on allait me cuire : l'orage fut si violent qu'on désespéra d'allumer le feu ; je fus pendu, parce qu'on ne put mieux faire : un chirurgien acheta mon corps, m'emporta chez lui, et me disséqua. Il me fit d'abord une incision cruciale [1] depuis le nombril jusqu'à la clavicule. On ne pouvait pas avoir été plus mal pendu que je l'avais été. L'exécuteur des hautes œuvres [2] de la sainte Inquisition, lequel était sous-diacre, brûlait à la vérité les gens à merveille, mais il n'était pas accoutumé à pendre : la corde était mouillée et glissa mal, elle fut nouée ; enfin je respirais encore : l'incision cruciale me fit jeter un si grand cri que mon chirurgien tomba à la renverse ; et, croyant qu'il disséquait le diable, il s'enfuit en mourant de peur, et tomba encore sur l'escalier en fuyant. Sa femme accourut au bruit, d'un cabinet voisin [3] : elle me vit sur la table étendu avec mon incision cruciale ; elle eut encore plus de peur que son mari, s'enfuit, et tomba sur lui. Quand ils furent un peu revenus à eux, j'entendis la chirurgienne qui disait au chirurgien : « Mon bon, de quoi vous avisez-vous aussi de disséquer un hérétique ? Ne savez-vous pas que le diable est toujours dans le corps de ces gens-là ? Je vais vite chercher un prêtre pour l'exorciser. » Je frémis à ce propos, et je ramassai le peu de forces qui me restaient pour crier : « Ayez pitié de moi ! » Enfin le barbier [4] portugais s'enhardit [5] : il recousit ma peau ; sa femme même eut soin de moi ; je fus sur pied au bout de quinze jours. Le barbier me trouva une condition [6], et me fit laquais d'un chevalier de Malte qui allait à Venise ; mais mon maître n'ayant pas de quoi

1. ***Incision cruciale*** : coupure dessinant une croix.
2. ***L'exécuteur des hautes œuvres*** : le bourreau.
3. ***Cabinet voisin*** : pièce à côté.
4. Il s'agit d'un barbier chirurgien, c'est-à-dire d'une personne qui fait la barbe au rasoir à main et pratique à l'occasion de menues opérations médicales sans avoir vraiment étudié la médecine à l'université.
5. ***S'enhardit*** : reprit de l'assurance, du courage.
6. ***Condition*** : profession.

me payer, je me mis au service d'un marchand vénitien, et je le suivis à Constantinople.

« Un jour il me prit fantaisie d'entrer dans une mosquée ; il n'y avait qu'un vieux iman et une jeune dévote très jolie qui disait ses patenôtres [1] ; sa gorge était toute découverte : elle avait entre ses deux tétons un beau bouquet de tulipes, de roses, d'anémones, de renoncules, d'hyacinthes, et d'oreilles d'ours ; elle laissa tomber son bouquet ; je le ramassai, et je le lui remis avec un empressement très respectueux. Je fus si longtemps à le lui remettre que l'iman se mit en colère, et, voyant que j'étais chrétien, il cria à l'aide. On me mena chez le cadi, qui me fit donner cent coups de latte [2] sur la plante des pieds, et m'envoya aux galères. Je fus enchaîné précisément dans la même galère et au même banc que monsieur le baron. Il y avait dans cette galère quatre jeunes gens de Marseille, cinq prêtres napolitains, et deux moines de Corfou, qui nous dirent que de pareilles aventures arrivaient tous les jours. Monsieur le baron prétendait qu'il avait essuyé une plus grande injustice que moi ; je prétendais, moi, qu'il était beaucoup plus permis de remettre un bouquet sur la gorge d'une femme que d'être tout nu avec un icoglan. Nous disputions sans cesse, et nous recevions vingt coups de nerf de bœuf par jour, lorsque l'enchaînement des événements de cet univers [3] vous a conduit dans notre galère, et que vous nous avez rachetés.

– Eh bien ! mon cher Pangloss, lui dit Candide, quand vous avez été pendu, disséqué, roué de coups, et que vous avez ramé aux galères, avez-vous toujours pensé que tout allait le mieux du monde ? – Je suis toujours de mon premier sentiment, répondit Pangloss ; car enfin je suis philosophe : il ne me convient pas de me dédire, Leibniz [4] ne pouvant pas avoir tort, et l'harmonie

---

1. ***Disait ses patenôtres*** : récitait ses prières.

2. ***Latte*** : « Pièce de bois de fente, longue, étroite et plate » (*Dictionnaire de l'Académie*, 1762).

3. Comprendre : la Providence.

4. C'est le seul passage où il est nommé noir sur blanc.

préétablie[1] étant d'ailleurs la plus belle chose du monde, aussi bien que le plein et la matière subtile[2].»

Chapitre XXIX
Comment Candide retrouva Cunégonde et la vieille

Pendant que Candide, le baron, Pangloss, Martin, et Cacambo, contaient leurs aventures, qu'ils raisonnaient sur les événements contingents[3] ou non contingents de cet univers, qu'ils disputaient sur les effets et les causes, sur le mal moral et sur le mal physique, sur la liberté et la nécessité, sur les consolations que l'on peut éprouver lorsqu'on est aux galères en Turquie, ils abordèrent sur le rivage de la Propontide, à la maison du prince de Transylvanie. Les premiers objets qui se présentèrent furent Cunégonde et la vieille, qui étendaient des serviettes sur des ficelles pour les faire sécher.

Le baron pâlit à cette vue. Le tendre amant Candide, en voyant sa belle Cunégonde rembrunie[4], les yeux éraillés, la gorge sèche[5], les joues ridées, les bras rouges et écaillés[6], recula trois pas, saisi d'horreur, et avança ensuite par bon procédé[7]. Elle embrassa

---

1. ***L'harmonie préétablie*** : concept clé chez Leibniz, selon lequel tout constituant de l'univers s'accorde parfaitement avec tous les autres parce que Dieu a tout réglé le mieux possible. L'autre grand concept est celui du principe de la raison suffisante (voir note 2, p. 46). Ces deux grandes idées fondent la métaphysique.
2. ***Le plein et la matière subtile*** : l'expression renvoie à la théorie de Descartes, reprise par Leibniz et selon laquelle le vide n'existe pas.
3. ***Contingents*** : soumis au hasard.
4. ***Rembrunie*** : ici, décolorée, hâlée.
5. ***Gorge sèche*** : poitrine diminuée, amaigrie.
6. ***Écaillés*** : pelés (sous l'action du soleil ?).
7. ***Par bon procédé*** : par politesse.

Candide et son frère ; on embrassa la vieille : Candide les racheta toutes deux.

Il y avait une petite métairie [1] dans le voisinage ; la vieille proposa à Candide de s'en accommoder [2], en attendant que toute la troupe eût une meilleure destinée. Cunégonde ne savait pas qu'elle était enlaidie, personne ne l'en avait avertie : elle fit souvenir Candide de ses promesses avec un ton si absolu que le bon Candide n'osa pas la refuser. Il signifia [3] donc au baron qu'il allait se marier avec sa sœur. « Je ne souffrirai jamais, dit le baron, une telle bassesse de sa part, et une telle insolence de la vôtre ; cette infamie ne me sera jamais reprochée : les enfants de ma sœur ne pourraient entrer dans les chapitres [4] d'Allemagne. Non, jamais ma sœur n'épousera qu'un baron de l'empire. » Cunégonde se jeta à ses pieds, et les baigna de larmes ; il fut inflexible. « Maître fou, lui dit Candide, je t'ai réchappé [5] des galères, j'ai payé ta rançon [6], j'ai payé celle de ta sœur ; elle lavait ici des écuelles, elle est laide, j'ai la bonté d'en faire ma femme ; et tu prétends encore t'y opposer ! Je te retuerais si j'en croyais ma colère. – Tu peux me tuer encore, dit le baron, mais tu n'épouseras pas ma sœur de mon vivant. »

Chapitre XXX
Conclusion

Candide, dans le fond de son cœur, n'avait aucune envie d'épouser Cunégonde. Mais l'impertinence extrême du baron le déterminait à conclure le mariage, et Cunégonde le pressait

1. ***Métairie*** : exploitation agricole, ferme.
2. ***De s'en accommoder*** : de s'en contenter, et de l'acheter.
3. ***Signifia*** : déclara.
4. ***Chapitres*** : assemblées des grands nobles.
5. ***Je t'ai réchappé*** : je t'ai tiré, fait sortir, sauvé.
6. ***Rançon*** : « Prix qu'on donne pour la délivrance d'un captif, ou d'un prisonnier de guerre » (*Dictionnaire de l'Académie*, 1762).

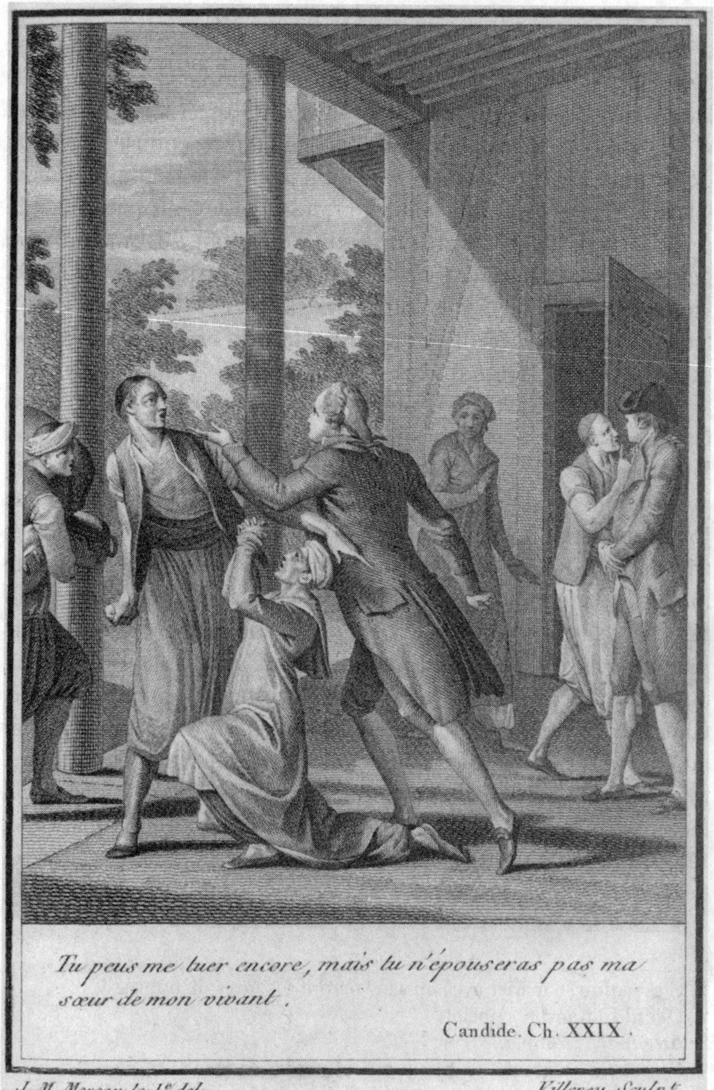

■ Le baron refuse que Candide épouse Cunégonde. Gravure d'après Moreau le Jeune (1809).

si vivement qu'il ne pouvait s'en dédire. Il consulta Pangloss, Martin, et le fidèle Cacambo. Pangloss fit un beau mémoire par lequel il prouvait que le baron n'avait nul droit sur sa sœur, et qu'elle pouvait, selon toutes les lois de l'empire, épouser Candide de la main gauche[1]. Martin conclut à jeter le baron dans la mer ; Cacambo décida[2] qu'il fallait le rendre au levanti patron, et le remettre aux galères, après quoi on l'enverrait à Rome au père général par le premier vaisseau. L'avis fut trouvé fort bon ; la vieille l'approuva ; on n'en dit rien à sa sœur ; la chose fut exécutée pour quelque argent, et on eut le plaisir d'attraper[3] un jésuite, et de punir l'orgueil d'un baron allemand.

Il était tout naturel d'imaginer qu'après tant de désastres Candide, marié avec sa maîtresse et vivant avec le philosophe Pangloss, le philosophe Martin, le prudent Cacambo, et la vieille, ayant d'ailleurs rapporté tant de diamants de la patrie des anciens Incas, mènerait la vie du monde la plus agréable ; mais il fut tant friponné[4] par les juifs qu'il ne lui resta plus rien que sa petite métairie ; sa femme, devenant tous les jours plus laide, devint acariâtre[5] et insupportable ; la vieille était infirme, et fut encore de plus mauvaise humeur que Cunégonde. Cacambo, qui travaillait au jardin, et qui allait vendre des légumes à Constantinople, était excédé de travail, et maudissait sa destinée. Pangloss était au désespoir de ne pas briller dans quelque université d'Allemagne. Pour Martin, il était fermement persuadé qu'on est également mal partout ; il prenait les choses en patience. Candide, Martin, et Pangloss disputaient quelquefois de métaphysique et de morale. On voyait souvent passer sous les fenêtres de la métai-

---

1. C'est-à-dire se marier avec lui sans perdre ses titres de noblesse.
2. ***Décida*** : trancha, conclut.
3. ***Attraper*** : tromper.
4. ***Friponné*** : escroqué.
5. ***Acariâtre*** : « Qui est d'une humeur fâcheuse, aigre et criarde » (*Dictionnaire de l'Académie*, 1762).

rie des bateaux chargés d'effendis [1], de bachas [2], de cadis, qu'on envoyait en exil à Lemnos, à Mytilène, à Erzeroum ; on voyait venir d'autres cadis, d'autres bachas, d'autres effendis, qui prenaient la place des expulsés, et qui étaient expulsés à leur tour. On voyait des têtes proprement [3] empaillées qu'on allait présenter à la Sublime-Porte [4]. Ces spectacles faisaient redoubler les dissertations ; et quand on ne disputait pas, l'ennui était si excessif que la vieille osa un jour leur dire : « Je voudrais savoir lequel est le pire, ou d'être violée cent fois par des pirates nègres, d'avoir une fesse coupée, de passer par les baguettes chez les Bulgares, d'être fouetté et pendu dans un auto-da-fé, d'être disséqué, de ramer en galère, d'éprouver enfin toutes les misères par lesquelles nous avons tous passé, ou bien de rester ici à ne rien faire ? – C'est une grande question », dit Candide.

Ce discours fit naître de nouvelles réflexions, et Martin surtout conclut que l'homme était né pour vivre dans les convulsions [5] de l'inquiétude, ou dans la léthargie [6] de l'ennui. Candide n'en convenait pas [7], mais il n'assurait rien. Pangloss avouait qu'il avait toujours horriblement souffert ; mais ayant soutenu une fois que tout allait à merveille, il le soutenait toujours, et n'en croyait rien.

Une chose acheva de confirmer Martin dans ses détestables principes, de faire hésiter plus que jamais Candide, et d'embarrasser Pangloss. C'est qu'ils virent un jour aborder dans leur métairie Paquette et le frère Giroflée, qui étaient dans la plus

1. ***Effendis*** : grands seigneurs.
2. ***Bachas*** : pachas, en turc ; gouverneurs de province.
3. ***Proprement*** : bien.
4. Quand un pacha était décapité, sa tête était transportée dans l'une des niches que contenait le portail du palais du sultan ; mais, plus largement, la « Sublime Porte » désignait aussi, en Occident, la cour ottomane, le gouvernement, voire l'État ottoman entier.
5. ***Convulsions*** : spasmes.
6. ***Léthargie*** : coma.
7. ***N'en convenait pas*** : n'était pas d'accord.

extrême misère ; ils avaient bien vite mangé leurs trois mille piastres, s'étaient quittés, s'étaient raccommodés, s'étaient brouillés, avaient été mis en prison, s'étaient enfuis, et enfin frère Giroflée s'était fait turc. Paquette continuait son métier partout, et n'y gagnait plus rien. « Je l'avais bien prévu, dit Martin à Candide, que vos présents seraient bientôt dissipés et ne les rendraient que plus misérables. Vous avez regorgé de millions de piastres, vous et Cacambo, et vous n'êtes pas plus heureux que frère Giroflée et Paquette. – Ah ! ah ! dit Pangloss à Paquette, le Ciel vous ramène donc ici parmi nous, ma pauvre enfant ! savez-vous bien que vous m'avez coûté le bout du nez, un œil, et une oreille ? Comme vous voilà faite ! eh ! qu'est-ce que ce monde ! » Cette nouvelle aventure les engagea à philosopher plus que jamais.

Il y avait dans le voisinage un derviche [1] très fameux qui passait pour le meilleur philosophe de la Turquie ; ils allèrent le consulter ; Pangloss porta la parole [2], et lui dit : « Maître, nous venons vous prier de nous dire pourquoi un aussi étrange animal que l'homme a été formé. – De quoi te mêles-tu ? lui dit le derviche ; est-ce là ton affaire ? – Mais, mon révérend père, dit Candide, il y a horriblement de mal sur la terre. – Qu'importe, dit le derviche, qu'il y ait du mal ou du bien ? Quand Sa Hautesse envoie un vaisseau en Égypte, s'embarrasse-t-elle si les souris qui sont dans le vaisseau sont à leur aise ou non ? – Que faut-il donc faire ? dit Pangloss. – Te taire, dit le derviche. – Je me flattais, dit Pangloss, de raisonner un peu avec vous des effets et des causes, du meilleur des mondes possibles, de l'origine du mal, de la nature de l'âme, et de l'harmonie préétablie. » Le derviche, à ces mots, leur ferma la porte au nez.

Pendant cette conversation, la nouvelle s'était répandue qu'on venait d'étrangler à Constantinople deux vizirs du banc [3] et le

1. *Derviche* : religieux musulman appartenant à une confrérie (à un ordre).
2. *Porta la parole* : servit de porte-parole.
3. *Vizirs du banc* : ministres admis au Conseil suprême du sultan.

muphti [1], et qu'on avait empalé plusieurs de leurs amis. Cette catastrophe faisait partout un grand bruit pendant quelques heures. Pangloss, Candide, et Martin, en retournant à la petite métairie, rencontrèrent un bon vieillard qui prenait le frais à sa porte sous un berceau d'orangers. Pangloss, qui était aussi curieux que raisonneur, lui demanda comment se nommait le muphti qu'on venait d'étrangler. « Je n'en sais rien, répondit le bonhomme ; et je n'ai jamais su le nom d'aucun muphti ni d'aucun vizir. J'ignore absolument l'aventure dont vous me parlez ; je présume qu'en général ceux qui se mêlent des affaires publiques périssent quelquefois misérablement, et qu'ils le méritent ; mais je ne m'informe jamais de ce qu'on fait à Constantinople ; je me contente d'y envoyer vendre les fruits du jardin que je cultive. » Ayant dit ces mots, il fit entrer les étrangers dans sa maison ; ses deux filles et ses deux fils leur présentèrent plusieurs sortes de sorbets qu'ils faisaient eux-mêmes, du kaïmak [2] piqué d'écorces de cédrat confit, des oranges, des citrons, des limons [3], des ananas, des pistaches, du café de Moka [4] qui n'était point mêlé avec le mauvais café de Batavia [5] et des îles [6]. Après quoi les deux filles de ce bon musulman parfumèrent les barbes de Candide, de Pangloss, et de Martin.

« Vous devez avoir, dit Candide au Turc, une vaste et magnifique terre ? – Je n'ai que vingt arpents [7], répondit le Turc ; je les cultive avec mes enfants ; le travail éloigne de nous trois grands maux, l'ennui, le vice, et le besoin. »

Candide, en retournant dans sa métairie, fit de profondes réflexions sur le discours du Turc. Il dit à Pangloss et à Martin :

---

1. *Muphti* (*mufti*) : « Nom du chef de la religion mahométane. Il est le souverain interprète de la loi » (*Dictionnaire de l'Académie*, 1762).
2. *Kaïmak* : sorte de yaourt turc.
3. Le ***cédrat*** et le ***limon*** sont des variétés de citron.
4. *Moka* : port du Yémen.
5. *Batavia* : aujourd'hui Djakarta, dans l'île de Java.
6. *Des îles* : des Antilles.
7. *Vingt arpents* : 7 à 8 hectares.

« Ce bon vieillard me paraît s'être fait un sort bien préférable à celui des six rois avec qui nous avons eu l'honneur de souper. – Les grandeurs, dit Pangloss, sont fort dangereuses, selon le rapport de tous les philosophes : car enfin Églon, roi des Moabites, fut assassiné par Aod ; Absalon fut pendu par les cheveux et percé de trois dards ; le roi Nadab, fils de Jéroboam, fut tué par Baasa ; le roi Éla, par Zambri ; Ochosias, par Jéhu ; Attalia, par Joïada ; les rois Joakim, Jéchonias, Sédécias [1], furent esclaves. Vous savez comment périrent Crésus, Astyage, Darius, Denys de Syracuse, Pyrrhus, Persée, Annibal, Jugurtha, Arioviste, César, Pompée, Néron, Othon, Vitellius, Domitien [2], Richard II d'Angleterre, Édouard II, Henri VI, Richard III, Marie Stuart, Charles Ier, les trois Henri de France, l'empereur Henri IV [3] ? Vous savez… – Je sais aussi, dit Candide, qu'il faut cultiver notre jardin. – Vous avez raison, dit Pangloss ; car quand l'homme fut mis dans le jardin d'Éden, il y fut mis *ut operaretur eum* [4], pour qu'il travaillât : ce qui prouve que l'homme n'est pas né pour le repos. – Travaillons sans raisonner, dit Martin ; c'est le seul moyen de rendre la vie supportable. »

Toute la petite société entra [5] dans ce louable dessein ; chacun se mit à exercer ses talents. La petite terre rapporta beaucoup. Cunégonde était, à la vérité, bien laide ; mais elle devint une excellente pâtissière ; Paquette broda ; la vieille eut soin du linge. Il n'y eut pas jusqu'à frère Giroflée qui ne rendît service ; il fut un très bon menuisier, et même devint honnête homme ; et Pangloss

1. ***Églon*** […], ***Sédécias*** : noms de rois assassinés figurant dans l'Ancien Testament.
2. ***Crésus*** […], ***Domitien*** : ces grands personnages de l'Antiquité gréco-romaine (rangés par ordre chronologique) ont en commun d'avoir eu une fin de vie misérable (détrônés, assassinés, etc.).
3. ***Richard II*** […], ***Henri IV*** : ces souverains européens de l'époque moderne connurent aussi des fins funestes.
4. ***Ut operaretur eum*** : pour qu'il le travaille, pour le travailler. Voir Genèse (2, 15).
5. ***Entra*** : s'impliqua.

disait quelquefois à Candide : «Tous les événements sont enchaînés dans le meilleur des mondes possibles : car enfin si vous n'aviez pas été chassé d'un beau château à grands coups de pied dans le derrière pour l'amour de mademoiselle Cunégonde, si vous n'aviez pas été mis à l'Inquisition, si vous n'aviez pas couru l'Amérique à pied, si vous n'aviez pas donné un bon coup d'épée au baron, si vous n'aviez pas perdu tous vos moutons du bon pays d'Eldorado, vous ne mangeriez pas ici des cédrats confits et des pistaches. – Cela est bien dit, répondit Candide, mais il faut cultiver notre jardin.»

DOSSIER

- Les étapes du récit
- Microlectures
- Une autre version du chapitre XXII
- « Qu'est-ce qu'optimisme ? »
- Voltaire théiste
- L'autodafé
- La bibliothèque de *Candide*

Les étapes du récit

Chapitres	Événements
I	Candide vit heureux dans le château de Thunder-ten-tronckh avec sa famille et un philosophe optimiste, Pangloss. Mais il est expulsé du « paradis » pour s'être rapproché de sa cousine.
II	Enrôlé dans l'armée bulgare, il est mis au pas cadencé puis condamné pour tentative de désertion.
III	Lors d'une bataille entre Abares et Bulgares, il déserte, erre, passe en Hollande ; il est recueilli par un bon anabaptiste, Jacques.
IV	Il retrouve Pangloss défiguré qui lui raconte la mise à sac du « plus beau des châteaux ». Ils s'embarquent avec Jacques vers le Portugal.
V	Une tempête détruit le vaisseau. Jacques périt dans la tourmente. Les naufragés parviennent à Lisbonne quand survient un tremblement de terre. À cause de Pangloss, ils sont déférés au tribunal de l'Inquisition.
VI	Ils sont victimes d'un autodafé : Pangloss est pendu, Candide fouetté.
VII	Soigné par une vieille servante, Candide retrouve Cunégonde.
VIII	Histoire de Cunégonde (avec sa version du pillage de Thunder-ten-tronckh).
IX	Candide tue les deux amants de sa belle (le juif don Issachar et le grand inquisiteur). Il s'enfuit avec Cunégonde et la vieille.
X	Chevauchée jusqu'à Cadix ; Candide se fait recruter comme capitaine ; le trio embarque pour l'Amérique.
XI	Histoire de la vieille.
XII	Histoire de la vieille (suite).
XIII	Les fugitifs abordent à Buenos Aires où le gouverneur tombe amoureux de Cunégonde. Recherché pour meurtre, Candide s'enfuit.

XIV	Rencontre de Cacambo qui lui conseille d'aller combattre pour les jésuites du Paraguay. Dans la première mission, il retrouve le frère de Cunégonde, devenu un officier jésuite.
XV	Celui-ci raconte sa version du pillage de Thunder-ten-tronckh puis refuse de s'allier avec un bâtard. Fou de rage, Candide le tue, revêt ses vêtements puis s'enfuit avec Cacambo.
XVI	Candide tue deux singes-amants ; les Oreillons s'apprêtent à manger les deux pseudo-jésuites, mais leur font grâce en apprenant qu'ils sont en réalité des ennemis des jésuites.
XVII	Candide et Cacambo errent dans l'Amazonie puis parviennent par hasard dans l'Eldorado, pays où tout va bien, et dans lequel les richesses sont inouïes.
XVIII	Les étrangers s'entretiennent avec un patriarche (théiste), puis avec le monarque (éclairé) ; ils repartent, richissimes, en quête d'amour et d'un royaume à acheter.
XIX	À Surinam, découverte-choc de l'esclavage. Les amis se séparent : l'un (Cacambo) pour retrouver Cunégonde, l'autre (Candide) pour continuer sa formation. Ils se donnent rendez-vous à Venise. Candide rencontre le philosophe pessimiste Martin.
XX	Le voyage de Candide se passe à discuter avec Martin, qui pense que tout va mal ; ils assistent à un combat naval.
XXI	Martin critique la France ; ils parviennent à Bordeaux.
XXII	À Paris, Candide est dupé et volé. Formation mondaine et théâtrale. Il trompe Cunégonde avec une fausse marquise. Il est arrêté parce qu'il est étranger (attentat de Damiens) mais soudoie la police. Il s'embarque à Dieppe.
XXIII	Projetant de visiter l'Angleterre, Martin et Candide arrivent à Portsmouth mais, après avoir assisté à l'exécution d'un amiral; Candide, refuse de débarquer et repart en mer, en direction de Venise.
XXIV	Là, Candide se désespère de l'absence de Cunégonde mais revoit l'aimable Paquette et rencontre Giroflée ; il les reçoit et leur offre de quoi refaire leur vie.
XXV	Candide et Martin rendent visite au seigneur Pococurante. Comblé de biens, celui-ci est blasé de tout.

XXVI	Pendant le carnaval, Candide soupe avec six rois détrônés. Il retrouve enfin Cacambo, mais sans Cunégonde, qui est esclave en Propontide.
XXVII	Le trio d'amis part pour Constantinople, puis de là embarque sur une galère en direction de la Protontide ; Candide reconnaît parmi les galériens deux ressuscités : Pangloss et le baron ; il les rachète.
XXVIII	Histoires du baron et de Pangloss.
XXIX	Candide rachète la vieille et Cunégonde, devenue hideuse ; il envisage de l'épouser, même défigurée et en dépit de l'opposition du baron. Il achète une ferme turque et y installe tout son monde.
XXX	Le baron ayant été renvoyé aux galères, Candide, après quelques difficultés, parvient à mobiliser sa petite troupe dans un projet commun, à l'exemple d'un bon vieillard turc du voisinage : ils vont tous « cultiver [leur] jardin ».

Microlectures

Microlecture n° 1 : l'*incipit* du conte

De « Il y avait en Vestphalie » à « et par conséquent de toute la terre » (p. 43-46).

1. La peinture du meilleur des mondes

Voltaire parodie les contes traditionnels en utilisant un cadre spatio-temporel convenu et une typologie de personnages familière à tout lecteur contemporain.

1. Relevez les éléments traditionnels du conte merveilleux classique.
2. Quelles sont les caractéristiques du héros éponyme ?
3. Montrez que, en apparence, tout va bien à Thunder-ten-tronckh.

2. Un paradis des illusions

Des effets comiques de décalage entre apparence et réalité amènent le lecteur à penser que Candide vit dans un monde à part et factice.

1. Relevez les anomalies, ce qui sonne faux dans cette société féodale.

2. Montrez que le règne des apparences trompeuses culmine lors de la présentation de Pangloss.

3. Une leçon de raillerie

Cette ouverture de *Candide* discrédite le mentor du héros, dispense une magistrale leçon de désillusion et définit le thème qui sera développé ainsi que l'outil qui sera utilisé pour le traiter.

1. Étudiez le portrait de Pangloss.

2. Quels sont les procédés de l'ironie dans cet extrait ?

3. En quoi ce passage précise-t-il l'enjeu essentiel de l'œuvre ?

Microlecture n° 2 : la bataille et le massacre des civils

De « Rien n'était si beau » à « et n'oubliant jamais mademoiselle Cunégonde » (p. 50-51).

1. L'idéalisation de la guerre

Voltaire n'offre pas seulement le spectacle d'une bataille, il expose tout le soubassement idéologique qui prétend autoriser l'action du mal.

1. Comment la guerre est-elle esthétisée dans la première moitié du texte ?

2. Quels éléments contribuent à la justifier sur les plans moral, religieux, juridique et « philosophique » ?

3. Montrez que la mêlée meurtrière est représentée avec un certain recul.

2. Un odieux carnage

Les suites concrètes de la guerre sont présentées froidement à travers le tableau réaliste des victimes de la barbarie des militaires ; les êtres innocents sont condamnés à mener une vie de fantômes.

1. Étudiez le compte rendu du massacre des civils.

2. Relevez le champ lexical de la violence ; pourquoi les verbes sont-ils au participe passé ?

3. Dans quel état se trouvent les « survivants » croisés par Candide ?

3. La faillite du regard optimiste

Voltaire dénonce les responsables de ces atrocités mais aussi la doctrine optimiste dans son ensemble ; il joue sur des effets de rapprochement et de décalage, d'harmonie et de dissonance.

1. Quel est le point de vue adopté (en particulier au début de l'extrait) ?

2. Comment Voltaire dénonce-t-il cette vision du monde ?

Microlecture n° 3 : la tempête et le tremblement de terre de Lisbonne

De « Tandis qu'il raisonnait » (dernière phrase du chapitre IV) à « écrasés sous les ruines » (p. 57-59).

1. Une image du chaos

Voltaire décrit un monde bouleversé sur la terre puis sur la mer, en changeant brusquement d'échelle et de ton.

1. Étudiez comment se manifeste le désordre spatial et temporel dans le premier paragraphe.

2. Quels sont les signes d'une déstabilisation du monde ordinaire dans Lisbonne ?

3. Quelle opposition de ton apparaît entre le premier et le dernier paragraphe ?

2. L'absence de bonté divine

Voltaire met en question l'existence d'un Dieu juste et suggère que le monde est sous l'empire de forces maléfiques.

1. Quelle image de la Providence est ici donnée ?
2. Par quels moyens le mal aveugle se manifeste-t-il ?

3. L'optimisme anéanti par le mal naturel

Les faits rapportés suffisent à contredire le discours des tenants de l'optimisme et rendent inutile toute parole.

1. Justifiez la délimitation opérée dans le texte pour l'étude du passage.
2. Comment Pangloss et l'optimisme sont-ils mis à mal ?

Une autre version du chapitre XXII

Comme on l'a vu (voir note 4, p. 126), le manuscrit La Vallière et l'édition originale (1759) donnaient une première version du chapitre parisien remplacé par la suite, en 1761, par celle, beaucoup plus longue, qui figure dans ce volume. Voici la version que Voltaire n'a pas conservée.

Chapitre XXII
Ce qui arriva en France à Candide et à Martin

Candide ne s'arrêta dans Bordeaux qu'autant de temps qu'il en fallait pour s'accommoder d'une bonne chaise à deux places pour son philosophe Martin et pour lui. Il fut seulement très fâché de se séparer de son mouton, qu'il laissa à l'Académie des sciences de Bordeaux. Tous les voyageurs qu'il rencontra dans les cabarets de la route lui disaient : « Nous allons à Paris. » Cet empressement général lui donna enfin l'envie de voir cette capitale. Ce n'était pas beaucoup se détourner du chemin de Venise.

Il entra par le faubourg Saint-Marceau, et crut être dans le plus vilain village de la Vestphalie. Un moment après, il passa près d'un cimetière. C'étaient des cris, des hurlements horribles ; on eût dit que tous les morts étaient ressuscités pour faire cet épouvantable sabbat. Il vit des petites filles, des abbés, des colporteurs, des sacristains, des vieilles, qui aboyaient, qui grinçaient les dents, qui se roulaient par terre, qui sautaient, qui chantaient des psaumes, qui tremblaient, et qui bavaient en criant : « Miracle ! miracle ! »

« Ah ! bon Dieu ! dit Candide à Martin, est-ce ainsi que la capitale d'un grand royaume est faite ! Quelle différence de ce cloaque[1] à la ville d'Eldorado ! »

Ils n'eurent pas fait cent pas qu'ils furent arrêtés par une foule de peuple qui criait encore plus fort que la première bande, autour d'une douzaine de bières couvertes d'un drap noir, avec chacune un bénitier au pied. Candide et Martin s'informèrent du sujet de ce tumulte. Un bonhomme du quartier leur dit : « Messieurs, est-ce que vous ne savez pas quel impôt on a mis depuis peu sur les morts ? » Candide lui jura qu'il ne savait rien de ce qui concernait les morts et les vivants de cette pauvre ville ; qu'il était étranger, qu'il arrivait, et qu'il comptait en partir incessamment.

« Hélas ! Monsieur, dit le bonhomme, on présente aux mourants depuis quelques mois des billets payables au porteur pour l'autre monde, que tout homme à l'agonie doit signer, et s'il ne signe pas il n'est point enterré. En voici douze à qui on refuse la sépulture ; cela mettra la peste dans la ville. »

Le postillon qui conduisait les deux voyageurs eut beaucoup de peine à passer. À peine fut-il arrivé à un carrefour voisin plus puant mille fois que tous les morts du quartier, qu'ils virent tout en tumulte. On courait de tous côtés sans savoir où. On criait « À l'assassin ! » Chacun sortait de sa maison. On hurlait. Mille voix demandaient à Candide et à Martin : « Venez-vous de la cour ? Est-il pris ? A-t-il révélé ses complices ? » Candide et Martin apprirent enfin avec bien

1. ***Cloaque*** : égout.

de la peine qu'il venait de se commettre un attentat épouvantable, un crime inouï chez vingt autres nations, un assassinat qui faisait frémir et verser des larmes. Il se passa une heure entière avant qu'ils pussent gagner une hôtellerie un peu honnête. On leur servit à souper.

Ils eurent pour compagnie un petit abbé périgourdin. C'était un de ces hommes qui guettent les étrangers à leur passage, leur servent de guides et leur font offre de services. Celui-ci leur apprit toutes les nouvelles. Il leur conseilla de rester longtemps à Paris ; il leur conta l'histoire scandaleuse de la ville, et finit par promettre à Candide la première femme sur laquelle il jetterait les yeux aux spectacles.

Candide fut sensible comme il le devait à ses politesses ; mais il lui avoua qu'il ne pouvait les accepter, parce qu'il avait un rendez-vous à Venise avec mademoiselle Cunégonde. L'insinuant Périgourdin l'engagea insensiblement à conter ses aventures avec cette illustre Vestphalienne. « Je crois, dit l'abbé »… [retour au texte de 1759].

1. Comparez cette version courte avec la version longue de 1761 ; quels sont les développements ajoutés par Voltaire (théâtre, salon, infidélité) en 1761 ? Quelle allusion à un événement historique majeur a été supprimée ? Pourquoi ?

2. À votre avis, pourquoi Voltaire avait-il initialement limité à peu de choses l'étape parisienne ?

« Qu'est-ce qu'optimisme[1] ? »

Au XVIIIe siècle, le métaphysicien Leibniz n'était pas beaucoup plus lu qu'aujourd'hui. En revanche, le mot inventé pour caractériser sa vision du monde est rapidement devenu courant. Voici la définition du néologisme[2] « optimisme[3] » qu'un lecteur contemporain de Voltaire pouvait trouver dans les trois principaux dictionnaires de l'époque :

Dictionnaire de Trévoux[4] (1752)

Optimisme. Terme didactique. Du mot *optimus*, le meilleur. C'est le nom qu'on donne au système de ceux qui prétendent que tout est bien, que le monde est le meilleur de ceux que Dieu ait pu créer ; que le mieux possible se trouve dans tout ce qui est et qui arrive. Les crimes mêmes sont accessoires à la perfection et à la beauté du monde moral, parce qu'il en résulte des biens. Le crime de Tarquin qui viola Lucrèce produisit la liberté de Rome, et par conséquent toutes les vertus de la république romaine. Voyez la *Théodicée* de M. Leibniz. Mais pourquoi faut-il que, dans le meilleur des mondes, les vertus soient produites par des crimes ? D'ailleurs, l'optimisme règle Dieu comme un automate. Comment accorder cette opinion avec sa liberté ? Il paraît[5] que ce n'est qu'un matérialisme déguisé, un spinozisme spirituel.

---

1. Citation de *Candide*, chapitre XIX, p. 114.
2. Le mot date de 1737.
3. L'adjectif correspondant n'entrera dans la langue qu'en 1878.
4. Il s'agissait du dictionnaire officiel des jésuites.
5. Il est évident.

Dictionnaire de l'Académie (1762)

Optimisme. *Substantif masculin.* Terme didactique. Nom du système des philosophes qui soutiennent que le mieux possible se trouve dans tout ce qui est et qui arrive.

Encyclopédie (t. XI, 1770)

Optimisme. (Terme philosophique) On appelle ainsi l'opinion des philosophes qui prétendent que ce monde-ci est le meilleur que Dieu pût créer, le meilleur des mondes possibles. Le père Malebranche, et surtout M. Leibniz, ont fort contribué à accréditer cette opinion, voyez MALEBRANCHE et LEIBNIZIANISME[1]. C'est principalement dans sa théodicée que le dernier de ces philosophes a expliqué et développé son système. On peut en avoir une idée dans son éloge par M. de Fontenelle, *Mémoire de l'Académie*, année 1716. Il prétend, par exemple, que le crime de Tarquin qui viola Lucrèce, était accessoire à la beauté et à la perfection de ce monde moral, parce que ce crime a produit la liberté de Rome, et par conséquent toutes les vertus de la république romaine. Mais pourquoi les vertus de la république romaine avaient-elles besoin d'être précédées et produites par un crime ? Voilà ce qu'on ne nous dit pas, et ce qu'on serait bien embarrassé de nous dire. Et puis, comment accorder cet *optimisme* avec la liberté de Dieu, autre question non moins embarrassante ? Comment tant d'hommes s'égorgent-ils dans le meilleur des mondes possibles ? Et si c'est là le meilleur des mondes possibles, pourquoi Dieu l'a-t-il créé ? La réponse à toutes ces questions est en deux mots : *ô altitudo !*, etc. Il faut avouer que toute cette métaphysique de l'*optimisme* est bien creuse.

Quelles sont les critiques formulées explicitement (par les jésuites et par les philosophes) ou implicitement (par les académiciens) à l'encontre de la théorie de Leibniz ?

---

1. Renvoi à deux entrées du dictionnaire.

Voltaire théiste

La forme de religiosité de Voltaire, telle qu'il la laisse entendre dans l'entretien avec le patriarche d'Eldorado (chapitre XXVIII) est nettement définie dans son *Dictionnaire philosophique portatif* (1764-1769) à l'article « Théiste ».

Théiste. Le théiste est un homme fermement persuadé de l'existence d'un Être suprême aussi bon que puissant, qui a formé tous les êtres étendus, végétants, sentants, et réfléchissants ; qui perpétue leur espèce, qui punit sans cruauté les crimes, et récompense avec bonté les actions vertueuses.

Le théiste ne sait pas comment Dieu punit, comment il favorise, comment il pardonne ; car il n'est pas assez téméraire[1] pour se flatter de connaître comment Dieu agit ; mais il sait que Dieu agit, et qu'il est juste. Les difficultés contre la Providence ne l'ébranlent point dans sa foi, parce qu'elles ne sont que de grandes difficultés, et non pas des preuves ; il est soumis à cette Providence, quoi qu'il n'en aperçoive que quelques effets et quelques dehors ; et, jugeant des choses qu'il ne voit pas par les choses qu'il voit, il pense que cette Providence s'étend dans tous les lieux et dans tous les siècles.

Réuni dans ce principe avec le reste de l'univers, il n'embrasse aucune des sectes qui toutes se contredisent. Sa religion est la plus ancienne et la plus étendue ; car l'adoration simple d'un Dieu a précédé tous les systèmes du monde. Il parle une langue que tous les peuples entendent[2], pendant qu'ils ne s'entendent pas entre eux. Il a des frères depuis Pékin jusqu'à la Cayenne, et il compte tous les sages pour ses frères[3]. Il croit que la religion ne consiste ni dans les opinions d'une métaphysique inintelligible, ni dans de vains appa-

1. Contrairement à Leibniz et Pangloss.
2. *Entendent* : comprennent, même s'ils ne se comprennent pas entre eux.
3. Le bon vieillard musulman de la Protontide, par exemple.

reils[1], mais dans l'adoration[2] et dans la justice. Faire le bien, voilà son culte; être soumis à Dieu, voilà sa doctrine. [...]

Dictionnaire philosophique, GF-Flammarion, 1964.

1. Résumez en trois adjectifs (un par paragraphe) ce qui distingue le théiste du chrétien.

2. Expliquez de quelle manière Voltaire transforme le message religieux, ici présenté sous forme synthétique et didactique, en fiction narrative dans *Candide* (foi, soumission, patriarches).

L'autodafé

La nouvelle (sept pages) de Voltaire intitulée « Histoire des voyages de Scarmentado (écrite par lui-même) » est une autobiographie fictive, publiée en 1756[3], qui peut passer pour un premier canevas de *Candide*. Le jeune héros-narrateur, très naïf et natif de l'île de Candie[4] (Crête actuelle), pressé par le « désir de voyager » et de se former, effectue un tour du monde en accéléré (Italie, France, Angleterre, Hollande, Espagne, Turquie, Chine, Inde, Afrique) puis conclut son récit de la manière suivante : « J'avais vu tout ce qu'il y a de beau, de bon et d'admirable sur la terre : je résolus de ne plus voir que mes pénates. Je me mariai chez moi : je fus cocu, et je vis que c'était l'état le plus doux de la vie. »

Un épisode est particulièrement développé : celui où, débarquant en Espagne, Scarmentado assiste à un autodafé.

---

1. « De vains appareils » désigne l'ensemble des spectacles, décors et costumes religieux.
2. Comprendre : l'adoration de Dieu.
3. Dans le tome V de la *Collection complète des Œuvres de Mr de Voltaire*, chez l'éditeur Cramer, à Genève.
4. L'*incipit* est : « Je naquis dans la ville de Candie, en 1600. »

La cour était à Séville, les galions[1] étaient arrivés, tout respirait l'abondance et la joie dans la plus belle saison de l'année. Je vis au bout d'une allée d'orangers et de citronniers une espèce de lice immense entourée de gradins couverts d'étoffes précieuses. Le roi, la reine, les infants, les infantes[2], étaient sous un dais superbe. Vis-à-vis de cette auguste famille était un autre trône, mais plus élevé. Je dis à un de mes compagnons de voyage : «À moins que ce trône ne soit réservé pour Dieu, je ne vois pas à quoi il peut servir.» Ces indiscrètes paroles furent entendues d'un grave Espagnol, et me coûtèrent cher. Cependant je m'imaginais que nous allions voir quelque carrousel ou quelque fête de taureaux, lorsque le grand inquisiteur parut sur ce trône d'où il bénit le roi et le peuple.

Ensuite vint une armée de moines défilant deux à deux, blancs, noirs, gris, chaussés, déchaussés, avec barbe, sans barbe, avec capuchon pointu, et sans capuchon ; puis marchait le bourreau ; puis on voyait au milieu des alguazils[3] et des grands environ quarante personnes couvertes de sacs sur lesquels on avait peint des diables et des flammes. C'étaient des juifs qui n'avaient pas voulu renoncer absolument à Moïse, c'étaient des chrétiens qui avaient épousé leurs commères, ou qui n'avaient pas adoré Notre-Dame d'Atocha[4] ; ou qui n'avaient pas voulu se défaire de leur argent comptant en faveur des frères hiéronymites[5]. On chanta dévotement de très belles prières, après quoi on brûla à petit feu tous les coupables ; de quoi toute la famille royale parut extrêmement édifiée.

Le soir, dans le temps que j'allais me mettre au lit, arrivèrent chez moi deux familiers de l'Inquisition avec la sainte Hermandad[6] : ils m'embrassèrent tendrement, et me menèrent, sans me dire un

---

1. ***Galions*** : navires qui rapportaient chaque année à la couronne espagnole les contributions en or de ses colonies, principale richesse du royaume.
2. ***Infants***, ***infants*** : titre des enfants puînés (cadets) des rois d'Espagne et de Portugal.
3. ***Alguazils*** : voir note 1, p. 88.
4. ***Notre-Dame d'Atocha*** : voir note 4, p. 64.
5. ***Hiéronymites*** : religieux prédicateurs de l'ordre de saint Jérôme, très répandus en Espagne.
6. ***Sainte Hermandad*** : voir note 5, p. 72.

seul mot, dans un cachot très frais, meublé d'un lit de natte et d'un beau crucifix. Je restai là six semaines, au bout desquelles le révérend père inquisiteur m'envoya prier de venir lui parler : il me serra quelque temps entre ses bras, avec une affection toute paternelle; il me dit qu'il était sincèrement affligé d'avoir appris que je fusse si mal logé; mais que tous les appartements de la maison étaient remplis, et qu'une autre fois il espérait que je serais plus à mon aise. Ensuite il me demanda cordialement si je ne savais pas pourquoi j'étais là. Je dis au révérend père que c'était apparemment pour mes péchés. « Eh bien, mon cher enfant, pour quel péché ? parlez-moi avec confiance. » J'eus beau imaginer, je ne devinai point; il me mit charitablement sur les voies.

Enfin je me souvins de mes indiscrètes paroles. J'en fus quitte pour la discipline et une amende de trente mille réales[1]. On me mena faire la révérence au grand inquisiteur : c'était un homme poli, qui me demanda comment j'avais trouvé sa petite fête. Je lui dis que cela était délicieux, et j'allai presser mes compagnons de voyage de quitter ce pays, tout beau qu'il est.

« Histoire des voyages de Scarmentado »,
in *Trois Contes philosophiques*, GF-Flammarion,
coll. « Étonnants Classiques », 2007.

Le regard de Scarmentado sur le monde diffère-t-il de celui de Candide (comparez ce texte avec le chapitre VI, « Comment on fit un bel auto-da-fé », p. 62) ? Pourquoi peut-on dire que le changement de dispositif énonciatif (passage du « je » – choisi pour ce récit – au « il » – retenu pour *Candide*) modifie radicalement la perspective ?

1. Le réal est une ancienne monnaie espagnole.

La bibliothèque de *Candide*

Les contes

Voltaire puise dans le fonds des contes traditionnels. Une de ses sources est évidemment le **conte de fées européen**, tel qu'on le trouve dans *Les Histoires, ou Contes du temps passé avec des moralités* (1697) de Charles Perrault (1628-1703). Voici le début du premier de ces contes, « La Belle au bois dormant », qui permet de repérer quelques caractéristiques du genre.

Il était une fois un roi et une reine, qui étaient si fâchés de n'avoir point d'enfants, si fâchés qu'on ne saurait dire. Ils allèrent à toutes les eaux du monde ; vœux, pèlerinages, menues dévotions, tout fut mis en œuvre et rien n'y faisait. Enfin pourtant la reine devint grosse[1], et accoucha d'une fille : on fit un beau baptême ; on donna pour marraines à la petite princesse toutes les fées qu'on pût trouver dans le pays (il s'en trouva sept), afin que chacune d'elles lui faisant un don comme c'était la coutume des fées en ce temps-là, la princesse eût par ce moyen toutes les perfections imaginables. Après les cérémonies du baptême toute la compagnie revint au palais du roi, où il y avait un grand festin pour les fées. On mit devant chacune d'elles un couvert magnifique, avec un étui d'or massif, où il y avait une cuillère, une fourchette, et un couteau de fin or, garni de diamants et de rubis [...].

Contes, GF-Flammarion,
coll. « Étonnants Classiques », 2007.

Quelles caractéristiques du conte traditionnel (formule d'ouverture, temporalité, lieu, cadre social, personnages protecteurs, luxe, surnaturel...) ont été réutilisées dans *Candide*, en particulier dans le chapitre I ?

1. ***Grosse*** : enceinte.

La deuxième source de Voltaire est orientale : ce sont les **contes arabes** anonymes des *Mille et Une Nuits* (VIIIe siècle), traduits en français entre 1704 et 1717. Parmi les personnages pittoresques évoluant dans ce recueil de récits gigognes, il en est un particulièrement rusé et intrépide : « Sindbad le Marin ». Dans son sixième voyage, il raconte à ses amis comment il a échoué sur une île et par quel moyen la destinée l'a porté vers une terre inconnue des hommes...

« Messeigneurs, leur dit-il, vous êtes sans doute en peine de savoir comment, après avoir fait cinq autres naufrages et avoir essuyé tant de périls, je pus me résoudre encore à tenter la fortune et à chercher de nouvelles disgrâces. J'en suis étonné moi-même quand j'y fais réflexion ; et il fallait assurément que j'y fusse entraîné par mon étoile.

[Il est effectivement parti en mer au bout d'une année de repos et a fait naufrage sur une île montagneuse faite de pierres précieuses et qui a une particularité étrange...]

Au lieu que partout ailleurs les rivières sortent de leur lit pour se jeter dans la mer, tout au contraire une grosse rivière d'eau douce s'éloigne de la mer, et pénètre dans la côte au travers d'une grotte obscure. [...] Mais Dieu eut encore pitié de moi, et m'inspira la pensée d'aller jusqu'à la rivière qui se perdait sous la voûte de la grotte. Là, après avoir examiné la rivière avec beaucoup d'attention, je dis en moi-même : « Cette rivière qui se cache ainsi sous la terre en doit sortir par quelque endroit ; en construisant un radeau et m'abandonnant dessus au courant de l'eau, j'arriverai à une terre habitée ou je périrai. [...] »

Quels traits de caractère de Sindbad s'apparentent à ceux de Candide (goût du voyage, mépris de l'infortune, confiance en Dieu...) ? Comparez ce passage avec la façon dont Candide atteint l'Eldorado au chapitre XX.

Sindbad le Marin, trad. Antoine Galland,
GF-Flammarion, coll. « Étonnants Classiques », 1995.

Les récits de voyage

Candide convoque aussi la littérature de voyage en vogue au XVIIIe siècle. Celle-ci est constituée de **récits véridiques** développant le mythe du bon sauvage ou d'utopies prolongeant celle de l'humaniste anglais Thomas More (1478-1535) – *Utopie* (1516), opuscule évoquant un pays et un ordre social d'une perfection absolue. Voltaire a lu ce texte, dont voici un extrait, et l'a imité dans l'épisode de l'Eldorado.

Les rues ont été bien dessinées, à la fois pour servir le trafic et pour faire obstacle aux vents. Les constructions ont bonne apparence. Elles forment deux rangs continus, constitués par les façades qui se font vis-à-vis, bordant une chaussée de vingt pieds de large. Derrière les maisons, sur toute la longueur de la rue, se trouve un vaste jardin. […] Les Utopiens entretiennent admirablement leurs jardins, où ils cultivent des plants de vigne, des fruits, des légumes et des fleurs d'un tel éclat, d'une telle beauté que nulle part ailleurs je n'ai vu pareille abondance, pareille harmonie. Leur zèle est stimulé par le plaisir qu'ils en retirent mais aussi par l'émulation, les différents quartiers luttant à l'envi à qui aura le jardin le mieux soigné. Vraiment, on concevrait difficilement, dans toute une cité, une occupation mieux faite pour donner à la fois du profit et de la joie aux citoyens et, visiblement, le fondateur n'a apporté à aucune autre cause une sollicitude plus grande qu'à ces jardins.

L'Utopie ou le Traité de la meilleure forme de gouvernement, trad. Marie Delcourt, GF-Flammarion, 1987.

En quoi l'Eldorado ressemble-t-il au monde imaginé par Thomas More (« harmonie », complémentarité nature/culture, architecture, autonomie...) ?

Le récit de voyage autorise non seulement la peinture d'une société autre mais aussi la **pratique d'un regard étranger sur la société**. Initié dans les *Lettres persanes* (1721) de Montesquieu (1689-17755), ce dispositif critique a été repris dans *Les Voyages de Gulliver* (1726) de l'Anglais Jonathan Swift (1667-1745), prêtre que Voltaire a fréquenté à Londres. Dans l'extrait suivant, le roi des géants de Brobdingnag, auquel le héros de Swift vient d'exposer l'histoire de la société anglaise (et européenne), porte un jugement satirique sur les humains.

« Mon petit ami Grildrig[1], vous avez fait le plus beau des panégyriques[2] de votre patrie. Vous avez prouvé à l'évidence que l'ignorance, la paresse et les vices sont les ingrédients spécifiques d'un bon législateur. Que les lois ne sont jamais si bien expliquées, interprétées et appliquées que par ceux dont l'intérêt et les aptitudes résident dans leur déformation, leur annihilation ou leur esquive. Je discerne dans votre pays les vagues linéaments d'une institution qui eût pu être tolérable à l'origine ; or ils sont à demi effacés et le reste est entièrement gommé et défiguré par les corruptions. Il ne résulte pas de tout ce que vous avez dit que la moindre perfection soit requise pour obtenir un état parmi vous ; encore moins que les hommes soient anoblis du fait de leur piété ou de leur savoir, les soldats pour leurs hauts faits ou leur valeur, les juges pour leur intégrité, les sénateurs pour l'amour de leur pays ou les conseillers pour leur sagesse. Quant à vous (poursuivit le roi) qui avez passé la plus grande partie de votre vie à voyager, je suis tout prêt à penser que vous avez jusqu'ici échappé à de nombreux vices affligeant vos compatriotes. Mais, d'après ce que je déduis de votre relation, des réponses que je vous ai à grand-peine extorquées, je ne puis que conclure que la masse de vos compatriotes constitue la plus pernicieuse, minuscule et odieuse vermine que la nature ait jamais laissé rampé à la surface de la terre.

Les Voyages de Gulliver, trad. Guillaume Villeneuve,
GF-Flammarion, 1997.

Comment se manifeste l'ironie cinglante du roi ? Montrez que la vision du monde de Swift est proche de celle de Voltaire.

1. ***Grildrig*** : nom donné à Gulliver par une paysanne du pays des géants.
2. ***Panégyriques*** : éloges.

Les romans d'éducation

Le parcours de Candide est à la fois sentimental, social, et intellectuel ; Voltaire emprunte ces voies à différents courants romanesques.

L'amour fou pour Cunégonde s'inscrit dans la grande tradition du **roman baroque**, qui naît en France avec *L'Astrée* (1707) d'Honoré d'Urfé (1555-1627) et se prolonge avec les dix volumes (ou parties) d'*Artamène ou le Grand Cyrus* (1649-1653) de Madeleine de Scudéry (1607-1701) ; ce roman-fleuve (le plus long de notre littérature) narre les multiples péripéties (entrecoupées par une série d'histoires secondaires) de la longue conquête amoureuse de Cyrus, épris de la princesse Mandane. Dans le passage qui suit, le roi persan Cyrus-Artamène, prisonnier, vient d'apprendre que sa dulcinée n'est pas, comme il le croyait, décédée...

« Quoi ma Princesse, dit il, vous êtes vivante, et je puis enfin ne craindre plus votre mort ! Quoi, toutes ces images funestes de tombeaux et de cercueils, doivent donc s'effacer de ma fantaisie ! et je puis croire que vous respirez ; que vous vivez ; et que peut-être vous pensez à moi ! Ha ! qui que vous soyez d'entre les dieux ou d'entre les hommes, qui avez sauvé ma Princesse de la fureur des vagues, et d'un péril presque inévitable, que ne vous doit point Artamène ? Si c'est une divinité, elle mérite tous mes vœux : et si c'est une personne mortelle, elle est digne de tous mes services. Mais quoi qu'il en soit Mandane, illustre Mandane vous vivez : et je puis abandonner mon âme à tous les plaisirs, comme je l'avais abandonnée à toutes les douleurs. Mais hélas (reprenait-il, après avoir été quelque temps sans parler) je ne suis pas si heureux que je pense l'être ! car enfin Mandane est vivante, il est vrai ; mais elle est captive : et ce qu'il y a de cruel, c'est que je suis dans les fers, et par conséquent peu en état de la secourir.

Artamène ou le Grand Cyrus, GF-Flammarion, 2005.

En quoi Candide est-il marqué par certains traits du roi persan ?

Les errances de Candide, toujours ballotté et confronté à l'adversité du monde, se rapprochent également de celles des **héros picaresques** ; le plus connu d'entre eux au XVIIIe siècle était Gil Blas, personnage labile et malin. *L'Histoire de Gil Blas de Santillane* (1715-1735) de Lesage (1668-1747) a servi de modèle à de nombreuses biographies fictives (ou réelles) de l'époque. Dans l'extrait suivant, le jeune héros espagnol raconte un épisode de son enfance chaotique, inconfortable mais réjouissante, passée chez son oncle chanoine[1], Gil Perez...

Représentez-vous un petit homme haut de trois pieds et demi, extraordinairement gros, avec une tête enfoncée entre les deux épaules : voilà mon oncle. [...] Il me prit chez lui dès mon enfance, et se chargea de mon éducation. Je lui parus si éveillé, qu'il résolut de cultiver mon esprit. Il m'acheta un alphabet, et entreprit de m'apprendre lui-même à lire ; ce qui ne lui fut pas moins utile qu'à moi ; car, en me faisant connaître mes lettres, il se remit à la lecture, qu'il avait toujours fort négligée, et, à force de s'y appliquer, il parvint à lire couramment son bréviaire, ce qu'il n'avait jamais fait auparavant. Il aurait encore bien voulu m'enseigner la langue latine ; c'eût été autant d'argent épargné pour lui ; mais, héla ! le pauvre Gil Perez ! il n'en avait de sa vie su les premiers principes ; c'était peut-être (car je n'avance pas cela comme un fait certain) le chanoine du chapitre le plus ignorant. Aussi j'ai ouï dire qu'il n'avait pas obtenu son bénéfice par son érudition ; il le devait uniquement à la reconnaissance de quelques bonnes religieuses dont il avait été le discret commissionnaire, et qui avaient eu le crédit de lui faire donner l'ordre de la prêtrise sans examen.

Histoire de Gil Blas de Santillane, GF-Flammarion, 1977.

Comment l'esprit du narrateur (son art de la satire et de la raillerie) se manifeste-t-il ? Est-il proche de Candide ? de Voltaire ?

---

1. ***Chanoine*** : dignitaire ecclésiastique, membre du chapitre (de l'assemblée) d'une église.

Roman d'éducation, *Candide* l'est aussi au sens propre, dans la mesure où le héros éponyme est constamment accompagné d'un maître à penser (Pangloss, Cacambo, Martin), dans la lignée des *Aventures de Télémaque* (1699) de Fénelon (1651-1715). Dans l'extrait suivant, l'élève et son précepteur réagissent différemment lors d'une épouvantable tempête, mais Mentor, le maître, sait toujours tirer des faits les plus dramatiques une leçon pratique de gouvernement...

J'embrasse Mentor et je luis dis : «Voici la mort ; il faut la recevoir avec courage. Les dieux[1] ne nous ont délivrés de tant de périls que pour nous faire périr aujourd'hui. Mourons, Mentor, mourrons. C'est une consolation pour moi de mourir avec vous ; il serait inutile de disputer notre vie contre la tempête.» Mentor me répondit : « le vrai courage trouve toujours quelque ressource. Ce n'est pas assez de recevoir tranquillement la mort : il faut, sans la craindre, faire tous ses efforts pour la repousser. Prenons, vous et moi, un de ces grands bancs de rameurs. Tandis que cette multitude d'hommes timides[2] et troublés regrette la vie sans chercher le moyen de la conserver, ne perdons pas un moment pour sauver la nôtre». Aussitôt, il prend une hache, achève de couper le mât qui était déjà rompu et qui, penchant dans la mer, avait mis le vaisseau sur le côté ; il jette le mât hors du vaisseau et s'élance dessus au milieu des ondes furieuses ; il m'appelle par mon nom et m'encourage à le suivre. Tel qu'un grand arbre que tous les vents conjurés attaquent et qui demeure immobile sur ses profondes racines, en sorte que la tempête ne fait qu'agiter ses feuilles, de même Mentor, non seulement ferme et courageux, mais doux et tranquille, semblait commander aux vents et à la mer. Je le suis : et qui aurait pu ne le pas suivre, étant encouragé par lui ?

Télémaque, GF-Flammarion, 1968.

Quel modèle de comportement adopte ici le professeur de philosophie ? Comparez-le avec l'attitude de Pangloss pendant la tempête.

---

1. Télémaque est le fils d'Ulysse ; l'œuvre est une récriture de l'*Odyssée*.
2. ***Timides*** : hésitants.

Création maquette intérieure :
Sarbacane Design.

N° d'édition : L.01EHRN000452.N001
Dépôt légal : août 2012